ようこそ実力至上主義の教室へ 2年生編

Welcome to the Classroom of the Second-year

衣笠彰梧 × トモセシュンサク

「下着に釘付けになって、
エッチなんですから先輩」
「悪いが下着を見ていることよりも、
視線を外して何をされるかの方を警戒してるんだ」
オレが天沢から目を離さないでいると、
ベッドから顔を抜き出し振り返った。
1年後輩とは思えない大人びた雰囲気をまとった天沢が、
そのまま這ってオレに近づいてくる。

体育祭　～バレー競技～

坂柳《さかやなぎ》有栖《ありす》

6
ようこそ実力至上主義の教室へ2年生編
Welcome to the Classroom of the Second-year

ようこそ
実力至上主義の教室へ
2年生編6

衣笠彰梧

MF文庫J

contents

口絵・本文イラスト：トモセシュンサク

○三宅明人《みやけあきと》の独白

自分が特別な人間だと思ったことは1度もない。
特別な長所もなければ、逆にこれといった欠点もない平均的な人間だろう。
ただ自分の好きなように、なんとなく惰性で生きてきたこれまでの人生。
時々悪いこともしたし、それなりに親切なこともしてきた。
善人じゃないし、悪人でもない。自分を自分で評価するならそういうヤツになる。
生まれてからずっと、そのどちらでもない人間として歩き続けてきた。
それが顕著《けんちょ》になったのは高校に上がってから。
弓道を始めたのも適当にテレビで見ていて、暇つぶしにやってみようと思っただけ。
川の流れに身を委ねるように、ただ自分の人生を普通に進んでいく。
大きな物事には関心を寄せず、付かず離れずを繰り返すような日常。
退屈な日常かもしれないが、それが楽だと思ったからそうしてきた。
その弊害《へいがい》か、高校じゃ友達らしい友達を作ってこなかった。
別に寂しくはなかったんだが……そんな俺に思いがけないことから友人たちが出来た。
啓誠《けいせい》、清隆《きよたか》、波瑠加《はるか》、愛里《あいり》。
俺を含めてたった5人だったが、むしろその小さなグループが妙に心地よかった。

残りの学校生活、この5人でのんびりと過ごすんだろう、そんな予感と共に。

周囲の環境は変わっても俺は俺だった。それだけは変わらないと思っていた。

そんな予想を他所《よそ》に、1つだけ大きな変化が起きた。

誰かを好きになる、ということ。

可愛《かわい》い、美人だと思った異性はこれまでにもいたが、好きになるってことはなかった。

いつからだろう。


波瑠加《はるか》の横顔を見つめるようになっていたのは。


そして確信を持ったのは、満場一致特別試験で波瑠加が退学すると言った時だ。

離れ離れになることを受け入れられない自分がいた。

理屈じゃなく、感情が最優先されていた。

同じくらい大切にしていたグループのメンバー、愛里《あいり》を見捨てることになるとしても、守りたいと思ってしまっていた。

この感情が許されるものなのかどうかは分からない。

優劣をつけ、是非ではなく守りたいことを優先してしまった。

けど後悔はない。

「私の復讐《ふくしゅう》に付き合ってくれる？」
その呟《つぶや》きで現実に引き戻される。こちらを見る彼女の目はいつもと変わらない。
強気で、真《ま》っ直《す》ぐで、危うい色をしていた。
でも一片の曇りもない、迷いが感じられない覚悟の意思を持っていた。
俺は声にして答えることはしなかった。いや、出来なかった。
その復讐は、きっと友人を、クラスの仲間を大勢困らせる。
そんな俺の感情を見抜いたのだろう、彼女は笑って1人、背を向けて歩き出す。
昔の俺なら、きっと淡々と見送っていた。
見送ることが正解だ。
そう、この背中を見送れたら、どれだけ楽だろう。
誰かを好きになるのが、こんなにも面倒で大変で、厄介だとは知らなかった。

俺は……。

この先、どれだけの人間に恨まれることになったとしても……。
コイツを1人で行かせることなど、感情が許さない。
体育祭を終えたこの日、俺は——ありもしない覚悟を決めた。

○勝利の代償

満場一致特別試験が終わり、土日を挟んで週が明けた9月20日。

午前6時半頃に目を覚ましたオレは、テレビをつけ朝食の準備を始めた。

新しい月曜日がやってきたが、先週までとは大きく異なる日常が待っているだろう。

何故《なぜ》そうなるのかは畏《かしこ》まって推理するまでもない。

影を落としている要因は大きく分けて2つある。追い込まれた櫛田《くしだ》の暴露によってクラスメイトの関係に亀裂が生じたこと。退学者を裏切り者、つまり櫛田だけに限定する前提条件を覆したことで、オレや堀北《ほりきた》への信頼が揺らいでいることだ。

退学者を出すか出さないか。その選択でオレは裏切り者だけを退学にさせることを約束した上で全員に賛成票を投じさせた。そしてこれまでの布石を使い櫛田を追い込み、裏切り者であることを自白させた上で退学に導こうと計画を実行した。

櫛田を信じたい生徒や櫛田に好意を抱く者からの庇護《ひご》を受けた櫛田だったが、最終的に本性を露《あら》わにし秘密の暴露を始めたことで信頼は失墜。

退学に向けあと一歩まで駒を進めたが、ここで予期せぬ出来事が発生した。

全てを知った上で、櫛田がクラスに必要な人材だと訴えかけた堀北鈴音《すずね》の発言だ。

極めつけは、櫛田への退学に絶対に賛同しないとまで言い切ったことだ。

元々は裏切り者だけを退学にすると約束したのはオレであり、堀北はそれに賛同したに過ぎなかったが、それでも櫛田を擁護《ようご》したのには驚いた。

残された僅《わず》かな時間で取れる選択は、櫛田を残し試験のペナルティを受け入れるか、櫛田以外の誰かを退学にさせ試験をクリアするか。

ともかく、前述した通り、方針転換した堀北、それを受け入れ他者の退学を打ち出したオレへのクラスメイトからの信頼は大きく揺らいだ。

淡い恋心を暴露され、純粋に傷ついた者。

友人同士の悪口を聞かされ、疑心暗鬼になっている者。

友人を失い、友人を恨む者。

クラスの状況の深刻さ、その理由を列挙すれば枚挙にいとまがない。

ただ、暴露に関連する影響は慌てるべき問題ではなく、最初から予定していたもの。

信頼の塊である櫛田を陥れるために避けては通れない必要経費だった。

これを単なるデメリットと捉えるなら話は楽だ。

しかしオレはそう捉えない。そんな捉え方をしていては経験を積むことが出来ない。成長するチャンスを逃す機会損失だ。

4クラスの中で唯一退学者を出した。クラスメイトが深く傷ついた。その代償でクラスポイントを得た。否《いな》。その状況の視点を変えることが重要となる。

傷ついたで終わらせるのではなく、その先を見る。

傷ついたからこそ、絆《きずな》を強くする機会を得たとしなければならない。

そうすることで、堀北《ほりきた》のクラスは更に強くなることが出来る。

どれだけの生徒がこのことに気付けているかは不明瞭だが、ともかくその問題から逃げず立ち向かわなければならない。

堀北クラスの特別試験は、まだ続いている。

100クラスポイントの重み、貴重さ。自己の行いを振り返り、知るには丁度いい。

もちろん、このまま放っておけば沼に嵌《は》まってしまう恐れもあるため注意が必要だ。

下手に放置すれば、傷口が更に広がってしまう危険もある。

朝食を終え、歯ブラシを片手に携帯をチェックする。

夜中に見た時から特に新しい連絡等は来ていないようだ。

「それにしても———」

元々の予定にはなかった結末であり、特別試験が想定外の展開を迎えたことには未《いま》だ驚いている。合理性、整合性、客観性など様々な観点から見ても、賛成に固執し続けクラスを混乱に陥れた櫛田桔梗《くしだききょう》の退学以外、選択肢はない状況だった。

彼女の退学が一番クラスに残すダメージも少なく、すぐに体育祭へと気持ちをシフト出来ると判断していた。

つまりオレの主観からすれば、堀北の選択した『裏切り者である櫛田桔梗を退学させない』という考えは、存在しないものであり不合理であり、ミスである。

明確なミスだと感じながらも、オレはその堀北を支持し、愛里《あいり》を退学させる方向へと舵《かじ》を切った。つまり不合理な失敗に身を委ねることを選択した。

少なくともこの学校に来る前のオレには絶対になかった選択肢だ。

では、今それを受け入れた理由は何か。

堀北鈴音《すずね》という生徒は、ある種他の生徒よりも櫛田に対する想《おも》いが強かった。

親しい友人、そんな表現は正しくなくとも、堀北にとって間違いなく櫛田は特別な存在だったと言える。自分にとって特別な者を残したいと考えるのは自然なことだが、それを基準にジャッジを下せば不公平が残る。

ましてリーダーとしての立場も確立しつつある状態での悪用との見方も出来る。

愛里の親友だった波瑠加《はるか》の視点を例に取ってみればわかりやすいだろう。

波瑠加にしてみれば、退学者を出す選択肢に固執し続けた櫛田こそが悪であり、排除されるべき存在だった。そしてオレと堀北もその悪の排除を前提に話を進めていた。

だからこそ自分も退学者を出すことに1票を投じたのだ。

にもかかわらず、堀北の櫛田優遇の割を食ったことで親友が退学してしまった。

これでまた来週から頑張ろうと言われても、納得など到底できない。

だが忘れてはならないのは、堀北の選択もけして楽なものではなかったということだ。

あの難しい選択を迫られる特別試験の中で、堀北は自分の答えを明確に出した。

そして自ら矢面に立たされるリスクを背負った上で、櫛田を残すことを宣言。

これだけでも並大抵の生徒では不可能な判断だ。不公平と後ろ指さされる覚悟で、堀北《ほりきた》は櫛田《くしだ》を残すことが『クラスの益』になると信じていた。

「もちろん、それでも今の段階《だんかい》で正解とは言い難《がた》いわけだが」

満場一致特別試験が行われる前段階では櫛田の方が愛里《あいり》よりもクラスに有益をもたらす価値は明白に高かった。暴露した後でもまだ櫛田に分があったと言えるが、大きかった差は確実に縮まってしまっていた。それに加え櫛田自身は改心したとは言えず、今後もクラスに非協力的な態度を続けることが予想される段階。

つまり櫛田を残すことがクラスの益になる保証はどこにもない状態だったと言える。

堀北の考えは、その進化の方向としては間違っている。

その結論だけは変わらない。それでも堀北の考えを支持した理由はたった1つ。身も蓋《ふた》もない言い方だが、堀北の成長、方向性、その結果を見てみたいからだ。

綾小路清隆《あやのこうじきよたか》という人間には選択しえない行動の果てに何があるのか。

櫛田を残したことで起こるクラスの化学反応が見たいと思った。

僅差《きんさ》でAクラスを掴《つか》み取《と》り、選択の正しさを証明する?

クラスが崩壊し、選択の過《あやま》ちを知る?

あるいはそれ以外の予期せぬ変化をもたらすのか。

少なくとも、オレは負の連鎖を生み出す可能性が高いと考えているが……。

携帯からOAAを起動してみると、クラスの一覧名簿から佐倉《さくら》愛里の名前は既に消去されていた。まるで最初からそんな生徒は存在しなかったかのように。

制服の右ポケットに携帯を入れ、その後鞄《かばん》を手にして玄関へと向かう。

クラス内の事情とは別に、他クラスでも気になる動きがあった。

龍園《りゅうえん》と坂柳《さかやなぎ》が、互いを学年末試験で戦う相手と希望していたことだ。龍園の方はクラスポイントを奪う上でAクラスを指名することはおかしなことじゃない。だが、坂柳はどうだ。あの時点で最下位だった龍園クラスを指名するメリットが出てこない。一之瀬《いちのせ》と手を組んでいることと、龍園を潰《つぶ》しておいた方が良いと判断してのことか。

坂柳と龍園の間に交わされている『約束』も関係しているのかどうか。

この辺にも注意を払っておいた方がいいだろうな。

堀北のクラスとしては最高の状況になったわけだが……。

いつもと変わらない時刻に部屋を後にし、寮の外へと向かう。

エレベーターを降りたロビーのソファーには見慣れた姿の堀北が座って誰かを待っていた。オレを一瞥《いちべつ》したものの、立ち上がろうとする素振りは見えない。

しかし周りに丁度誰もいないこともあってか、やや遅れて立ち上がると近づいてきた。

「櫛田でも待ってるのか？」

向こうが話し出す前にそう切り出すと、一瞬言葉を詰まらせつつも答えてくる。

「あなたにはお見通しのようね。ええ。週末は何度か彼女の部屋に行ったんだけど……」

精神的ケアを試みたようだが、接触することも出来なかったか。

人生で経験したことのない屈辱だっただろうからな。すぐに堀北《ほりきた》と顔を合わせる気にはなれないだろう。ひょっとするとかなり早い時間からここで櫛田《くしだ》が降りてくるのを待っていたのかも知れない。

それよりも気になったのは、堀北の目の下から睡眠不足が簡単に見て取れたことだ。

「相当櫛田の件で悩んでるみたいだな」

「え？　あぁ、違うのよ。寝不足は寝不足だけれど、これはちょっと別の理由よ。彼女、1度も部屋から出なかったの。何度訪ねても居留守で。まさに籠城ね。それでもこっちは絶対に会うつもりで張り込んでいたのだけれど……」

「籠城してたってことは……玄関傍《そば》で待ってたのか」

土日だけだとしても、朝から晩まで張り込んでいたのなら大したものだ。

「繰り返しチャイムを押して待機して。それでも物音1つ立てず静かなものだったわ」

2、3日籠城するだけの食糧が櫛田の部屋に眠っていても何ら不思議はない。

「それに周囲にも気を遣う必要があるでしょう？　櫛田さんが引き籠《こも》ってることが他クラスに知られても得はないもの」

神経を尖《とが》らせ、廊下で出て来るのを待ち続ける。まさに苦行の休日だったわけだ。

並大抵の生徒なら堀北の情熱に負けそうなものだが、流石《さすが》は櫛田。

一切の同情を見せることなく、乗り切ったということか。

「先日のことがあって、彼女は今までのようにはいられない」

「おまえが櫛田を残す選択をした以上、確かにフォローをするのは当然のことだからな」

決意を覗《のぞ》かせ頷《うなず》く堀北だが、思うところが全くないわけではないだろう。

「綾小路《あやのこうじ》くんは……週末はどうだったの？」

どうだったの、とはもちろん綾小路グループのことだ。名指しして愛里《あいり》を退学にさせたため、堀北にしてみれば櫛田を残したこと以上に問題が噴出していると見ているはずだ。

「啓誠《けいせい》や明人《あきと》とは、軽く連絡を取り合ったがそれだけだ」

それも、特に愛里に関することは話の中に含まれていなかった。触れなかったというよりも、触れ方が分からないと表現する方が正しいか。そして波瑠加《はるか》に至っては、既読を付けた形跡もない。アプリの使い方に詳しいわけじゃないが、グループの退室はしていなくともブロックくらいはしていても驚かない。

「長谷部《はせべ》さんとはまだ話が出来ていないのね」

「まあ、そうだな。波瑠加とは流石に連絡を取る勇気が持てなかった」

申し訳なさそうな顔を見せた後、堀北は頭を下げる。

強引に顔合わせしたところで、今打ち解け合うことは無理だ。

関係の修復を試みるよりも、オレが抜けて3人でグループ関係を維持する方が現実的。

つまり見守ることが最善の選択だろう。

その過程で波瑠加がオレを恨んだままでも、それはそれでいずれ生きてくる。

そうなってくれればむしろクラスとしては好都合だが、そうでない場合に備えておかなければならない。オレを、堀北《ほりきた》を、そしてクラスを恨み続けたなら、波瑠加《はるか》が個人的な事情でクラスに害を及ぼすことに繋《つな》がる可能性もゼロとはいえない。

彼女のスペックはクラスに必須のものではないが、それなりに使える駒が1つ欠けてクラスの最大値を減らすことはもちろんデメリットだ。

付随して明人《あきと》や啓誠《けいせい》の戦力低下といった連鎖も考えられる。

「今は何を話したところで伝わるものも伝わらないだろうしな。待つしかない」

ひとまずこんな場所で議論することではないことだけは確かだ。

互いの状況を確認し、堀北は静かに息を呑《の》んだ。

「私が櫛田《くしだ》さんを残す選択を強行したことで、あなたたちの関係を変えてしまった」

直接愛里《あいり》に引導を渡したのはオレだが、それも自ら買って出た役目。

少なくともその部分に関してはこちらの責任だ。

「同じことで2度謝る必要はない。おまえがそれを正しいと思ったのならそれでいい」

「でもあなたは私を庇《かば》ってくれた。いいえ、それだけじゃない……」

頭の中を整理するように、丁寧に言葉を紡ぐ。

「あの状況で佐倉《さくら》さんの退学を私が誘導しても、きっと最後まで長谷部《はせべ》さんが折れることはなかった。つまり時間切れによるペナルティは避けられなかったということ」

この週末のクールタイムのお陰で、しっかり状況が見えたようだな。

退学を宣告する役目の負担の大きさ、そして実行することの難しさ。

限られた時間の中での戦いは想像以上に厳しい。

最悪の事態を避けられたことに安堵《あんど》しつつも、どこか不安げな瞳の色にも見えた。

少なからず、時間切れで誰も退学しなかった道への救いを求めている。

39人が欠けなかった世界。クラスポイントを失いながらも、仲間を守ったことで絆《きずな》を深め再びAクラスを目指せたIF。それが逃げの思考であることを堀北も分かっている。

だからこそ奥底に、沸き上がりそうになるその思考を押しとどめている。

「あの試験、あなたには最初から全てが見えていたかのようだった」

「未来予知したわけじゃない。ただあらゆる想定をして臨んでいただけだ」

「それが凄《すご》いのよ。ある程度のイメージは作れても、完璧に読み切ることは出来ない。課題の内容、どんな発言をすれば相手が思い通りに動くのか。計算の上に成り立っていた」

少しずつオレの見えている世界、考えている世界に気付き始める。

「反省と分析も結構だが、今はまずクラスの問題を解決することが先決だ、そうだろ？」

「え、ええ。そうね……」

「先日までと同じ環境が待ってると思わない方が良い」

「それはもちろん覚悟の上よ。長谷部さんには間違いなく恨まれているし、幸村《ゆきむら》くんや三《み》宅《やけ》くんも同じ気持ちでしょうね。それに櫛田さんを残すため強引に動いたことに納得していない生徒がいることも」

覚悟の上と言うが、それはまだ本当の意味で理解しているとは言い難《がた》い。

自分のした決断が導く変化にどこまで平静なままでいられるか。

これが単なるプラス変化であれば構わないが、今回は殆《ほとん》どが正反対。マイナス変化だ。

クラスポイントを増やした功労者としては見てもらえないだろう。

「あなたはもう学校に行って」

今の堀北《ほりきた》は櫛田《くしだ》のことに対応するので精一杯のため、ここでの長話に意味は無いな。

「下手に悪目立ちしても良いことはないしな」

ここは堀北のクラスの生徒たちだけが住む寮じゃない。

坂柳《さかやなぎ》や龍園《りゅうえん》といった敵と呼ぶべきクラスの人間も同様に生活をしている。

櫛田の本性に関することに蓋《ふた》が出来るとは考えていないが、だからといって自ら露呈する隙を見せていく必要性はどこにもない。

クラスは確かに大きなポイントを獲得した。

その代償と上手《うま》く向き合えるかどうかはこの先の生徒たちにかかっている。

だが、それよりも前に――――。

早速見えてきたクラスの解決に向けた問題点、それをどうするかだな。

1

教室にやって来ると、やはり特別試験前までの雰囲気とは異なることにすぐ気づく。

まず、オレへと視線を向ける生徒が数名。

これは日頃親交の薄い生徒の割合が高いが、驚くことでもないだろう。

これまで傍観《ぼうかん》、静観者側だったことを思えば相当踏み込んだ対応を見せたからな。

櫛田との関係性、これまでの表向きの態度など、理解の及ばない部分は多い。

気にしつつも直接話を聞きに来られる生徒はそういない。

「おはよう綾小路《あやのこうじ》くん」

そんな中、松下《まつした》がオレを見つけると嬉《うれ》しそうに近づいてきた。

「おはよう」

思いがけない行動に男女からの視線が驚きへと変わる。

松下から遠目に手を振られる程度のことはあれど、こうして登校してきただけで声をかけて来られたのは初めてかも知れない。

先日のことを気遣ってなのか、あるいは別の狙いがあるのか。

この松下はオレの実力を高く買ってくれている。櫛田を退学させようとしたことや、その立ち回りは評価を下げるどころか上げた可能性もある。愛里《あいり》退学の流れでも、松下は仕方がないことだと声をあげて同意した生徒の1人だ。

「いよいよAクラス浮上に向けて動き出したってところ？」

「どうだろうな」

軽いジャブを避《よ》けてはぐらかすと、それ以上は必要ないと思ったのかあっさりと引き下がる。そして視線だけを横へと向ける。

「しばらくは色々あるかも知れないけど、気にしないでいいと思うよ」

そう言った後、こうも付け加えた。

「綾小路《あやのこうじ》くんのことだから、きっと気にもしてないだろうけどね」

建前と本音をぶつけてくる。

「重要なことは綾小路くんや堀北《ほりきた》さん以外のところにある。でしょ？」

今回の結果をどう受け止めているか、その点については堀北より松下《まつした》の方がオレの心情を理解……いや、的確に解釈しているようだ。

問題は篠原《しのはら》や波瑠加《はるか》、そしてみーちゃんと櫛田《くしだ》だろう。

今名前を挙げた生徒は満場一致特別試験でも特にダメージを受けた生徒たち。

篠原からの痛い視線が時々こちらを向いている。

それはオレに向けられたものでなく、松下へのもの。本人は平然としているようだが。

「週末ね、色々と都合は付けたんだけどドタキャンされちゃって」

自分を見る篠原の視線に気付いてか小声でそう呟《つぶや》く。

「女子ってこういう時、長引くことが多いから」

「大変なんだな」

「まぁ悪いのはこっちなんだけど」

元々は恵《けい》や松下たちが篠原と池《いけ》のカップルを揶揄《やゆ》したところが始まりだからな。容姿について陰で悪口を言われていたのだから、篠原が怒るのは当然のことだ。

「これくらい日常茶飯事だよ。もっと大変なことだって今までもあったし」

上辺だけの付き合いしかない男子には知りえない女子の関係性。

知りたいようで知りたくないな。

それからは特に声をかけてくる生徒もおらず、時間が流れていく。

そして堀北も遅れて登校してきたが、そこに櫛田の姿は無かった。

須藤《すどう》や一部の生徒が堀北に声をかけようとするが、ギリギリの登校だったためチャイムが鳴り、それぞれ自分の席につくことに。

週末堀北の前に姿を見せなかった櫛田だが、雲隠れは続くらしい。

他にも空席が目立つ中、朝のホームルームを迎える。

教室にやってきた茶柱《ちやばしら》先生も、すぐに幾《いく》つかの空席が目に留まったようだ。

「櫛田、長谷部《はせべ》、王《ワン》の3人が欠席か。珍しいこともあるものだな」

詳しい欠席の事情を知らないオレたちだが、茶柱先生は違う。

「長谷部と王の2人は体調不良の届け出が出ているため普通に受理している。櫛田に関しては連絡がないため、この後電話して確認を取る。単なる寝坊か、起きられないほどの体調不良かはすぐに判断が付くだろう」

やや大げさな表現も交えたが、十中八九仮病である見立てをしての発言だろう。

欠席者が出ることは、学校生活を長く送っていれば珍しいことじゃない。

だが3人同時に休むのはこの1年半で初めてのことだ。これまで欠席の人間が出ても、茶柱《ちゃばしら》先生は何か発言をすることなどなかった。淡々と処理を続けていたこれまでとは異なっている。これが普通の学校なら、休んだことのツケは全て自分自身に返って来る。

1週間サボれば内申点に響き、授業に置いて行かれることだってある。

しかし、この学校では1人の責任は全員の責任でもある。

全員が言葉にこそしないが、何を気にしているかは茶柱先生も理解しているだろう。

「そう不安そうな顔をするな。1日2日休むくらいではクラスポイントに影響を与えることもない。たまたま3人同時に体調を崩すことだってある」

この瞬間にクラスへの影響はないと言い切る。

そのハッキリした言葉に、クラスメイトは安堵《あんど》したことだろう。

「そうは言っても、この休みが長引けばその限りじゃない。まして仮病ということになれば、少しずつ問題も表に出て来るだろう」

連絡のない櫛田《くしだ》の席を見つめ、そう答える。

「まあ、仮病というのは少々大げさだったかも知れないが、具体的な病名が判明しない体調不良では、限度があるということだ。出来れば早期の快復に期待したいものだな」

嫌でもクラスメイトの視線は堀北《ほりきた》へと集められる。満場一致特別試験では、自らの考えを最優先させ櫛田を残すと宣言した。当然、矛先の多くは堀北へと向けられる。

その矛先……分かりやすく言えば視線を受けながらも、堀北は微動だにしない。

内心は見えないにしても、この場で動揺していては話にならない。

そんな状況を見つめた後茶柱先生は1度咳《せき》ばらいをして生徒たちの意識を堀北から強引に引《ひ》き剥《は》がす。

「欠席者のことも気がかりだが、そればかりにかまけてもいられないぞ。満場一致特別試験も終わり、おまえたちは次の戦いに足を向けなければならない」

軽く背後のモニターに手の平を置いて、画面を表示させる。

「体育祭の詳細、本年度に適用される特殊ルールを説明したい。よく聞くように」

この先に待つ体育祭は例年通りだった去年と同じもの。そんな風に考えていた生徒たち。

「特殊ルール……去年とは違う体育祭をやるってことなのかよ、先生？」

誰よりも体育祭に気合いを入れている須藤《すどう》からの疑問に、茶柱先生は1度頷《うなず》く。

「生徒会長が提言していたこの学校の新しい在り方が、無人島試験を含め認められつつあるということだ。個人の実力を重視した案を強く組み込んだ試み、それが具現化した体育祭となる」

無人島試験では、学力も高く、何より身体能力が飛び抜けている高円寺《こうえんじ》が大活躍し、クラスポイントを得た上に個人にも莫大《ばくだい》なプライベートポイントが支払われた。

まさに実力主義の学校を表したものだった。逆に実力のない生徒たちは退学の危機に晒《さら》されることにもなったが。その時と同じ個人の実力が重視される体育祭。その言葉だけを受け止めるとするなら、啓誠《けいせい》のような学力が長所な反面、身体能力に不安を覚える生徒たちには厳しい試験になりかねない。

「不安になる生徒も少なくないだろうが、今回の体育祭では個人の実力不足で退学になったり、個人だけが損害を被るようなことにはならないように調整されている。勉強も運動もと、誰しもが完璧に文武両道を体現できるわけではないからな」

軽いパニックを避けるためか、茶柱《ちゃばしら》先生はそう言って優しく説明する。

先週までとは違う柔らかな物言いに、一部の生徒たちは驚いたように顔を見合わせた。

もはや語るまでもなく、モニター上には体育祭の概要とルールが表示された。

体育祭の概要及びルール

概要
様々な種目からなる、全学年参加型のスポーツの祭典
開催時刻・午前9時から午後4時まで（正午から午後1時までは休憩時間とする）
生徒たちは自由に選択した種目に参加し持ち点を獲得、総合得点をクラス単位で競う

ルール
・生徒1人につき持ち点5がスタート時に与えられる
・体育祭に参加する生徒は異なる競技5種目の参加が必要

・各種目への参加賞として持ち点1が与えられる
・入賞者には、種目内容に応じて追加で持ち点が与えられる
・6種目以降は持ち点1を支払う度に参加可能（参加賞の1点は入手できない）
・参加出来る種目は1人につき最大10種目まで
・参加競技数が5種目未満で体育祭を終了した場合、獲得した持ち点は全て没収される
・エントリー済みの競技にやむを得ない理由を除いての不参加や棄権《きけん》は2点を失う
・参加する競技を終えた生徒は定められた幾《いく》つかの指定エリアで応援すること

以上のことがモニターに表示された。

この概要とルールを一読しただけでも、去年とは全く違うものであることが分かる。

「これが本年度の体育祭、その概要と大まかなルールになる。全校生徒が1つの競技を見守る通常時のものとは異なり同時刻に様々な場所で並行して競技を行っていく」

「な、なんか忙しそうだな」

須藤《すどう》が頭の中でざっくりとした当日のイメージを浮かべ困惑する。

「競技に参加し上位入賞を目指すことは最優先だが、綿密なスケジュールを立てる必要がある。勝つために多数の競技に出場するつもりなら忙しい体育祭になるだろう。競技には大きく分けて2種類あり、まず基本競技と呼ばれるもの。これは1人で参加可能な競技のことを指し、基本競技は全て固定報酬で1位には5点、2位には3点、3位には1点、そ

して参加賞の1点が与えられる。もう1つは特殊競技と呼ばれる団体戦。2人以上で参加可能となる競技だ。団体戦の方が報酬が高く設定されていて、参加したチーム全員に等しく点数が与えられる。報酬が魅力的な反面、連携などが求められる他、拘束時間が長くなるなどの欠点も備えている」

個人戦と団体戦が明確に分けられていて、団体戦の方が貰《もら》える点数が高いのか。

最下位などを取った時のリスクが無いのは運動の苦手な生徒にありがたい配慮だ。

「団体戦の報酬は競技によって異なるため別途確認しておくように」

理解してしまえば単純なルールだが、やらなければならないことは意外と多いな。

初期に渡された持ち点5点と参加賞の5点、合わせて10点は成績にかかわらず体育祭に参加して競技を終わらせれば手に入る。何らかのアクシデントで必要最低条件を満たせない生徒がいれば、1人につき10点目減りしていくということか。

全員参加することを前提に組み立てれば、現時点で40人クラスの一之瀬《いちのせ》が400点、2人欠けているこのクラスが380点。スタート20点のハンデを背負って戦うことになる。

今判明している個人戦での報酬は1位を取れば5点。4つ多く1位を取ることが求められる。それほどでもないように感じるが、1人につき参加出来る競技は10種目まで。

つまり須藤《すどう》にフル稼働してもらい15、20種目と参加して荒稼ぎするなどは不可能。意外と重くのしかかって来るかも知れないな。

「持ち点を支払い6種目目以降に参加していくかは個人とクラスの選択、自由ということだ。そして体育祭終了時の総合点で学年別の順位を決定する」

モニターが切り替わり学年別の報酬が表示される。

クラス別順位報酬
1位　　150クラスポイント
2位　　 50クラスポイント
3位　　 0クラスポイント
4位　マイナス150クラスポイント

通常の試験という観点から見れば、ややクラスポイントの変動が大きい気がする。体育祭という大きな全体行事であることと、現在発表されている文化祭ではクラスポイントの変動が比較的緩やかであることが関係しているのだろうか。

「以上がクラス別の報酬だ。ここからは個人戦に対する報酬を発表する」

クラス別の報酬だけでもモチベーションは十分だが、それだけに留《とど》まらない。

個人の実力を問うと銘打つ体育祭である以上、個人報酬の方も用意されているのは必然の流れだった。

須藤が前のめりになりながら、固唾を飲むようにしてモニターが切り替わるのを待つ。

1年間で、もっとも自分が輝けるイベントであることを、誰よりも自覚しているからだ。

個人戦報酬（学年、男女別）
1位　200万プライベートポイント、もしくはクラス移動チケット（限定的）
2位　100万プライベートポイント
3位　50万プライベートポイント

高額なプライベートポイントの報酬に、須藤《すどう》がガッツポーズを見せる。

それに付け加え、今までに見たことのない一文も記載されていた。

「く、クラス移動チケット、ってまさか――!?」

今まで見たことがないほど、クラスが驚きざわつく。

「学校側も、今回の新制度導入にはかなり慎重な姿勢を見せていた。プロテクトポイントの導入も前代未聞のことだったが、それから時が経《た》っていない中での導入だからな。しかし個人の実力を示した生徒が上に行くのは当然の権利でもある」

この学校での勝者は、Aクラスで卒業できた生徒のみ。

体育祭という大きな身体能力を求められる試験で、学年ナンバー1の成績を収めたならクラスを移動する権利を保有するに相応《ふさわ》しいと判断されても何ら不思議はない。

一応の位置付けとして、体育祭は特別試験には該当しないようだしな。しかし気になるのは200万プライベートポイントとクラス移動チケットが対等の扱いを受けているところだ。本来クラスを移動するのに必要なプライベートポイントは2000万。つまり桁が

1つ足らない状況だ。にもかかわらず、クラス移動の権利が与えられる。その不釣り合いな点の答えは、クラス移動チケットの限定的という一言が鍵を握っているのだろう。

「限定的って……移動してまたいつか戻って来なきゃいけないとか？」

「いやそれはないだろ？　そんなの意味ないしよ」

限定的という言葉に動揺する須藤と池《いけ》が離れた位置から会話する。

「クラス移動の権利は与える。が、かと言って体育祭終了時点で全てを読み切るのは難しいだろう。よってこの限定的とは使用時期のことを意味する。権利を行使できるのは2学期のうちだけ。つまり3学期が始まるまでに行使しない場合は無効となるわけだ」

限定的とは、いわば使用時期が定められたクラス移動チケットか。

これなら2000万ポイントと対等だとされているのにもある程度納得がいく。

卒業後まで保有出来るのなら実質Aクラス確定チケットだが、期限がある以上、最終的に勝ち残る、あるいは勝ち上がるクラスを見極める目が必要だ。

今のクラスから他クラスに移動したが、最終的に元のクラスがAクラスで卒業しましたとなってしまえば、このチケットの誘惑の罠《わな》に陥ったことを長く気に病むだろう。

そんな最悪のケースに見舞われなかったとしても、使うには相応の勇気がいる。

1年半以上慣れ親しんだ自分のクラスを放棄するのは、簡単なことじゃないからだ。

仮に須藤がその権利を獲得したところで、堀北《ほりきた》や友人たちを捨てAクラスに行くかを客観的に考えた時、クラス移動する姿を容易には想像出来ない。

注目される体育祭とはいえ、1度の活躍でAクラス行きが確実になるわけではない。

その点をしっかりと覚えておく必要がありそうだ。

ただ、それは2年生に限った話。学年が違えばまた価値は色を変える。

1年生なら、まだそれほど親しくない今のクラスを捨てて勝てる見込みを感じているクラス、もしくは単純にその時点のAクラスへと移動する者も現れるかも知れない。

その一方で3年生たちにとっては、南雲《なぐも》のクラスに移動できる最強の権利とも呼べる。

実質Aクラスで卒業するも同義になるからだ。どの学年にせよクラス移動する権利、その選択が与えられるのは大きい。

それによる影響が今後どう出るのかも要観察だろう。

学校も反応を見て、また同じようなチケットを用意するかどうか判断するだろうしな。

総合的に見て面白いバランスをした興味深い報酬なんじゃないだろうか。

「男女それぞれ学年1位になった生徒にはどちらかを選んでもらうことになる。須藤《すどう》、おまえが個人戦でトップを狙うつもりなら、よく考えておくことだ」

須藤の背中が強張《こわば》ったのが見て取れた。

妄信的に仲間を優先し200万ポイントに飛びつくのではなく、その先を見ること。

今いる堀北《ほりきた》のクラスを取るのか、独走している坂柳《さかやなぎ》のクラスに移籍するのか。

自分の将来と向き合いじっくりと検討する権利はある。

「さて、もう少し詳しい説明に移ろう。競技は事前に公開されるものと、当日にならないと公開されないものの2種類が存在する。つまり当日ぶっつけ本番で挑む種目もそれなりに用意されるということだ」

100メートル走や障害物競走など基本的な競技に加え、面白そうな変わった種目が幾《いく》つか表示される。PK、バスケシュート対決、テニスシングルスあるいは男女混合ダブルスなど。普通の体育祭ではお目にかかれないような競技が目白押しだ。

「人数や開催時刻が設定されているから、必ずしも自分の望む競技全てに参加できるとは限らない。タイムスケジュールに合わない予定を無理やり組めば参加に間に合わず棄権《きけん》扱いになることもある。持ち点を失うリスクも抱えることを忘れるな」

身体能力が学校全体で見ても秀でている生徒には、効率良く持ち点を得られる種目に数多く出てもらう必要がある。そういう意味では頭を使う側面もあるし、誰がどの種目に参加できるかの運、あるいは読み切る力も求められる。

ただ、もしこのままの状態で体育祭が開催されれば生徒たちはパニックになるだろう。当日、一挙に生徒が特定の種目に押しかけることになれば競技どころじゃない。

もちろん、学校側がそれを理解していないはずもないが。

「公開されている種目への参加は、本日の夜10時から専用アプリにて予約が解禁される。全学年早い者勝ちだ。体育祭本番の1週間前までキャンセルを受け付けるが、キャンセルは3回までしか利用できない。最後の予約締切は本番2日前までで、それまでに上限の5種目を登録していない場合は自動的に空いているところに割り振られる」

そう言って、アプリの画面と思われるスケジュール表が表示された。

「試しに100メートル走に参加するとしよう」

画面が切り替わる。『100メートル走・学年別、男女別による最大7人参加型の種目。全4レース。任意のレースへの予約登録が可能。また空席がある場合当日の参加も可能。参加者は自分の競技開始5分前に到着しエントリーを済ませること。競技終了後は待機不要。第1レース予定開始時刻・午前10時15分』

このことから、100メートル走に参加出来るのは男女合わせると最大で56人。仮に何レース目に参加するとしても、競技は10時15分からのため、必ず5分前までに到着している必要があるということだ。競技終了後に待機不要の説明から見るに、第1レースに参加すれば短時間で次の競技へと移動が開始できる。その一方で第4レースの参加であれば長時間拘束されることになってしまう。同じ競技、同じ報酬でも時間で多少損をする。

「また重要な点として、現在、または在学中に1度でも部活動として在籍の過去がある生徒は該当する種目には参加が出来ない。平田《ひらた》ならサッカー、須藤《すどう》ならバスケット関連の種目への参加は認められない」

部活動をしている生徒は単純に有利、というわけではなく逆に制限があるのか。

確かに洋介《ようすけ》や須藤のような本職に勝てる生徒はまずいないため、部活経験者同士の対決になってしまうことを避けたいのだろう。

須藤がサッカー、洋介がバスケ、ということなら他の生徒にも十分勝機は生まれる。

中学時代は部活に専念していたが高校では部活として選ばなかった。そんな生徒も少数ながらいるだろう。その辺りで多少有利不利は生まれるかもな。

「にしても、なんか映画館の座席予約みてーだな」

説明を真剣に受けていた須藤が漏らした言葉は、的を射ている。

「確かにシステムは似ていると言えるだろう。誰がどの種目、どの時間帯の枠を押さえたかもリアルタイムで反映されるように作られている」

「つーことは俺と戦うのが嫌でキャンセルするヤツも出て来るってことっすね？」

鼻を鳴らし、自慢げに腕を組んで須藤が呟《つぶや》く。

「そうだ。が、そういう生徒は遅かれ早かれキャンセル3回の壁にぶつかることになる」

各競技に参加出来る人数、また時間が決まっていることもあり、スケジュールを立てるためにも早く得意な競技と特定のレースを押さえたい。しかし早く押さえれば当然強敵に狙われるリスクも上がる。だが逃げられる回数が決まっていれば、今度は予約をすることすら躊躇《ちゅうちょ》する。牽制《けんせい》し探りを入れる戦いも行われる。

体育祭の前段階から、ネット上で対戦が行われるようなものだ。

「また、もし個人戦の結果で同点の生徒が出た場合には、プライベートポイントは等しく分割されるとともに、クラス移動チケットは得られなくなる」

万が一学生が結託して大量の同率首位を生み、クラス移動チケットを大量獲得ということになれば制度として破綻する。それを避けるための措置《そち》だろうな。

ともかく活躍し1人で報酬の全取りとなれば大金かクラス移動チケットを手にする。

まさに実力の名に相応《ふさわ》しい報酬というわけだ。

クラス移動するつもりがなくとも、200万は様々な用途に使える。それこそ、夢の2000万ポイントを貯《た》めてAクラス確定の布石にすることも可能だ。

一方で運動に自信のない生徒は極力強制参加の5種目で留《とど》めておくべきだろう。貴重な持ち点を使って6種目目以降に参加して勝てなければ1点を失うことになる。それはクラス別の戦いにおいて大きな不利を生む。ただ、それも戦い方次第か。茶柱《ちゃばしら》先生が説明を終え、この場を後にすると一気に教室は沸騰した湯のように慌ただしくなり始める。

「よっしゃ鈴音《すずね》、早速ミーティングと行こうぜ！」

まず大声を張り上げたのは須藤《すどう》。ルールを聞いて俄然《がぜん》やる気を増している。

洋介《ようすけ》も自然と腰を上げ堀北《ほりきた》の方へと歩みを進め始める。ここまではいつもと同じ流れ。

だが一部の生徒からは冷ややかな視線が向けられつつあった。

本当に堀北に任せていいのか、堀北を中心にして構わないのかという疑念が渦巻く。

「まず今回の体育祭の話し合いをする前に、私から1つ伝えておくべきことがあるわ」

先手を打たれる前に動く。席を立ち全員に自分の顔が見えるように振り返った。

「先週末行われた特別試験で、私は皆との約束を反故《ほご》にする形で櫛田《くしだ》さんを退学させない選択を強行した。まずはそれを謝罪させて欲しい」

そう言って堀北は頭を下げる。しかし顔を上げたその目には強い意志も宿っていた。

「でも、結果として正しい選択をしたと思っている。彼女はクラスの力になれる存在よ」

「私はそう思えない」

真っ先に堀北の言葉を否定したのは篠原《しのはら》。櫛田の暴露で被害を受けた1人だ。

「櫛田さんがあんな人って分かった今、誰も信用なんてしない。今はまだ誰も櫛田さんのことを他のクラスの子に話してる感じはしないけどそれも時間の問題なんじゃない？」

櫛田を好きか嫌いか、1度棚上げして考えるべき大切な要素に篠原は切り込む。

これからもクラスメイトとして櫛田が存在していく事実は変えられず、それを前提に物事を進めるのなら都合の悪い『真実』は極力口外しない方が良い。

つまり櫛田の本性が黒く、危険思想の持ち主であることを、わざわざ敵のクラスに話して回るのは自らの首を絞めることにも繋《つな》がる。

黙っていれば得をする単純な話だが、それを実行するのは意外と難しい。

特に、今抗議している篠原は櫛田に直接痛い目を見せられている。

既に爆発していても不思議はないものだが、今のところは抑え込んでいるようだ。

篠原がその利点を理解しているようには見えない。とするなら、そのことを理解している賢い人間、洋介のような存在が事前に口止めを促していても不思議はない。

しかし、それもいつまでも続くかどうかは怪しいところだ。

櫛田に対する疑念、不安が限界を迎えた時は一気に決壊を迎えることだろう。

「ねえ堀北さん。櫛田さんを残したのは本当に正しかったって言えるの？　答えて」

篠原《しのはら》の言葉を受けて、視線だけを向けていた堀北《ほりきた》に痺《しび》れを切らし回答を急《せ》かす。

「今この瞬間に答えが出ることじゃない。それは私も、篠原さんも、他のクラスメイトだってそう。残りの学校生活の中で存在感を示していく必要がある」

「何それ。私は今答えが欲しいんだけど。どう考えても櫛田《くしだ》さんはクラスの邪魔になる」

「確かに満場一致特別試験はあなたを傷つけたかも知れない。今欠席している王《ワン》さんや長谷部《はせべ》さんを傷つけたかも知れない。でも、櫛田さんが一年半このクラスに貢献してきた事実は消えることはない。それともあなたは、彼女より結果を残せた自負がある？」

大きな問題を引き起こしたとしても、過去の功績は消えてなくなるものじゃない。

クラスをまとめ、心をケアし、学力と身体能力の平均をあげることに貢献してきた。

少なくとも篠原個人が、櫛田を上回る功績を残せていないことは確かだ。

「私が騙《だま》し打ちをしたこと、櫛田さんが退学者に固執し続けたことを好意的に受け止められないのは仕方ない。でもあのまま櫛田さんを退学にしたとして、即正解だったと言えるの？　クラスの平均が下がって特別試験に負けても平気な顔が出来る？」

「それは……そんなのやってみないと分からないじゃない」

「そうね。なら、私がやろうとしていることもやってみないと分からないことよ」

どちらにせよ不確定な未来であることに変わりはない。

篠原の力量で堀北を言い負かすことは簡単じゃないだろう。

「少しいいかな」

堀北と篠原の睨《にら》み合いの中、挙手しながら立ち上がる洋介《ようすけ》。

「少し引っかかっていることがあるんだ。櫛田さんのスキルを最大限生かすのなら、彼女の秘密をクラス内に留《とど》めておく必要がある。だから僕はクラスの皆に黙っていることをお願いしていたんだ」

「そうでしょうね。誰かが裏で指示を出していなかったら、今頃筒抜けだったはず」

月曜日になっても櫛田の噂《うわさ》が出回っていないことから堀北も疑問に思っていたようだ。

「だけど堀北さんは黙っているようお願いすることはなかった。それはどうして？」

「彼女を陥れたいと思う人に対し、どれだけ箝口令《かんこうれい》を敷いても意味がないからよ。学校に知れ渡るのが早いか遅いかの違いだけだもの」

過程はどうにしろ、これで生徒たちも決断するだろう。感情に身を任せ本性を周知させ櫛田に仕返しをするのか、クラスのために秘密にしておくのか。

「私は平田《ひらた》くんにお願いされなかったとしても話さないよ。休みの日に私たち集まる機会があって。なんか、これを漏らしても良いことないよねって話し合いになったから。もちろん今の櫛田さんに思うことが無いって言えば嘘《うそ》になるけどね」

流石《さすが》は頭のキレる松下《まつした》だ。櫛田の暴露で影響を受けたうちの1人ではあるが、自分たちから広めることのデメリットをよく理解している。

暴露されたから暴露し返す。そんなことをしても得るものは一時の達成感だけ。

「彼女は必ず連れ戻す。もしそれが出来ない時は……どんな責任でも取るつもりよ」

責任を取る。その強い決意に牙を剥《む》いていた生徒たちも喉を鳴らし、息を呑《の》んだ。

それは篠原《しのはら》も例外じゃない。

「……本当に責任取るの？」

「その覚悟で櫛田《くしだ》さんを残すことを選んだ。もしもの時はあなたたちが私を裁いて」

それを黙って見つめる明人《あきと》と啓誠《けいせい》の姿もある。

どんな気持ちでこの話を聞いているか、それを想像するのは難しくない。

ともかく、堀北《ほりきた》の強い一言で話はいったんまとまり、自由時間がやって来る。

堀北の視線はオレではなく、ある人物を見る。その人物もまた堀北を見つめ返し、やがて堀北は教室を出た。そのタイミングで横一つ空席を挟んだところに座っている高円寺《こうえんじ》が立ち上がり同じように教室を出ていく。

その様子が気になり、オレは少しだけ扉を開き確認してみることにする。

「何か私に話があるような素振りだったが、何かな？」

「次の体育祭に関して確認させてもらいたいことがあるの」

「フフ。私は協力する必要はない……という認識で間違っていないだろうねえ？」

「もちろんよ。ただ、あなたの意向を確認したいだけ。それくらいは聞かせてくれてもいいでしょう？」

高円寺の活躍を計算に入れるか入れないか。それ次第で戦略も変わって来る。

問われた高円寺はニヤリと笑って堀北の肩に手を置く。

それが癪《しやく》に障《さわ》ったのか払いのけようとしたが、高円寺の腕はピクリともしない。

「君はとてもラッキーガールのようだねぇ」

肩に手を置かれたままのため、やや不機嫌そうにしながらも言葉の真意を問い返す。

「やる気がある、ということかしら？」

「無人島試験と宝探しでは稼がせてもらったが、今は割とお金を使う時期でね。私としては参加しない理由はないというわけさ」

無人島試験でも圧倒的な力を見せつけた高円寺は、今後動くことは無いと思われたが、個人に莫大《ばくだい》な金が入る特殊な試験であれば気合いも入るということか。

堀北にしてみれば棚から牡丹餅《ぼたもち》。持ち点を1点でも多く稼いでくれるのなら文句などないだろう。まして高円寺なら、10点20点を容易に稼げる可能性が高い。

ただ、今回の報酬には気になることもあるだろう。

そのことに、堀北は一瞬ためらったようにも見えたが踏み込んでいく。

「もしクラス移動の権利を手に入れたら……あなたはどうするの？」

高円寺は間違いなく学年一の問題児、いや自由人だ。

自分がそうしたいと決めたなら、今のクラスを捨てることを迷ったりはしない。高円寺が今後クラスのためになるかは別だが、少なくともクラスから生徒が減ることを堀北はプラスとは考えないだろう。それに無人島試験や体育祭などの大金がかかった特別試験では真面目に挑むこともある。そうなれば強敵として立ちはだかることにもなる。

「その点はノープロブレムさ。堀北《ほりきた》ガールとの契約を捨てるほど、他のクラスに魅力があるとは今のところ考えていないからねぇ」

「今のところ、ね……」

つまり条件次第ではクラス移籍も可能性として常にあるということ。

「今日の時点ではセーフティーさ」

それは全く安全に繋《つな》がらないとは思うが、まあ高円寺《こうえんじ》を引き入れたいと考えるクラスがどれだけあるかは懐疑的《かいぎてき》だ。メリットもあるだろうが、デメリットも抱え込むからな。

「いいわ、その件は納得しておく。ただ気まぐれに振り回されるとこちらもあなたを信用できなくなる。上位を取るだけの持ち点を得る、そう計算して構わないのね？」

「そう取ってもらって結構。もっとも誰かと手を組んでやることはないがね」

あくまでも個人で参加出来る競技のみで点数を稼ぐつもりらしい。高円寺なら全競技で1位を取っても驚かない。最大55点を獲得する可能性が高いということだ。

「あなたは本当にAクラスに上がることに興味がないの？」

その質問には笑うことで答え、高円寺は教室へと戻ってきた。

「盗み聞きが趣味かな？」

僅《わず》かに開いていた扉から察したか、あるいは最初から分かっていたのか。

背後で立ち止まった高円寺が聞いてくる。

「体育祭の動向が気にならないと言えば嘘《うそ》になるからな」

「そういうことにしておこうか」

「おまえに質問してもいいか、高円寺」

「今の私は体育祭の報酬に心を躍らせていて機嫌がいい。答えてあげよう」

「おまえと堀北は約束を交わした。だが、それは絶対の保証じゃない。クラスの反感を買う覚悟で櫛田《くしだ》を残らせたように、おまえが切られる可能性もあったと考えられる。その点について思うことはあるか？」

自分の約束が守られるか否《いな》かに肝を冷やしたのかどうか、その点に探りを入れる。

高円寺はプライベートポイントを引き出す目的が裏にあったとはいえ、強気な姿勢で退学者を出すことに賛成していた立場だからな。

「全て計算の上で成り立っているものさ。もし、退学候補として私が最終的に絞り込まれる状況が待っていたならば、その手前の段階で反対に投じるさ。堀北ガールを信頼しているというトークもその大前提があってのもの」

「なるほどな。堀北を信用しきっていたわけじゃないんだな」

「他者に自分の身を預けることなどするはずがない。君もそうだろう？」

「かもな」

高円寺は適当、かつ自由なようでその裏には計算された思考も存在している。

更に計算されていながらも自由を保ち続けている。

どれだけ生徒1人1人を分解し答えに辿《たど》り着いても、この男だけは読み切れない。

2

「綾小路《あやのこうじ》くん。これから時間ある？」

昼休みを迎えた直後、堀北《ほりきた》がそう言いながら近づいてきた。

「一応恵《けい》と────」

「食べることになってるから。ごめんね？　清隆《きよたか》は貸せませーん」

恵は走って来ると、堀北の誘いをストップさせるように強引に間に割り込んで来た。

手を広げてノーを突きつける。

「っていうか彼女持ちの男子を誘うのはどうかと思うんですけどー？」

「そう。だけど彼を借りたいと思ってるのは私じゃなくて別の人。そして女子でもないのよ。それでも許可してもらえないかしら」

携帯をこちらに向けてきたので、オレよりも早く恵がその画面を覗《のぞ》き込《こ》んだ。

「八神《やがみ》……拓也《たくや》？　誰」

「メッセージの送り主は誰でもいいのよ。重要なのはその文面」

八神から堀北に送られた文章は、1時間ほど前に送信されたもののようだった。

『昼休み、綾小路先輩を生徒会室にお呼び出来ますか？　生徒会長が希望されています。対応が難しいようであれば僕がお伺いしますのでご連絡ください』

そう書かれてあった。

「私も一応生徒会の人間として役割がある。クラスメイトに用事があると言われたら頼みごとを断ることも出来ないから」

仕方なくでも、話を伝えに来てくれたということだ。

「南雲《なぐも》生徒会長があなたに会いたがっているみたい。また何かしたの？」

「何もしていない」

ここ最近は。と心の中で付け加えておく。

「あなたに断られたら、八神くんがここに来る。それでも断れば……もしかしたら南雲生徒会長がここに来るかも知れないわね。それで、どう返事すればいいかしら」

堀北は単なる連絡役。オレがどう返事をしようと淡々と処理を進めるだけだろう。

「悪いな恵。生徒会長の命令を無視すると後が面倒だ」

「ちぇ。まあ生徒会長なら仕方ないか……。佐藤《さとう》さーん、一緒にご飯食べよー？」

この状況には納得するしかないと理解を示し、恵はすぐに佐藤たちへと駆け寄った。

「切り替えが早いわね、彼女」

感心したのか呆《あき》れたのか、そんなことを呟《つぶや》く。

「今から向かう」

「なら、私は八神くんにそう報告しておくわ」

「生徒会で連絡先を交換してるなら、わざわざ八神を経由せず南雲生徒会長から直接おまえに連絡した方が早いんじゃないか？」

「生徒会でチャットアプリの連絡先を交換しているのは直接希望してきた八神《やがみ》くんだけ」

オレが納得し教室を出るとそれに合わせて堀北《ほりきた》も廊下へ出てきた。

「どんな理由があるのかは知らないけれど、極力怒らせないことをオススメするわ」

助言をくれた堀北と途中で別れ、オレは仕方なく生徒会室へと向かうことにした。

直接乗り込んでこられることを思えば、自分から出向く方が何倍も楽だからな。

生徒会室の前に到着したオレは、柔らかく扉をノックした。

程なくして、室内にいる南雲《なぐも》の声が聞こえたのを確認してから扉を開く。

想定通り、生徒会室の中は南雲以外に姿は見えない。

「よう綾小路《あやのこうじ》。最近生活に変わったところはないか？」

まずは軽いジャブから打って来る。

こちらの生活を乱しているのは他でもない目の前の生徒会長自身の指示によるもの。

日々、3年生から受ける視線のプレッシャーは一切弱まっていない。

むしろオレという生徒を詳しく認識していなかった3年生たちも、当たり前のようにこちらのことを記憶した。間違いなく上級生にとって一番有名な後輩はオレだろう。

詳細は知らずとも南雲に楯突《たてつ》いた後輩として刻まれている。

「特に変わりはありません。そう言いたいところですが、まあ多少は悩みもありますよ」

何も気づいていないフリをするのは簡単だが、こちらが参っている姿を見せなければ余計にエスカレートさせる恐れもある。

「生徒会長として、その悩み事の相談に乗ってやってもいいんだぜ？」

「単なる思い過ごしかも知れません。本当に困った時には力を借りることにします」

ある程度気持ちよくさせておけば、南雲も手を引く可能性を残せる。

……いや、それは流石《さすが》に楽観視し過ぎているか。南雲が望むのはオレの直接的な敗北だけ。この程度のことで満足するはずもない。

南雲は一定の感触を得つつも、この話で終わらせるはずもなく話題を変える。

「体育祭のルールはもう聞いただろ？　直接対決できる時が来たってことだぜ綾小路。体育祭の中には学年を問わない競技もある。それで俺と戦えよ」

「後輩に対する厳しい躾《しつけ》ですか？　南雲生徒会長のＯＡＡは拝見しています。大きな運要素の絡む競技でもない限り、逆立ちしてもオレに勝ち目なんてありません。結果は火を見るよりも明らかですよ」

下手《したて》に出るしか回答の選択がないとはいえ、それで納得する南雲じゃないだろう。

「そう答えるヤツだよおまえは。下手に出てれば俺が満足すると思ってやがる。いや、それを責めても仕方ないか。おまえは今下手に出るしか方法はないわけだからな」

こちらの浅い考えを見抜けない男でもないようだ。

「乗り気じゃないのは分かる。俺としても長々とおまえに付き合うのは時間の無駄だ。だからこの体育祭で俺との直接対決で１勝でもしたら、これまでのことは水に流してやる」

それはオレが想像していたよりも遥《はる》かに緩いものだった。

「たった1勝でいいのか、って思ってるようだな。おまえにとっちゃ簡単な話か?」

「そういうわけではありません。ですが、可能性は生まれたと思っています」

「全勝が条件。いや、勝ち越しが条件なんて突きつけたら生徒会長の恥だからな」

単なるプライドが邪魔をしているというわけではないだろう。むしろプライドを盾にしつつ何とかしてオレを勝負の場に引きずり出そうとしている。

「ただし条件は付ける。勝敗に関係なく俺が指定する5つの競技に全て参加しろ。1つでも欠場すればおまえの負けだ」

「オレが負けた場合どうなるんですか。勝った生徒会長はそれで満足するのでは?」

「だと良いけどな。おまえの悩みの種は消えない上に、こうして俺からの呼び出しも繰り返されるかもな。あるいは今までより頻繁に悩まされることになるかもな」

「クラスの方針もあります。少し時間を貰《もら》えますか」

「ま、今はそう言うしかないよな。1週間時間をやる。来週月曜までに連絡しろ」

「分かりました。話が終わりなら、ここで失礼してもいいですか」

「そう慌てんなよ。それともこの後予定でもあるのか?　俺に呼び出された以上、下手《へた》に約束なんてしてないよな?」

「ええ、まあ。予定はありません」

「それを聞いて安心したぜ」

時折携帯で何かを確認しながら話をしていた南雲《なぐも》。

まだオレを解放するつもりはないらしい。

「失礼します」

扉の向こうから、久しく聞いていない声が聞こえてきた。

「え――――」

手にビニール袋を持っていた一之瀬《いちのせ》。

「……お待たせしました、南雲先輩」

「悪かったな。今日は一緒に買いに行けなくて」

「いえ……」

「あぁこれか？　ここのところ毎日帆波《ほなみ》と2人生徒会室でランチだ。生徒会の仕事も忙しいからな。右腕には忙しくしてもらってるのさ」

昼休みにすれ違ったり出くわす機会も減っているなと思っていたが、そういうことか。

普通の生徒が立ち入らない生徒会室にいたのなら見かけるはずもない。

「2人でいれば色々と悩み事も聞かされる。そうだろ？　帆波」

「は、はい」

「今日は来客があることを伝えていた。おまえも飯に付き合えよ綾小路《あやのこうじ》」

袋から顔を覗《のぞ》かせている弁当の数は3つ。

オレとの話を済ませつつ、最初からここで食事を取らせるつもりだったようだ。

断るのは簡単だ。一之瀬《いちのせ》としても今のオレと同席するのは感情的に辛《つら》いだろう。

しかし既に言質を取られ包囲されているため、逃げ場は無い。

「この後の予定は無いって言ってたよな？　そういうわけだから座れよ」

囲い込まれた状況に、かつ生徒会長からの命令とあれば拒否権は無いも同然だ。

オレは南雲《なぐも》から離れた席に腰を下ろす。

一之瀬はいつも南雲の横で食べているのか、ビニール袋を手渡すと南雲の横へと腰を下ろした。こちらへは視線を向けず、やや俯《うつむ》き加減に弁当の準備を始める。

その不自然な様子に南雲が気づかないわけもなく、船上でのやり取りを思い返すはず。

「去年とは体育祭のルールが大きく違いますよね」

「むしろ感謝してほしいくらいだぜ。もし去年と全く同じルールで体育祭をやったら俺が勝つことは確定だったからな」

前年の体育祭のルールは、紅組《あかぐみ》と白組に分かれて戦うものだった。

南雲は3年生全体を掌握している。つまり自分が属さなかった組の生徒たちに意図的に負けさせることも出来たということ。

どれだけ残された1年生と2年生が奮闘しても、勝ち目は0に等しくなるだろう。

やがて3人で行われていたはずの会話は、南雲と一之瀬だけでラリーが成立するようになったため、オレは1人黙々と昼食の弁当を口に運んだ。

2人の食事が半分も進んでいない状況で食べ終わったオレは、蓋《ふた》を閉めて手に持つ。

「なんだもう食べ終わったのか？　空はそこに置いといていいぜ」

「ありがとうございます」

そう返したが、既に南雲《なぐも》の眼中にオレはなく一之瀬《いちのせ》へと視線は向けられている。

その一之瀬もオレに対し意識を向けないようにするためか、南雲と向き合っていた。

「失礼します」

この場に留《とど》まっていても仕方がないため、オレは生徒会室を後にした。

「優位性を示すための戦略、か」

傍目《はため》に見ている分には恥辱を与えられているように見えるだろうが、オレ自身に精神的ダメージを与えられなければ意味がない。もしその効果を狙いたかったのであれば、生徒会のメンバーをもう何人か用意して傍観《ぼうかん》させるべきだったな。

そうすれば可哀《かわい》そうな男、というレッテルを周囲に貼らせることくらいは出来た。

とは言え、あの様子を見る限り南雲は今後も一之瀬に接触を続けるだろう。

場合によっては関係性を変化させるほどの出来事が起こっても不思議はない。

歩き出しながらその影響を考える。

南雲の一部になることは一之瀬帆波《ほなみ》の成長へと繋《つな》がるだろうか。

順当に行けば生徒会長の座を譲り受けるだけの寵愛《ちょうあい》は得られるかも知れない。

それによる自信から——いや、その考えは少々甘すぎる。もし南雲の一之瀬への執着がオレに起因するものであるなら、むしろ最後の最後で一之瀬を切り捨ててしまうことも十分にある。身も心も尽くした上で生徒会長になれず、貢献度の低い堀北《ほりきた》を推薦されるようなことになれば、その精神は1年間持たずに潰《つぶ》れてしまう。

そういう意味では南雲の立ち回りも侮れないな。

南雲のことも気に留めておく必要はあるが、今オレがやるべきことは他にもある。

目下に迫った体育祭のこともそうだが、その先の文化祭についても準備を進める必要があるからだ。発案者である佐藤《さとう》、松下《まつした》、前園《まえぞの》にはクラスの状況も踏まえいったん休止の形で待ってもらっているが、メイド喫茶の店員確保の準備は進めておかなければならない。

本来は計算に入れたかった愛里《あいり》の参加は無くなり、波瑠加《はるか》の参加も現時点では見込めない。櫛田《くしだ》という強力なカードも、立ち消えたと言っていいだろう。

それにこの分野のイロハを学ぼうにも、今は迂闊《うかつ》にクラスメイトを頼ることもできない。

クラスの関係性に亀裂が入っている中メイド喫茶の話を持ち出した時点で、おまえは何を言っているんだと煙たがられるリスクもあるうえ、それが原因となって情報が漏洩《ろうえい》することもあるだろう。

「メイド喫茶……か」

右も左も分からない出し物だが、かかる予算からも大きな売上が求められる。

勝つための戦略、そしてライバルがどんな出し物をするかのリサーチも必要だ。

3

体育祭の具体的なルール説明が行われた翌日、朝のホームルーム。

昨日と同様、クラス内の空気はけして明るいものではなかった。

その原因はクラスメイト3人の空席にある。先日に引き続き今日も欠席か。病気や体調不良で学校を休むことは、誰しもにあることで珍しいことじゃない。しかし今回の3人に至っては、全員がそれ以外の要素で休んでいるとみなが考えているんじゃないだろうか。

連続欠席の場合、通常はケヤキモール内にある病院に出向き診断書を書いてもらう必要がある。逆に、診断書さえあれば大きな問題にならない。つまり熱がなくとも、何かしらの不調を訴えれば2、3日は病院側も対応をしてくれると思われる。

ただホームルームでの茶柱《ちやばしら》先生の口ぶりでは、3人とも病院での診察は受けていない。櫛田《くしだ》を除く2人は連絡こそ入れているようだが、これをいつまで許容してくれるかは不鮮明なまま。問題は明日以降も3人が休み続けた場合だ。波瑠加《はるか》は愛里《あいり》が退学したことに関係する欠席。王《ワン》は洋介《ようすけ》への恋心が露見したことによる欠席。櫛田は本性が明らかにされたことでの欠席。そのどれもが、病気とは無縁のもの。

このまま3日、5日、1週間と続いたらどうなるだろうか。学校側も当然、これが単なる偶然が重なった欠席とは考えず調査に乗り出しても不思議はない。茶柱先生も言っていたことだが、いずれはクラスポイントにも大きな影響を与え始める。

更に目には見えないところにも、幾《いく》つかの亀裂が入り始めている。

櫛田の暴露による犠牲は王だけじゃない。池《いけ》と篠原《しのはら》、新しくカップルとなった2人を巻き込む形で飛び火していることも不安の種だ。事実篠原の悪口を言っていたとされる恵《けい》、松下《まつした》、森《もり》とは口を利いている様子もない。

あの場で名前こそ呼ばれなかったが、佐藤《さとう》や前園《まえぞの》といった生徒とも篠原が話をしていないのは、同様の理由である可能性も排除しきれない。

普段接するグループは異なるとしても、元々女子の横の繋《つな》がりが強いクラスだった。

それが今は、完全に隔たりを生んでいることは明らかだろう。

点数を稼ぐためチーム戦を戦うメンバー決めなどを始めたい頃だが、このクラスではまだその段階に到達できていない。

今のままチーム分けをしようものなら、内部分裂は余計に進行する。それが分かっているからこそ、堀北《ほりきた》も踏み出せない。かと言って、この場で仲を取り持つような展開に持っていくことも不可能だ。それは堀北だけでなく、洋介もよく分かっている。

そんな中でも時間は流れ、朝のホームルームが終了する。

直後、タブレットに1通のメッセージが届いた。

『少し話がある。私の後について来てくれ』

そう短く書かれた茶柱先生からの指示だった。

茶柱先生が教室を後にしてから程なく、オレはトイレに行くような流れで席を立つ。

廊下側最後尾の席のメリットが如何《いかん》なく発揮され、誰にも見られることはなかった。職員室へ向かう廊下の角を曲がったところで、壁に背を向けて立つ茶柱《ちゃばしら》先生を発見する。

「こんな形で呼び出すなんて珍しいですね。急ぎの要件ですか？」

一瞬、３人の欠席に関することかと思ったがそういうわけでもないらしい。

「そうだ。おまえに伝えておかなければならないことがある。佐倉《さくら》のことだ」

「愛里《あいり》のこと？」

既に愛里がこの学校を去ってから週が明け、時間も流れた。

今更伝えておかなければならないようなことがあるのだろうか。

「彼女の退学にあたって、当然学校側は手続きを行った。荷物の整理、プライベートポイントの回収。まあ、そういった必要事項……後処理というヤツだな」

表現こそストレートではあったものの、少しだけ言葉を濁した。

自らのクラスの生徒が１人欠けてしまったことに対する感情のせいだろうか。

「学校内で予《あらかじ》め購入していたものは基本的に生徒の持ち物で、それをどう処分するかは当人の自由だ。残して去るのも、持っていくのにも問題は生じない。退学の正式な受理は職員室で行われるのだが……実はその前に１つ思いがけないことが起こった」

「思いがけないこと、ですか」

「ああ。満場一致特別試験の後、佐倉が手持ちのプライベートポイントを５０００ほど利用した形跡が見つかり、その処遇を決めかねていると言った方が良いだろう」

「退学者のプライベートポイントは剥奪《はくだつ》されるんですよね？」

「ああ。だが、さっきもいったが正式な受理がされて初めて成立する。しかし、これが極めてグレーなことでもあると学校は考えている。たとえば特定の生徒にプライベートポイントを譲渡する、といった行為は認めてないようにな」

「そうですね。退学が決まった後、全てのプライベートポイントを譲渡するとなれば、問題になりかねないですから。しかし愛里が誰かに５０００ポイントを譲渡したと？」

「いやそうじゃない。佐倉は――――」

オレは思いがけないプライベートポイントの使い道を聞かされる。

説明を受ける中で同時に、自分が無関係な存在でもないことを悟る。

「――――というわけで、関係者であるおまえに声をかけておこうと思ってな。もちろんおまえがこの件を背負う義務はない。拒否するというのであればこちらで処理しよう」

退学が確定した後の僅《わず》かな時間で起こした愛里の行動。

その真意にある予感を抱きつつ、自分がどうするべきなのか判断する。

「それほど大きな額でもありませんし、そのままにしておいてください」

「おまえが代わりに支払う、ということだな？」

「それで問題ありませんよね？」

「ああ。便宜上おまえが使用したプライベートポイントになるのだから、学校側としても違反行為として見ることはないだろう」

「分かりました」

問題にならない旨を先生から言質を取り確認する。

「1つ聞きたいんだが、これもおまえが関係していること……なのか？」

少し探るような視線を向けてきて、茶柱《ちゃばしら》先生が聞く。

「いえ違います。限られたあの時間の中で自ら考えて導き出した結論なんでしょう」

もちろん、今はまだその詳細はオレにも分からないが、時が流れれば自然と答えが見えて来ることだろう。

「ともかく小さな問題とはいえ、1つ片付いたのは私にとっても朗報だ。クラスの状況が状況だけに、喜ばしいことばかりじゃないからな」

担任教師としてクラスを心配する姿が、どうにも似合わない。

「何だその目は」

「いえ。確かに先生の言うようにクラスは今不安定です。オレはその一部を強引に正すつもりでしたが、その必要はないのかも知れないですね」

「どういうことだ」

「今は見守ってやってください。生徒1人1人の成長していく姿を」

少しだけ不満そうだった茶柱先生だが、静かに頷《うなず》いた。

○避けては通れない道

繰り返しになるが、このクラスは複数の困難の前に同時に立たされている。

あちこちで腐食が進行する状況を、ただ傍観《ぼうかん》することはリーダーには許されない。

あいつは、自分で全てを解決したいと思っているだろう。何でも自分でと思う気持ちは悪いことじゃないが、実力を逸脱したものだとするなら、ただの理想論だ。いや、問題解決できる手腕を持っていたとしても1人では対応しきれないこともある。今求められるのは仲間を頼ること。そして、連携し同時に正す道を選びだすこと。オレは週末から今日この時まで、具体的に手を貸す動きは何もしていない。携帯で今日のニュースを見終えたオレは、放課後遊びに繰り出す生徒たちから少し遅れて席を立つことにした。

そのタイミングを待っていた男が、急ぎ後を追いかけて来る。

解決の糸口が掴《つか》めず焦っていればいずれ、接触してくることは読めていた。

「あの清隆《きよたか》くん。今日の夜、どこかで時間作れないかな。少し相談があるんだ」

周囲の様子を少し気にしつつも、そう言って小声で話を持ち掛けてきた。

「夜は恵《けい》と会う予定がある。今からってわけにはいかないか？」

本当はそんな予定は入っていなかったが、嘘《うそ》をついて反応を見てみる。

「それは……」

もちろんイエスとは言わないだろう。

部活をしている洋介《ようすけ》は、放課後すぐに自由時間とはならない。

体育祭が近づけば一時的に部活も休止になるため、今は極力参加しておきたいだろう。

「冗談だ。恵《けい》にも話を通しておく。デートはまた今度だな」

「あ、ありがとう」

「念のためもう1回確認しておくが、オレに相談があるんだな？」

分かっていたが、あえてそう聞き返す。洋介は不思議に思うことなく頷《うなず》いた。

「うん。早めに動くべきだと思ってる」

「そうか。ともかくオレの部屋でいいなら夜の時間は任せる」

良い返事に洋介は子供のように頬《ほお》を緩め笑顔になった。

「もし出来ることなら軽井沢《かるいざわ》さんも同席させてくれると助かるんだけど、どうかな」

「恵も？　もちろん同席させる分にはあいつは喜ぶだろうが、邪魔にならないか？」

「解決しないといけないことが幾《いく》つかあって、彼女の力も借りたいんだ」

女子の情報網を持つ恵の存在があるとないでは、大きく異なる。洋介が着手しようとしていることは、こちらが聞くまでもなく櫛田《くしだ》、篠原《しのはら》、波瑠加《はるか》たちのことだからな。

「そしたら……7時半くらいでもいいか？」

「大丈夫。遅れずにお邪魔するよ」

嬉《うれ》しそうに目を細めると、洋介は部活へと早歩きで向かうようだった。

誰かに問題が起きればすぐに手を差し伸べる。

「クラスの問題点その2、だな」

もちろん仕方のない面でもある。これまで、洋介が困った時に手を差し伸べてきたのがオレである以上、こうなることは避けられない。

作り上げてきたものを壊すことは簡単じゃないが、避けては通れない道だ。

さて。とりあえず恵に午後7時半頃家に来るよう連絡しておこうか。

1

帰宅して洋介が来るのをゆっくり待っていた午後5時半。携帯に通知が来た。

『今から遊びに行っていい？』

彼女である恵からの、可愛《かわい》い猫のスタンプ付きメッセージが飛んできた。

洋介との約束の時刻は午後7時半だ、随分と早いな。

『ついでにご飯も一緒に食べよ？』

返事をする前に追記が来る。どうやら夕飯をともにしたい魂胆があるらしい。

そんな恵からの連絡に対し、オレはいいぞ、とだけ短く送った。

「そうとなれば何か作らないとな」

昨日の残り物を出してもいいが、手早く作れてかつ恵の好きなものと言えば……。

冷蔵庫を開け中身と睨《にら》めっこしながら考えていると、チャイムが鳴る。

玄関の扉を開けると、ニコニコと笑顔を向けて来る恵《けい》の姿があった。

ちょっと驚きつつも慌てずゆっくりと中に招き入れる。公然の関係となった今、部屋に入れるタイミングで気を遣う必要がなくなったのは大きい。

「随分と早いな」

靴を脱ぎながら、恵が慣れ親しんだ動きで部屋に上がる。

「だってエレベーターに乗る前に連絡したも～ん」

オレの滞在、予定は二の次でとりあえず訪ねるつもりでいたらしい。

いったん調理を諦め恵とテーブル傍《そば》の床に座る。

「最近清隆《きよたか》の部屋にばっかりいるせいか、自分の部屋みたいに馴染《なじ》んできちゃった」

「それは良かった。逆にこっちは恵の部屋に呼ばれてないけどな」

「え、ええ？　それはちょっと恥ずかしいし……ま、まぁいつか気が向いたらね！」

素直にＯＫの返答はくれなかったが、女子の部屋となれば色々事情もあるはず。

深く追及することは避けておこう。

「そういえば恵の周りは、オレたちの関係に何て言ってるんだ？」

「女子たち？　意外とすんなり受け入れてくれてるかな。っていうか……なんでもない」

何かを言おうとして濁された。少し気になったので追及してみる。

「なんだ？」

「いやぁ、ね？　一応世間では平田洋介《ひらたようすけ》ブランドってのがあるわけよ。勿体《もったい》ないって言う子が結構多くてさ」

なるほどな。わざわざノーブランドの男に乗り換えた意味が分からないってことだ。

確かにオレと洋介の比較をする上でそんな話を明け透けにしても不思議はない。

「ある意味あたしも、その件で被害を被っててさ。あたしが洋介くんにお別れを切り出したことになってるはずなのに、実はフラれたんじゃないかってなってるわけ」

乗り換えた先の男がノーブランドだとすれば、その勘繰りも仕方がない。

「でもそんなのは一部だけっていうか。清隆の評価も最近はずっとアナゴ登りだから」

「それを言うならウナギだ。どんな間違い方だそれは」

もはやワザとを疑うレベル、だと思ったら恵がニヤニヤと笑っている。

「あたしだって流石《さすが》にそれくらいは知ってまーす」

「家庭教師が優秀なんだろうな」

「いつも感謝してます先生。秘密の個人レッスンのお陰で点数も上がってきてるし」

少しずつ学力が向上してきた恵は9月頭のOAAで学力がCの48まで上がっていた。

やっと平均的なところまで学生としての知識を身に着けてきたということだ。

そんな他愛《たあい》もない話を数分した後、オレは腰を上げて再び冷蔵庫へと向かった。

「オムライスでも作ろうと思うんだが、食べるか？」

振り返らず聞くと、すぐに嬉《うれ》しそうな声を上げる恵。

「食べる食べる！　ケチャップはちょっと濃いめでお願いしますねシェフ」

こうして恵《けい》に手料理を振る舞うのはこれが初めてじゃない。

付き合うことになってからは定期的に部屋で食事を振る舞う機会が訪れていた。

今のところ恵は自分から料理する姿勢をほとんど見せないが、それは別に構わない。

作りたい方が作ればいいだけで、そこに男だとか女だとか性別は関係がないからだ。

オレは料理を作るのが嫌いじゃないし、恵も喜んでそれを食べてくれる。

喋《しゃべ》るのが好きな恵は、喋るのが得意じゃないオレに上手《うま》く話しかけて場を盛り上げてくれる。そんな風に支え合うことでバランスは良く取れている方だろう。

冷蔵庫から卵とケチャップ、鶏肉《とりにく》、それからバターを取り出す。棚からサラダ油を用意して来れば、一通りの準備は整う。ご飯は冷凍してあるものを取り出し電子レンジで解凍の準備を始める。その間に玉ねぎを準備だ。本当はニンジン辺りも入れたかったが、残念ながらストックはない。そして玉ねぎをまな板の上に載せ包丁を手にしたところで背後に気配を感じた。ピタッと背中に寄り添うように近づいてきた恵。

「何してるんだ？」

多少危ないため、動きを止めて言葉だけで問いかける。

「様子見てるだけー」

答えた恵だが、横顔が背中に張り付いているため様子を窺《うかが》うどころじゃないはずだが。

「あたしのことは無視していいよ。ジッとしてるから」

「そうか、了解」

ひとまず言われた通り無視して作業を続行する。まな板で玉ねぎを5㎜角ほどに切っていく。その処理をしている間も、ずっと恵は離れることなく背中にぴったりと張り付いていた。今度は卵を割ろうと包丁を置いてボウルに手を伸ばしたのだが、そのタイミングで恵が腰の方に両手を回して抱きついてきた。

「今度は何をしてるんだ？」

「んー……？　様子見てるだけー」

「とても様子を見ているだけには見えないんだが？　むしろ妨害工作だな」

注意とまではいかないが、多少作業効率が落ちることを突いたが気にした様子はない。

「あー、幸せ。こんな幸せなことって他にある？」

短くそう呟《つぶや》いて、更に抱きしめて来る腕に力が籠《こも》った。むしろ満足そうな様子。

「随分と安い幸せだな。もっと凄《すご》い幸せは他にもあるんじゃないか？　欲しいもの買ったり見たかったテレビを見たり」

「そんなの全然幸せ足らないし」

「今のは適当に言ったが、実際にはあるだろ」

「ううん、ない。あったとしてもいらない。今のこの幸せであたしは十分だもんね」

こんなことで満足しているようなら、特にこれ以上こっちから言うことはないが。

「料理を再開してもいいか？」

流石《さすが》にこの体勢で続けるのは不便が大きい。

「え〜？　どうしよっかな〜？」

こちらを覗《のぞ》き込《こ》んできては、チラチラと目を見てきつつ微笑《ほほえ》んでいる。

「何か大人しくしてるためのご褒美が欲しいなー？」

「冷蔵庫にチョコレートが入ってる」

「ぶー。そういうことじゃないんだけど……どこかズレてるよね。ま、それが清隆《きよたか》らしいんだけど。じゃ、大人しく待ってまーす」

自分の中で満足することでもあったのか、恵《けい》は離れるとベッドに腰を下ろした。

さて、これでしばらくオムライス作りに専念できそうだな。

恵は携帯とテレビを交互に見ながら料理が出来上がるのを待つと、2人でテーブルを囲みいつもより少しだけ早い夕食を済ませる。

「そういえばさー、篠原《しのはら》さんのことなんだけど」

特にオレから話題を振ったわけではなかったが、恵がそう言って話を始める。

「あたしも悪かったけど、あの暴露って相当効いたみたいで口もきいてもらえなくて」

「当然だろうな」

容姿の良《よ》し悪《あ》しは人それぞれ好みやセンスで評価は異なるが、一般的に優れているとされる者が劣るとされる者に対し見下したような発言をする。それ自体は珍しい事象とは言えずどこにでもある話だ。

むしろ悪意のようなものはなく、ただ思ったことを口にしているだけなことも多い。

「恵たちは篠原が嫌いなのか？」

「全然嫌いじゃないよ。篠原さん面白い系女子っていうか、盛り上げ役で人気だし」

「なるほど。だからこそ、池《いけ》とのことで無意識に弄《いじ》ったってことか」

「……かな。聞かれたら傷つけるようなこと、笑いながら喋《しゃべ》ってた」

反省の意思はあるのか、悔やむように呟《つぶや》く。

「意地悪なこと言ってたあたしのこと嫌いになっちゃう？」

「他人が他人の悪口を言う。それ自体を否定するつもりはない。程度の差はあっても他人のことを全く悪く言わない人間を探す方が難しい」

部活の先輩が高圧的で嫌だ。偉そうな教師が嫌い。そんな話の1つや2つ、愚痴る場があったっていい。容姿を弄ることや学力に関する指摘、その辺は過剰な面もあるが、やはりそれも人間として口にしてしまうことはあってもおかしくない。

「だが基本的に悪口が当人の耳に入ってしまうことだけは避けなければならない」

「だよね」

「例外中の例外、あの櫛田《くしだ》から漏れた、というのは衝撃だったはずだ。誰かに話すということは必ずリスクを持っているってことになる」

容姿を弄っていたという櫛田からのリーク話は、当然篠原を深く傷つけた。

それだけじゃない。篠原に対し悪い印象を持っていない友人、篠原の恋人である池、その池《いけ》の友達、それらは当然恵《けい》たちのことを良くは思わない。

今度は篠原《しのはら》たちが、恵や松下《まつした》、森《もり》たちの悪口を目立つ声で話して回るかもしれない。

負の連鎖は1度始まってしまうと止めるのに相当な労力を必要とする。

「それで、ただ悪いと思っただけじゃないんだろ？　どうしたんだ？」

松下からも軽い説明は受けているが、恵の口からも聞いておかなければならない。

「何回か誤解……じゃないけど、傷つけたこと、話し合いで解決しようとしたんだけどね。今のところ取り付く暇も無いって感じ」

「取り付く島な」

「それそれ……わ、ワザとだからね？」

こっちの方は本当に間違えたな。

一応恵たちなりに篠原との壊れた関係を修復しようと試みたようだ。

「それでさ、どうやって仲直りすればいいいと思う？」

「オレに聞くのか？」

「当たり前じゃない。清隆《きよたか》だったら上手《うま》い作戦考えてくれそうだし」

今のところ突破口は見出《みいだ》せていないようだが、恵もまた洋介《ようすけ》と同じ問題を抱えている。

「今考えてるところだ。もう少し時間をくれ」

ひとまずはそう伝え、答えを先延ばしにしておく。

「あのさ、話は変わるんだけど、ちょっと変なこと聞いてもいい？」

止めずに聞いていると、興味津々な顔で見上げ尋ねてくる。

「清隆は特別試験でOAAを基準に佐倉《さくら》さんを退学させたわけじゃない？　もし──」

オレと目が合うと、恵は言葉を詰まらせる。

「やっぱりいいや。何でもない」

「もしおまえがOAAで最下位だったら、オレがどうしたか気になるのか？」

分かりやすいほど目を見開いてしまう恵。

「池の時にも言ったが似たような成績なら友人の差は圧倒的だ。退学にはしない」

「じゃあ、あたしに友達もいなかったら？　女子としてのカーストも低かったら？」

不安になりだした感情が、矢継ぎ早に言葉を吐き出させる。

「その議論は無駄だな。その仮定で話していけば、軽井沢《かるいざわ》恵という人間は完全に別人であることになる。そうなると、オレと恵は今の関係にまで発展していないはずだ」

「……それは……なるほど。そうかも知れないけど……もし、そんな別人のあたしで、清隆と付き合ってなかったら退学にされてた？」

意味のない議論だと理解しつつも、聞かずにはいられなかったようだ。

「今言っていた能力だったらそうだろうな」

「う……」

「感覚的に傷つく気持ちは分からなくもないが、それは自分じゃない。本当に別人だ。おまえは虐《いじ》められ傷ついて、高校で逆転するために女子としての地位を確立した。洋介を利用して、オレと出会い付き合った。それが軽井沢恵《かるいざわけい》だろ」

そこまで答えたところで、恵は明らかに不満そうに唇を尖《とが》らせた。

「どんなあたしでも守ったぞ。これが清隆《きよたか》の正解だからね？」

「……なるほど」

それが自分じゃないとしても軽井沢恵を守ると宣言するオレでいて欲しい。

そこに理屈なんかは不要であることを学ばせてもらった。

膝《ひざ》の上に寝転ばせ、頭を撫《な》でて機嫌を取る方向へとシフトする。数分ほど膝の上で丸くなる猫のような恵を堪能《たんのう》していると、そのままの体勢で恵が口を開いた。

「ねえ清隆。あたしは、清隆が佐倉《さくら》さんを切ったことは別にいいと思ってる。清隆のすることに間違いなんてないから。だけど堀北《ほりきた》さんが櫛田《くしだ》さんを残したことは本当に正しかったわけ？　絶対邪魔な存在だよね？」

クラスに亀裂を入れた張本人の櫛田桔梗《ききよう》。彼女が退学しなかったことによるデメリットは大きいと恵は感じている。珍しいことでも何でもない、自然な反応だ。

誰もが疑問を持っている。持っていながらも、時間が迫れば発言も容易に出来ない。そして最終的に自分が助かればいいと考える。熱が冷め始めたのは試験後の2日間の休日辺りだろう。本当に良かったのかと考える者もいれば、自分が退学にならなくてよかったと思う者も出る。そして、次は自分かも知れないと怯《おび》える者も出る。

「櫛田にあって愛里《あいり》には無いもの。それが何か分かるか？」

「え？　勉強とスポーツでしょ？　櫛田さん結構すごいし。何でも器用にこなすから」

「表面的な理由はそうだ。だが大事なのはそこじゃない」

「……どういうこと？」

「堀北鈴音《すずね》がリーダーとして目覚めていくための重要なピースになる可能性だ。洋介《ようすけ》でも恵でもなく、堀北にとって相棒とも呼べる存在になれるかもしれない」

「櫛田さんが……？」

「多分堀北自身、まだ完全には理解していないだろう。時間がない逼迫《ひっぱく》した状況で、自分の直感を信じただけに過ぎない」

「それが、櫛田さんにあって佐倉さんには無いもの……」

「櫛田だけが持つ視点、櫛田だけが持つ思考、櫛田だけが放てる発言。これらは人望の有無にかかわらず発揮することが出来る要素だ。そしてそれが堀北を後押しする」

一定の納得をしつつも、恵自身ストンと落ちていないのだろう。

それも当然の反応か。これは不確定の未来。

あの選択をした堀北が正しかったと仮定した机上の空論でしかない。

「波瑠加《はるか》や、それに近しい人物たちから恨まれることなど百も承知だろう。だが、結果が出るのは1日2日じゃない。温かく見守るしかないな」

「でも清隆の方が長谷部《はせべ》さんには恨まれてるんじゃないの？」

「そうだな」

あの時間切れが差し迫った状況での満場一致の難しさ。

いくら堀北《ほりきた》が他者を挙げても、満場一致へと至らせることは不可能に近かった。

かつクラスポイントのマイナスは受け入れがたい現実だったからな。

そうなればオレが動く以外に救済の道はない。

「結果、結論、答えを口に出来るのなら簡単だ。だがそうできないのが現実なんだ」

「堀北さんのこと？」

「目の前に飛び越えられるか飛び越えられないか、どちらとも取れる際どい高さのハードルがあったとする。チャレンジして失敗すれば飛び越えられずに転ぶだけかも知れないし、足を擦りむく程度かも知れない、あるいは運が悪ければ骨折するかもしれない」

まさに自分の実力スレスレのハードルが進路に立ち塞がっている状況を想像させる。

「確実にそのハードルを越えるためにはどうする必要があると思う？」

「え……？　う、うーん……飛ぶ前に沢山練習する？」

「練習が出来ないなら？」

「それは、もうぶっつけ本番でやるしかないよね？　それしかないような……」

「それと同じだ。堀北は走り出した足を止められず、目の前のハードルを飛び越えようとしたんだ」

「つまり堀北さんはチャレンジに失敗して転んじゃった？」

「いや、跳躍してハードルに足が当たったところだな。怪我《けが》の具合がどの程度なのか、このまま転んでしまうのか。そして自分自身は無事なのか大怪我を負うのか。それはまだ決まっていない」

　そのハードルを避けることは簡単だった。飛ばず、少し遠回りするだけでよかった。この辺が堀北を見ていたくなるところでもあるわけだが。

　入学当初からは想像もしていなかったことに、自分でも改めて不思議に思う。

「そういうことなのね。でも、やっぱりあたしは堀北さんの判断に納得しきれない。約束破ったわけだしね。しかも櫛田《くしだ》さんを守るとまで言い切ったわけだし」

　確かに脅しの一面もあるが、今まで堀北のクラスは規律が緩《ぬる》すぎたことも事実だ。ここに一石を投じることで、身の安全が保証されているわけではないことを知る。もちろん堀北に対する信頼の揺らぎは強く出ただろうが、それはこれから先の特別試験で取り返しがつく。Aクラスに近づくという目的を遂行し続ければ、という条件付きだが。

　そうこう話しているうちに、時刻は午後7時を回っていた。

　オレは食べた皿を片付け、今のうちに洗っておこうと台所へ。

「ねーねー。こっちで一緒にお喋《しゃべ》りしようよ～」

「今から洗い物をするからその後でな」

「えー？　そしたら7時半になっちゃうじゃーん」

　洋介《ようすけ》が来たら話し合いが始まるため、不満を漏らす声が聞こえる。

　それを聞き流しながら洗い物を始めた。しばらく大人しくしていた恵《けい》だったが、次第に我慢ならなくなったのか再び要求を始めた。

「まあまあ、遠慮せずこっちに来なさいよ。ね？　ね？」

そう言いながら、ポンポンとベッドの上を3、4回手の平で叩《たた》く。

「仕方ないな――――」

洋介《ようすけ》が部屋に来るまでに食器くらい洗っておきたかったが、それは諦める。

指定された場所に腰を下ろすと、恵《けい》は嬉《うれ》しそうに右頬《ほお》を人差し指でつついてきた。

「男子にしては生意気なくらいスベスベよねー。何かしてる？」

「化粧水くらいだ」

10代の肌への負担を考えればそれ以上の手入れは基本的に不要だと考えている。

「ふぅん……」

納得をしながらも本当はそんなことどうでもいいのか、とにかく触りたいらしく頬をつついてくるのをやめない。

オレはそんな恵の手を掴《つか》まえて引き寄せると唇を奪う。

驚くかと思っていたが、むしろそれを待っていたようでテレながら笑う。

「今日、部屋に来てからずっと待ってたんだからね」

「……そういうことか」

その辺の読みはまだまだ甘いと言わざるを得ないな。

それから、オレたちは無言に近い状態で繰り返し唇を重ねた。

繰り返されたキスの味はオムライスという、ちょっと変わった体験。

「スキ……」

抱き着いてきた恵を優しく抱き留めると、静かな沈黙に包まれる。

それは気まずいものではなく心地よい時間だった。

何分間、ただジッと抱きしめ合っていただろうか。

静寂を引き裂くように、部屋のチャイムが鳴った。

突如として現実に引き戻された恵は、ふいの恥ずかしさに慌てて距離を取る。

急がずとも、扉に鍵はかかっているんだが、まあ……気持ちは分かる。

少しだけ恵が落ち着く時間を設けた後、オレたちは２人で洋介を迎え入れる。

まだ制服のままだった洋介が部屋を訪ねてきた。

「部活が終わった後、先輩たちとケヤキモールに行ってたんだ」

制服に着目していたことに気付いた洋介がそう報告する。

「いらっしゃい、どうぞ遠慮なくあがってー」

まるで自分の部屋のように振る舞う恵を見て、洋介は嬉しそうに微笑《ほほえ》んだ。

入学後から誰よりも恵を見守ってきたからこそ、今の明るさ、純粋な姿を見て喜んでいるんだろうことが分かった。

「お邪魔します」

丁寧に靴を揃《そろ》え、部屋に上がってきた洋介が座ったところでお茶を出す。

「ありがとう」

「それで相談の内容っていうのは？」

長い間拘束しても仕方ないため、こちらから話しやすいよう促す。

もちろん内容は全て予測がついているが。

「うん。クラスのことなんだ。軽井沢《かるいざわ》さんもよく分かってると思うけど、今のまま体育祭に突入するのは危ういんじゃないかと思ったんだ。特に女子は連携を取るのも難しいんじゃないかと思って」

その辺は恵《けい》の方が詳しいだろうと、洋介《ようすけ》が視線を向ける。

「さっき清隆《きよたか》にも篠原《しのはら》さんとのことで話をしてた。正直、今は競技がどうとかってレベルじゃないよね」

友人としての関係を改め直すところからだからな。

「そこで何か良い案がないかと思って。清隆くんの助けを借りたいんだ」

先程同じように助けを求めてきた恵もそんな目を向けて来る。

それなら、こちらも遠慮なく話をすることにしよう。

「洋介、この相談はオレの前に他の誰かに持ち掛けたのか？」

「え？　いや……今が初めてだよ。不用意に話をして修復を試みていることを知られると上手《うま》く行かない気がしたからね」

素直に力を借りたいと思ってくれるのなら幸いだが、仲を取り持とうとしていると知られれば逆に警戒心を抱くかも知れない。

　優しい言葉の裏に何かあるんじゃないかと勘繰られる恐れもある。

「おまえもか？」

「やっぱり指示は欲しいかなって」

「なら、今後は最初に話を持っていくのはオレじゃなくクラスのリーダーである堀北《ほりきた》にしてもらいたい」

「だけど堀北さんは今櫛田《くしだ》さんの件で手一杯だと思う。今、ここで他のクラスメイトの問題を持ち掛けるのは――――」

「ならオレが櫛田の対応をしていたら、おまえは堀北に声をかけたか？」

「それは……どうだろう。清隆くんに話をしていたかもしれない……」

　そうであったらを想像し、そのうえで洋介は素直にそう認めた。

「堀北さんはよくやってくれてる。だけど清隆くんなら全ての物事を大局的に見て、そして的確な判断をしてくれると思ったんだ」

「あたしもそうするけど？　って言うか清隆に任せれば完璧な答え出してくれるし」

「前の特別試験の時にも言ったはずだ。オレにいつでも頼れるわけじゃない。不安があるとしても堀北に最初に話を持っていく、この工程を踏まなければいけない」

「だけど――――」

「重荷になる。解決策が出るとは限らない。だから頼らない、頼れない。それで堀北が本当の意味でリーダーになれると思ってるのか？　これが龍園《りゅうえん》や坂柳《さかやなぎ》、一之瀬《いちのせ》のようなリーダーならどうだ。対処の最中であっても不安要素を最初に持ち掛けると思わないか？」

大切なのは頼ること、頼られること。堀北《ほりきた》、そしてクラスは成功と失敗を繰り返して成長をしていくところに差し掛かっている。

「失敗は経験だ。誰だって１＋１の問題から挑んでいく。もちろん既に堀北はその段階にはないが、それでもまだ経験は圧倒的に不足している」

解決策を持っていく前に、話し合い解決を模索する工程を欠かしてはいけない。

「あいつが櫛田《くしだ》のことで手一杯だと答えてから、初めてオレに話を持ってくるようにしてもらいたい」

「……なるほど。清隆《きよたか》くんの言いたいことは分かったよ」

真剣に受け止め、何回か頷《うなず》いて洋介《ようすけ》は自分の中で言葉の意味を処理する。

「失敗の経験を積むのは大切だけど、これはテストの点数とは違う。悪い点を取ったから次回頑張ればいいってものじゃないと思うんだ。生徒の心を扱う重要なものだよね。亀裂の入った関係が未熟な判断で壊れてしまったら……それは取り返しがつかない問題だよ」

この辺は流石《さすが》、洋介。ただ楽に答えを出してくれるという理由だけで話を持ってきたわけではないようだ。

「正しい判断だ。だが、少しだけ読みが甘いんじゃないか。クラスメイト同士、友情に亀裂が入っているのは事実だろう。そして、友人同士の擦れ違いや喧嘩《けんか》、悪口は取り返しのつかない問題に発展することも確かにあるだろう」

悪口から嫌がらせ、無視、虐《いじ》めへとエスカレートしていけば最悪のケースも生まれる。

が、それは本当に最悪のケースだ。

「恵《けい》。篠原《しのはら》との確執はそんなに危険な状態なのか？」

「うーん……そう言われると、まあ喧嘩の延長ではあるよね。こっちが加害者の立ち位置だから下手なことは言いにくいけど。別に嫌がらせとかしてないし。篠原さんを嫌いだと思ってる子もそんなにいないんじゃないかな」

深刻になり過ぎることで余計な不安を煽《あお》り立《た》てている。それがオレの見解だった。

「それに、堀北だけに解決させるつもりはないんだろ？」

「もちろんだよ。僕に出来ることがあれば何でもするつもりさ」

「それならいい。堀北を中心に2人で上手《うま》く立ち回れば大抵のことは乗り切れる計算だ」

ただ、この言葉だけでは完全に不安を取り除くことは出来ないだろう。

そこで大切なことを付け加えておく。

「もちろん堀北と協力しても解決できないことはあるはずだ。その時はオレも手を貸す」

バックアップが完璧なら、洋介も恵も迷いなく行動できると踏んでのことだ。2人は納得した様子を見せたが、まだ洋介には気になることがあるようで、表情は完全には晴れていない。それからしばらく情報交換を行い、午後8時が近づいたところで帰るよう促す。

「あの……良かったら、少しだけ2人きりで話をさせてもらえないかな」

帰り際、このままではいけないと思った洋介《ようすけ》がそう切り出した。

「おっけ。じゃ、あたし先に帰るね」

まだ話があると言う洋介に恵《けい》はそう答え、足早に去っていく。

扉が閉まった後、洋介が改めて振り返る。

「清隆《きよたか》くん。明日は堀北《ほりきた》さんに話を持っていくよ。ただ、今の時点で君の中には明確な道筋はあるのかな？」

「正直波瑠加《はるか》と櫛田《くしだ》の件に関しては、即解決できるようなアイディアは持っていない。おまえたちで議論して上手《うま》く導いてくれることを期待したいところだ」

「つまり……みーちゃんに関しては違うってことかな」

「一応な。時間はかかるがチャンスはある。急ぐなら強引な荒療治もなくはない」

「荒療治？　出来ることがあるなら実行するべきだと思う」

自分に好意を寄せている女子の話にも、洋介は他と変わらない態度で反応を見せる。

「荒療治だと言っただろ。推奨はしない」

「どんな方法なのかな」

「それは、洋介がみーちゃんに会いに行って彼女の気持ちに応えてやることだ」

洋介が、思ってもみなかった、そんな反応を見せる。

「実は僕もみーちゃんのことが好きだった。付き合って欲しい。そういう話の流れに持っていけば明日にも彼女は登校してくる」

口にするのも少し抵抗があったが、今思いつける解決策はそれくらいだ。

「これが洋介でないなら、オレもこんなふざけた話はしない。だが、恵に頼まれて嘘《うそ》で付き合った経緯のあるおまえなら、あるいは可能かも知れないと思った」

確かに。そう呟《つぶや》いた洋介だったが表情は明るくならない。

「僕と軽井沢《かるいざわ》さんが表向き付き合うことで合意したのは、2人とも恋愛感情を挟んでいなかったからだよ。みーちゃんの気持ちに応えたフリをして付き合うのとは違う。後で深く傷つけてしまうだけだからね」

「このアイディアを推奨するつもりはないが、それは違う。みーちゃんがどの段階で洋介を好きになったかは不明だが、他の誰かも含め入学直後から洋介に恋愛感情を抱いていた生徒の存在は否定できない。つまりおまえが恵と付き合うことで虐《いじ》めから守った代償に、その嘘のせいで間接的に振られたと傷ついてしまった女子もいたかも知れない」

「それは———」

恵と洋介が本気で付き合っていたのなら正当な理由になる。

しかしそうでない以上、状況は異なれどやっていることに大差はない。

「もし今、みーちゃんが泣きながらおまえに縋《すが》り付いてきて、付き合ってくれないともう学校に行けないと言われたら？　そんな真似《まね》は出来ないときっぱり断れるか？」

言葉を詰まらせる洋介。恐らく洋介にはそんな選択は取れないだろう。

「もし断れないならおまえに取れる選択は2つ。好きじゃないと伝えた上で付き合ってやるか、自分も好きだったと嘘《うそ》をついて付き合うかだ」

その中で本当の恋が芽生えるのなら、最高の結末に持っていくことも可能だ。

「やっぱりそれは……僕はすべきじゃないと思う」

こちらの言い分は理解できても、やはり感情面が邪魔をするか。

「あくまでも強引な解決策だ。今は時間がかかるが、種をまいてる段階にある」

「分かった。……それにしても本当に清隆《きよたか》くんは強いね。佐倉《さくら》さんが退学したことを、微《み》塵《じん》も引きずってる様子がないんだから」

静かに話す洋介《ようすけ》からは、悲しみや怒りといった感情は見受けられない。

「僕にはまだ……手にあの時の感触が残ってるんだ」

自分の広げた両手を見下ろしその手の平を見つめる。

「タブレットに触れて賛成を押した指先の感覚だよ。忘れられないんだ」

クラスメイトのために日夜奔走する洋介は、あまり弱みを見せない。

だが愛里《あいり》退学の責任をオレと同じ立場で考え苦しんでいる。

「洋介があの時、何を考えていたのかは分かってる。あの試験で何も害を為《な》していなかった愛里の退学に賛同するはずがない。だが、それでもおまえは堪《こら》えてくれた。最後の最後に納得いかないと発言することも出来たのに、それを口にすることを自制した」

理不尽な目にあっている。その状況を訴えて直視させれば、クラスメイトたちも冷静さを取り戻す。時間切れのプレッシャーで狭まっている視野が広がれば、満場一致が不可能になる可能性も出てきただろう。

「僕らのクラスがAクラスに上がること……それが、一番大切……そう言い聞かせたよ」

頭では分かっていても納得が出来ない。そんなところだろう。

「長谷部《はせべ》さん、櫛田《くしだ》さん、みーちゃんは欠席している。これはいつまで続くのかな。成績が下位の生徒が切られる現実を見て、クラスメイトは戦々恐々としている。先週までの明るいクラスが嘘のように静まり返っているままだよね」

解決に向けて動き出していても、何度も同じことで苦しみ自答しているんだろう。

「オレや堀北《ほりきた》の選択に納得がいっていないのはよく分かってる。だが、それは受け止めるしかない。今のクラスの実力がどれだけのものなのかを理解して噛《か》み締《し》めるしかないんだ。だからこそ堀北には多くの支えが必要だ。的確な道を選ぶこともあれば誤った道を選ぶこともある。そして不確定な道を選ぶこともあるだろう」

言い聞かせたところで、全部が全部洋介の中で消化出来るわけじゃない。

「僕は——時間切れを選ぶべきだったんじゃないか……って……」

堪えきれなくなった洋介が、僅《わず》かに肩を震わせる。

洋介にとって、誰かを犠牲にする考えなど持ちたくもないもの。

それでもあの状況で、決断することが出来たのは確かな成長と見て間違いない。

「……僕は強くなったのか、それとも、自分が壊れてしまったのか。また同じようなことがあった時、僕は自分がどんな決断をするのか分からなくて怖いんだ」

俯《うつむ》いていて顔は見えなかったが、袖で1度目を擦《こす》ってから面を上げる。

「清隆《きよたか》くんが一番苦しいはずなのに、弱気なことを言ってごめんね」

「いいんだ。オレも堀北《ほりきた》も、特別試験では何度も洋介《ようすけ》に助けられた。これから先、もっと厳しい戦いになることが予想される。変わらずクラスのために力を貸して欲しい」

頷《うなず》いた洋介。まだ心の傷は残るだろうが、それでも僅《わず》かに笑顔を見せた。

玄関の扉に手を伸ばした洋介だったが、その手を止める。

「……今日は色々とありがとう」

「愛里《あいり》を退学させたこと、恨んでるか？」

他の生徒と違って洋介は表にこそ出してこないが、そうであっても不思議はない。

「……その点だけを見ればそうだね。だけど僕は君を信じるよ」

自分で考えながら言葉にしたものの、納得がいかなかったのか更に付け加える。

「……違う。僕が君を信じたいんだ」

妄信の類《たぐい》であれば、洋介のその思考は危ういと考える。しかしその目の奥には確かに意思がある。信じるから裏切るな、という確固たる要求。

「それじゃ、お休み」

洋介の負担を一部取り除くことは出来ただろうが、逆に新しい負担を与えたことにもなったかも知れないな。今回のことを機に、徹底的に膿《うみ》を出し切ってしまえれば好都合だが……果たしてどこまでの効果が見込めるか。

ともかく、一歩ずつ確実にフォローしていかなければならないだろう。

2

翌日になっても、やはり3つの空席は変わっていなかった。

もちろん、混乱し続ける教室内は未《いま》だに落ち着きを見せていない。

根本的解決のためには、まず3人が学校に登校してくることが大前提だ。

「よう。一緒にトイレ行かねぇか？」

机で携帯を触りながら次の授業を待っていると、須藤《すどう》がそう声をかけてきた。

珍しい誘い。トイレとは言っているが、その顔は真剣そのものだ。

用を足したいというのは方便で、その先に目的がある。

洋介や恵《けい》と変わらない、まずはオレを介して何かを始めたいと考えての行動だ。

「ああ。そうだな」

断る理由もなかったので席を立ち、2人でトイレに行く流れで目立たず教室を出る。

こんな時、毎度毎度自分の席の位置の便利さに助けられるな。

ところが1人の生徒がすぐに後を追って来た。

「須藤くん。ちょっと話があるんだけどいいかな？」

須藤に用があるらしく、廊下に出るタイミングを狙っていたようだ。

「なんだよ小野寺《おのでら》」

小野寺は、その横に立つオレに気付き言葉を濁す。

「あー……綾小路《あやのこうじ》くんと一緒なんだ。そっか、なんか話してたしね」

一見した様子、オレの同席は都合が悪いらしい。

だが、休み時間に誘いをかけてきたのは須藤《すどう》の方なので選択権はこちらにない。

「2人でトイレなんだよ。何か急ぎか？」

「えっと、どうしようかな」

オレに聞かせたくない話なのか、少し迷っている様子だ。

「ここで待っててい？　出来れば早めに話しておきたくってさ」

トイレだけならすぐ戻って来ると判断した小野寺。

しかしそれを聞いて、今度は須藤の方がばつが悪そうにする。

相談事がオレにあるのなら、1分2分で終わることじゃなさそうだからな。

「んじゃ、今聞くぜ。綾小路は待たせとくからよ」

後で話す気持ちになったところで、須藤からの思いがけない返答に困惑する。

やや抵抗を感じた様子の小野寺だったが、後頭部を軽く掻《か》きながら切り出す。

「今回の体育祭の個人報酬って、男女別で評価されるじゃない？　須藤くんは当然男子の1位を狙いに行くと思ってるんだけど、その考えはあってる？」

「当たり前だろ。この体育祭こそ、俺が輝く最大のチャンスだからな」

聞かれるまでもないと、自信をもって答える。

その力強い返答に小野寺は満足そうに頷《うなず》いた。

「実は私も、この体育祭に懸けてるところがある。女子の1位になることでAクラスへの一歩になるわけだし。自分の得意分野で戦える機会なんてそう多くないしさ」

水泳の実力は折り紙付きだが、去年の体育祭ではスプリンターの一面も見せていた。

OAAの身体能力も申し分なく、スポーツ全般への非凡な才能を持つ生徒だ。

小野寺は様々な競技に適応し勝てるだけの実力を持っていると予想される。

「おまえなら1位取れるかもな。マジ応援するぜ」

「ありがと。でも、ある程度個人競技で勝てたとしても1位を取れる保証はないよね？」

「なんでだよ。1位取り続けりゃ――――」

1位だけを取ってれば良いと思っている須藤の考えも間違いじゃないが、実際には思わぬ形で負けてしまう可能性がある。

「チーム競技の得点が高いから、だな？」

オレが補足すると、小野寺はまた固い表情を見せたが、同意して頷く。

小野寺はオレに対する不信感のようなものを抱いているようだ。

先日の満場一致特別試験では、自分のグループである仲間を切り捨てた。

こんな反応を示す生徒がいても不思議じゃない。

「まぁ確かにな。チーム戦ばっか1位取るヤツがいたら、やべえかも。けどそうは言ってもチームを組むなんて簡単にはいかねーんじゃねえか？　鈴音《すずね》も言ってたけどよ、5人6人をガチガチに縛っても弊害《へいがい》が出る可能性があるって。それにこういっちゃアレだけどよ、5人6人集まってチーム戦するってのはどうもな」

全員が自分と同レベルなら、須藤《すどう》自身も納得できるだろう。

しかし実際には足を引っ張る生徒も出てくる。結果、それが原因で競技に負けてしまうことは十分考えられる。それが団体戦というものだ。

「うん。多人数は私も考えてない。だけど――確実に勝てる2人で参加出来る競技なら？　しかも中には男女のペアだけで参加出来る競技もあるよね」

ここで須藤も、小野寺《おのでら》が何の目的で話しかけてきたかを察し始める。

「須藤くんと私が協力しあって困ることはない。組むなら最高のパートナーを選びたいと考えてるんだけど？」

クラスの持ち点にもなり、男女別での1位を狙う弊害にもならない。

「それで俺をってことか……まあ、そうかもしんねえな」

「そういうこと。もちろん須藤くんに不服が無いのならだけどね。それにクラスが今、ちょっと雰囲気悪いじゃない？　佐倉《さくら》さんの退学に、長谷部《はせべ》さんと王《ワン》さんも欠席だし」

視線を一瞬だけオレに向けたが、すぐに須藤に向け直す。

「だからこそ私たちがクラスを引っ張っていかないと」

実力を認められた上での誘いに悪い気のしない須藤だったが、歯切れはあまり良くない。

「私じゃ力不足？」

「んなことはねえよ。小野寺の実力に文句なんて付けるかよ」

身体能力には絶対の信頼を置いていても、それ以外に気になるところがあるようだ。

「堀北《ほりきた》さん以外とはペアを組みたくない？」

「え？　い、いやそんなことは……」

図星か須藤。小野寺の指摘に気まずそうな表情を見せた。

好きな相手とペアを組む。確かにそれは実力以外で大いに須藤にとって重要かもな。水泳競技に参加出来ない以上、堀北と小野寺とを比較しても大きな差は無いだろうしな。

「高円寺《こうえんじ》とかいるだろ。あいつ、認めたくはねえけど俺より上だぜ」

「確かに実力はそうかもね。だけど高円寺くんは信用できない。何より嫌いだからさ」

ハッキリと高円寺を否定する小野寺。

小野寺の須藤へのアピールは本物だが、須藤はどう答えるだろうか。

「俺が断ったら……どうすんだよ」

「クラスで実力持ってて信頼出来そうなのが他にいるとしたら……まぁ平田《ひらた》くんくらいだけど、ペアに誘うのはちょっと、ね。変な勘違いされたくないし」

女子から絶大な人気を誇る洋介《ようすけ》のペアになれば、1人2人のやっかみでは済まない。

「だから須藤くんに断られたら、その時は1人でやれるところまでやる感じ？」

けして脅すわけではなく、淡々と事実を語る。

学年1位は危ぶまれるが手堅く持ち点を稼いでくれる姿は想像できる。

堀北《ほりきた》の名前に動揺した須藤《すどう》だったが、そんな小野寺《おのでら》を見て、すぐに顔を引き締め直す。

自分がくだらない理由で小野寺の誘いを断ろうとしていたことを自覚したからだ。

「……いいぜ小野寺。ペア、組もうじゃねえか」

「ホント？」

「おう。俺たちの力で、このクラスを支えてやろうじゃねえか」

そう言って、真っ直《ますぐ》ぐに腕を伸ばし小野寺に握手を求めた。

それをジッと見つめた後、小野寺もまた力強くその握手に応える。

「よろしく須藤くん。絶対私たち2人で男女の1位を取ろうね」

契約成立に満足したのか、教室へと戻っていく小野寺。

「なんか思わぬ形になったけど、これでよかったんだよな？」

「そう思う。堀北と組みたかった気持ちもあるだろうが、下手な雑念が入るより小野寺と組んで100％の力を発揮した方がいい」

「……だな」

残り時間は5分ほどになったが、元々の予定通り形だけトイレへと向かう。

「んでよ。話のことなんだが……寛治《かんじ》と篠原《しのはら》、それにその周辺のことだ」

「例の櫛田《くしだ》の暴露絡みか」

「正直、2人の関係もギクシャクしてるし、良くねーと思うんだよ」

「2人が別れた方が面白いんじゃないのか？　須藤としては」

「そりゃ悪ふざけで言ったことはあるけどよ。上手《うま》くいって欲しいと思ってる、マジで」

試すようなことを聞いてしまったが、本心から心配しているようだ。

「だがオレは生憎《あいにく》とそっちの生徒たちとは関係性が薄い。特にしてやれることはないぞ」

「アドバイスだけでも貰《もら》えないか？」

「話し合いをせずに解決を図ることは出来ない。櫛田の発言が真実か嘘《うそ》かはこの際別物として考えて、お互い1度腹の内を曝《さら》け出す必要があるかもな」

「それ、ヤバくねえか？　今まで以上に険悪になることもあるぜ」

「そうだな。だから場をコントロール出来る人間が必要だ。双方の話に親身になって耳を傾けられて、かつ乱れそうになる話の流れを落ち着かせなければならない」

「お、俺には無理だぜ？」

「それなら、それが出来る人間に依頼するしかないな」

ここは答えを言わず、須藤に考えさせる。

「本当ならこういう役目って櫛田がやってたんだよな……？」

「ああ。今はそれが使えない。櫛田が頼れないなら、他の生徒しかないな」

こんなものは問題にもならないほど簡単なこと。

「平田《ひらた》、か」

流石《さすが》に須藤にもすぐに思い当たる。

須藤《すどう》は洋介《ようすけ》と仲良くないが、そんなことを言っている状況じゃない。

「っし。ちょっと頭下げて協力してもらうわ」

須藤と洋介は距離を置いている関係だが、今回の件を機に変化が訪れるかも知れない。

「ありがとな綾小路《あやのこうじ》」

「オレは何もしてない。おまえが自分で考えて自分で答えを出しただけだ」

そうやってクラスは回っていく。

3

同日。各クラスは、いや全学年は体育祭に向けて本格的に動き出している。

去年にもあったことだが、競技の一部は既に判明しているため、生徒たちは時間を作ってはグラウンドや昼休みの体育館を利用して本番さながらの練習を始めていた。

特に2人以上で行うチーム戦には、可能な限り練習時間を割きたいと思うはずだ。

偵察に来た体育館では大勢の元気な声があちこちで響いている。

1年生から3年生まで、ある程度自由に使える区画が決まっており公平に練習が出来るよう丁寧に設備まで整えられているようだ。今日の2年生はバレーと卓球らしい。

まず最初に目に飛び込んで来たのは、あるクラスの参加人数が多いことだ。

それに加え熱量もやけに高い。声を張り上げながら、ああでもないこうでもないと競技のコツについて話し合いも積極的に行っている様子。

「Ａクラスの本気具合が窺《うかが》えるね」

「だな」

今日は洋介とこの場に足を運んでいたが、冷静に生徒たちを分析しそう口にする。

「純粋なクラス別でのスポーツの競い合いはＡクラスの得意分野じゃないからな」

「うん。良くも悪くも平均的な身体能力の生徒が多くて、上位入賞を取れるのは一部の生徒だけだからね」

総合力では不利と分かっているからこそ、連携を取っていち早く実力の底上げに取り組んでいる。練習を積んで、経験で持ち点を稼げる競技を狙うつもりなんだろう。

肝心の本人の姿は確認できないが、まず間違いなく坂柳《さかやなぎ》の指示だ。

一之瀬《いちのせ》のクラスや龍園《りゅうえん》のクラスの生徒もいるが、まだ手探りといった様子だ。一方で堀《ほり》北《きた》クラスの生徒は誰もいない。１人２人くらいは顔を出すかと思ったが、仮に足を運んだところでこの状況では何もできず隅っこに立ち尽くすことになるだけか。

「僕たちはまだ、満場一致特別試験から抜け出せていない。そんな状況で練習に取り組もうにも、簡単にはいかないよね」

「確かに不安要素は残ってるな。だが、必ずしも暗い話ばかりじゃない」

オレは須藤と小野寺《おのでら》が手を組み、２年生の男女ナンバー１を目指していることを洋介に教える。数少ない朗報に、少しだけだが頬《ほお》を緩ませた。

「1人の競技、ペアの競技、両方で1位を獲得し続ければ十分トップが取れるはずだ」

「あの2人なら十分に勝算があるね」

希望は大いにあるが、それでもクラスを勝たせるためには2人の力だけでは足らない。継《つ》ぎ接《は》ぎだらけだとしても、一時的に協力できる体制が早急に求められる。

「そう言えば須藤《すどう》くんから今日の放課後、部活前に会いたいと頼まれたんだ。もしかして裏で綾小路《あやのこうじ》くんが絡んでる？」

「オレは何もしてない。須藤自身で考えて頼ろうと決めたんじゃないか？」

「多分篠原《しのはら》さんに関係していることだよね」

「須藤もこのままにはしておけないと思ったんだろう」

「だけどみーちゃんは？」

「そっちはオレが当たってみようと思う」

「清隆《きよたか》くんが？」

放置や適当な人材に任せることを伝えれば、洋介《ようすけ》は難色を示す。今回の騒動でもみーちゃんにこだわっているのは『自分のせい』だと感じている要素が他の生徒より強いからだろう。もちろん、全く洋介に非はないわけだが。

静観を貫く中で、みーちゃんだけは少し手助けが必要だと判断した。

洋介をキーに使えないこともその理由の1つだ。

○それでもやるしか

先週末、特別試験で見たのが櫛田《くしだ》さんを見た最後。

それから1週間、金曜日の放課後まで彼女の姿を見かけることは1度もなかった。

それだけじゃない。王《ワン》さんも、長谷部《はせべ》さんも登校していない。

月曜から金曜までの5日間。もう5日間もだ。

その間にも物事は待ってくれるはずもなく過ぎ去っていく。

体育祭に向けた入念な打ち合わせ、下調べ。生徒会の仕事。普段の勉強。押し寄せて来る波を真正面から受け止め続けていると、膝《ひざ》が震え後ろへと倒れそうになることもある。

でも、今ここで私が倒れるわけにはいかない。

絶対に連れ戻すと宣言して何ら成果を挙げられていないのに、嘆《なげ》く権利なんてない。

何度か綾小路くんにコンタクトを取ろうとしたけれど、私は思い止《とど》まっていた。

助けを求めれば、彼が応えてくれる可能性はある。

求めている答えを導き出してくれる可能性もある。

けれど、今回の件は少なくとも私が、私の力で解決しなければならないことだ。

「以上でホームルームを終了する」

茶柱《ちゃばしら》先生が今日最後のホームルームを済ませ退室すると、私はすぐにその後を追った。

「先生、少しお話よろしいでしょうか？」

「構わないが……そうだな。歩きながら話そうか」

この時間はお手洗いに席を立つ生徒も多いため、廊下は目立つ。

こちらの意図を汲《く》んでくれたのか、茶柱《ちゃばしら》先生は歩きながら話をしてくれることに。

「櫛田《くしだ》さん、王《ワン》さん、長谷部《はせべ》さんが学校を休んで5日になります」

「ああ。表向き2人からは病欠という連絡を変わらず受けているが顔を出すべき病院での診察を受けていない。櫛田に関しては休みますの一点張りで詳細は聞かされていない」

けして完璧な休み方とは言えない。

その乱暴な不登校は私への罰のようにも感じられた。

「厳しいペナルティを受け続けている、そんな状態でしょうか？」

具体的な答えは聞かせてもらえないでしょうけれど、1度聞いてみる。

「そう心配することはない。特に王と櫛田のような優等生たちには、長めの猶予《ゆうよ》が与えられるようにルールが作られている。長谷部に関しても問題児でない分、今はそれほど大ごとになっていない。これが実績の無い者や普段の素行が悪い者なら、別だが」

「日頃の行いのお陰────ということでしょうか？」

「そういうことだ。それに、上手《うま》くズル休みする元気な生徒もいれば、不器用に心を傷つけ1週間塞ぎ込んでしまう生徒もいる。それを見極めるのは難しい。となれば、これまでの学校生活の態度や成績を見て判断するしかない」

それを教えてもらえただけでも、私の心が軽くなっていくのを感じる。

「それに学校も鬼じゃない。無理に登校を強制させ子供の心を蝕《むしば》みたいとは考えていないぞ。ともかく、今休んでいる3人はこれまで遅刻もなく、授業態度も真面目だった。猶予が与えられる資格は十分ある」

柔らかい口調で、茶柱先生はそう教えてくれる。

何か裏があるのでないかと思う程に普段とは別人に見えた。

クラスメイトが噂《うわさ》していたけれど、特別試験を機に変化したのは本当かも知れない。

「何より、学校も厳しい特別試験を実施していることを理解している」

休むだけのことが起こっても不思議ではない、だから今は許されているわけね……。

周囲に人がいないことを確認し、ここで茶柱先生が1度足を止める。

「しかしそろそろタイムリミットも近い。来週も欠席が続くようなら、必死の思いで得た100ポイントも容赦なく目減りしていく」

この週末の間に何とかしろ、そんな先生からの隠れたメッセージ。

でも、私はそのメッセージに本当に応えられるのだろうか。

今の状況を聞くだけのつもりだったのに、自分の弱さが少しずつ顔を出し始める。

「ありがとうございます。助かりました」

「待て堀北《ほりきた》。まだ何か言いたいことがあるんじゃないのか？」

「……いえ。これ以上先生にご迷惑はかけられません」

「迷惑かどうかは聞いてみなければ分からないだろう。まだ少し時間もある、人に話すだけでも少しは楽になるんじゃないのか？」

私の浅はかな精神状態なんて、茶柱《ちゃばしら》先生にはお見通しなのね。

躊躇《ちゅうちょ》が無かったと言えば嘘《うそ》になるけれど、ここは勇気をもって話してみることにした。

「佐倉《さくら》さんを退学させてクラスポイントを得た。その行為は正しかったんでしょうか」

「自分の決断を悔いているのか？」

「あの時は正しい判断のつもりでした。ですが……正直に言えば、今は揺れています」

「答えを示してやりたいが、私にはどうしようもない」

「分かります。教師としてお答えするわけにはいきませんよね」

「そうじゃない。現時点では、おまえが正しかったと証明することは出来ないというだけだ。確かにおまえの決断はやや独裁的で自己都合、そう見た生徒もいただろう。おまえもその他人の評価に苦しみ、答えを誤ったと感じ始めているわけだからな」

耳の痛い言葉ね。言い返すことは出来ない。

「しかし、それはそれほど重要なことなのか？　どんな人間も最初から完璧な人間はいない。簡単な足し算や掛け算を間違って、学習して、そして前に進んでいく。私だって間違いだらけの人生を歩いている」

「先生も……ですか？」

「同じ特別試験を受けた時だってそうだ。私は正しい正しくない以前に時間内に答えすら出せなかった。その点おまえは1つの答えを示した。よくやっているほうだろう。経験を積まず100点を取れる人間はいない。あの特別試験の段階で、おまえはリーダーとして認められ権限を与えられていた。そして誰かを切り捨てる覚悟で櫛田《くしだ》を守った。それが正解だったと認めさせていくのはこれからだ」

先生が、先生らしいことを言う。

そんなことは今までほとんどなかったため、私は少し困惑した。

「今の段階で100点を取ろうとしなくていい。OAA最下位を合理的に切るか、約束を優先して不都合を受け入れるか、その2択だったわけだからな」

「そう、ですね……」

分かっている。分かっていて、それでも迷いが生じてしまう。

「しかし——周りが見えなくなっていたのかも知れないとも考えます。もっと耳を傾けていれば、より良い正解を掴《つか》めたかも知れないと思ってしまうんです」

「周囲が見えなくなることはある。そして後で熱が引いたとき、自分の判断が正しかったかと迷うこともある」

でも、私にはそんな経験がない。悔しくて無意識のうちに握りこぶしを作っていた。

「おまえは今までよく言えば王道、悪く言えば単純な判断ばかりをしてきたんじゃないのか？　もちろん、それが普通のことだ。この学校の特異性が初めて新しい選択肢を求めてきたわけだからな」

「はい……」

力強いアドバイスを受け、それでも私はまだ適切な答えを見つけられない。情けない顔をしていたはずなのに、茶柱《ちやばしら》先生は呆《あき》れることもなく柔らかく接してくれる。

「おまえは学校から提示されたルールの中で戦っただろう？」

「ですが、裏切り者以外を退学にしないという約束を破りました」

「おまえは最初から櫛田《くしだ》を守ることを決めていて、賛成票でまとめるために嘘《うそ》をついてその約束を交わしたのか？」

「いえ！　あの時は本当にその覚悟を持っていました……。本当です」

「だったら何も問題はない。約束を遵守《じゅんしゅ》することは大切なことだ。だが、時に約束を違《たが》えてしまうことは大人にだってある。考えを変えたのが、櫛田を残すことが正解だと気付いた上での行動なのは分かっているからな。今のおまえをバカにする人間を蔑《ないがし》ろにするのも無視するのも自由だ。ついて来る者もいれば来ない者もいる。40人近いクラスを1つにまとめる、そんなことは龍園《りゅうえん》や坂柳《さかやなぎ》、一之瀬《いちのせ》にだって簡単にできることじゃない。他の生徒達も表面上はイエスマンをしていても、内心ではどう考えているか分からないだろう」

茶柱先生はそう言って、私の肩に優しく手を置いた。

「失敗を恐れるな。私は子供の失敗を認めない、許せない大人ではいたくない」

「先生、私はまだ失敗したわけではありません」

「……そうだったな。ただ、選んだ選択を最後まで見守るつもりでいるということだ」

ちょっと困ったような顔を見せた後、先生は改めて私の目を見る。

丁寧な、厳しくも愛のある言葉に、私は少しだけ言葉を詰まらせそうになる。

「変わりましたね、茶柱《ちゃばしら》先生」

口にするつもりはなかったけれど出てしまう。それが素直に抱いた本心だったから。

「これまで冷たくあしらってきた私が、今更教師面をするのは変か？」

「少し驚いてはいますが、変ではありません」

「そうか、それならいい」

茶柱先生も話しすぎたと思ったのか、咳払《せきばら》いして話題を変えてきた。

「綾小路《あやのこうじ》は櫛田《くしだ》に関しては何と？」

「綾小路くんですか……？　いえ、彼は特に何も。強いて言えば、私がどうするのかを観察しているような気がします」

「なるほど。あいつはおまえが解決すべきことだと考えているわけだな？」

「私の単なる我儘《わがまま》に付き合いきれないだけかも知れません」

「どうだろうな。しかし櫛田の件で思い切った行動をした綾小路だ。もしおまえが信用出来ないなら放置しておくとも思えないがな」

「随分と綾小路くんを買っていらっしゃるんですね。先生は綾小路くんが一番の不良品であると言っていたと記憶していますが」

「よくそんな昔の発言を覚えているな」

「彼はOAA以上に優秀です」

「おまえからの信頼と評価も随分と上がったものだな」

「性格には多少難がありますが、それは彼だけに限った話ではありませんし……アレはどういう意味だったのでしょうか。それとも先生の思い違い、ですか？」

紛《まぎ》れもなく彼は優秀で、私なんかよりも冷静で落ち着いている。

不良品と揶揄《やゆ》される要素なんて感じられない。

「教師の発言一つ一つを真に受ける必要はない。私などよりおまえの方が何倍も同じ時間を共有しているだろう？」

「それでも聞かせて欲しいです」

「……。そうだな。私の評価は以前から変わっていない。いや、その評価の信憑性《しんぴょうせい》が増したと思っている」

彼が不良品である。その言葉は真実であることを変えない。

「しかし、今そのことで頭を悩ませるのは早いぞ。おまえが早急に解決しなければならない問題は別にあるのだからな」

「そう、ですね」

気になるのも事実だけれど、確かにそれは後回しでもいい。櫛田さん、王《ワン》さん、長谷部《はせべ》さんの3人を学校へと通わせられるようにしなければならない。

「櫛田は手強《てごわ》いか？」

「今のところ暖簾《のれん》に腕押しです。いくら訪ねても、待ってみても彼女は門を開きません」

「それは大変だ」

週末はともかく、平日は私が学校に行く間に幾《いく》らでもコンビニ等で買い出しできる。兵糧《ひょうろう》攻めしたところで無意味。

携帯で連絡しようとしても電源は入っていない。

「ただ私が扉の向こうで右往左往しているのを感じて、喜んでいるんでしょう」

「それも無いとは言い切れないだろうな。かと言っておまえが動かなければ事態は進展せず徐々に悪化するわけだ」

「はい……」

「自分の力だけでどうしようもないときは、別の人間の力を借りるのも手だ」

「けれど櫛田《くしだ》さんの説得に喜んで力を貸してくれそうなクラスメイトなんて……平田《ひらた》くんくらいなものです。彼も今、それどころじゃないでしょうし」

彼は王《ワン》さんや篠原《しのはら》さんたちのフォローのバックアップに回っている。

「確かに平田なら力に……いや、櫛田に限ってはどうだろうな。正攻法、良識、善人、そんな人間を引き連れて行ったところで閉ざされた門が簡単に開くとも思えない」

「何となく先生の言いたいことも分かる気がします。彼女、素直じゃないので」

「生憎《あいにく》と今のところ適任者は思いつかないが、クラスメイト以外に目を向けるのも悪くないかもしれないぞ」

「けれど櫛田さんの説得にあたるということは、彼女の本心と向き合うということ。それを部外者に伝えるのはかなりのデメリットです」

「メリットとデメリットを天秤《てんびん》にかける作業は必要だろうな。だが、必ずしも伝えることが許されないわけじゃない。たとえば私たち教師の一部は櫛田の過去を知っているし、それ以外の教師も相手を選べば口外しない人だっているだろう。秘密などあってないようなものだと私は考えるがな」

櫛田さんの心を動かせるような人物……。

いいえ、心を動かせなくても、何か突破口となってくれるような人が居れば……。

「そろそろ時間だ。最後にもう一言だけ、お節介かも知れないが言わせてくれ。一番大切なのは堀北《ほりきた》が櫛田をどうしたいかだ。それをよく考えることだ」

私が櫛田さんをどうしたいのか……か。

「ありがとうございました先生。お陰で覚悟が固まりました」

まだ答えは出ないけれど、もがくための活力は再び湧いてきた。

「気にするな。教師としてこれくらいは——きっと当然のことだろうからな」

そう言って茶柱《ちゃばしら》先生は職員室へ戻っていく。

私はその背中が見えなくなるまで階段から見送り続けた。

1

ケヤキモールで買い物を済ませ寮に戻ってくると、エレベーターの横で入り口を睨《にら》み付《つ》ける伊吹《いぶき》さんの姿を見つける。

それを無視してエレベーターのボタンを押すと堰《せき》を切ったように彼女が怒りだした。

「無視すんな！」

唾液が顔にまで飛んできそうな勢いで詰め寄って来た。

これから覚悟を決めた長期戦が始まるというのに、一体何なのかしら。

このままエレベーターに乗り込んでもついてきそうな勢いね。

仕方なく足を止め、迎え入れようと扉が開いたエレベーターを見送る。

「無視？　私に何か用なの？」

「これ！　この文章、どういう意味だったわけ？　答えを教えなさいよ」

睨み付けながら携帯の画面を目の前に突きつけて来る。

眩《まぶ》しい光が眼球を照らすものの、白い光しか見えない。

「あなたバカなの？　近すぎて見えないからもう少し離してくれる？」

「ったく！　ほら！」

本当に少ししか離してもらえなかったけれど、一部に目を通しただけで、何と書いてあるかはすぐに読み取ることが出来た。

「よくできた感心する文章ね。きっと知的な人間が書いたに違いないわ」

「自画自賛すんな！　つか、これのどこが知的なわけ？」

「口に出して読み上げてみたら分かるんじゃないかしら」

「はあ？『あなたが私に関係ないところで退学すれば、当然あなたは私に負けたことになる。そんな間抜けにはならないことね』……どこが知的？　いやもうそれはいいから意味を教えなさいよ！」

「これを読んで分からなかったの？」

「全く。今週ずっと考えてたけど分からなかった。それがなに？」

フンと鼻を鳴らしながら腕を組む彼女。

簡単なアドバイスをアドバイスとして受け取れないのは想定外だったわ……。

いえ、むしろ潜在的に効果はあったと思いたいところね。

「今更聞いても意味ないことよ。問題なかったようだし」

「は？　何が？　もっと分かるように説明しなさいって」

彼女も本当に物分かりが悪いのね。

運動神経や格闘センスだけに全部持っていかれてるのかしら……。

「あなたを退学にさせないための秘策を授けたのよ。あなたはクラスメイトに好かれていないようだし、もし退学に関係する課題が出れば危なかった可能性もあった。こうやって私に発破をかけられれば嫌でも学校に残ろうとするでしょう？」

「まさか……私を心配して？」

驚き、ではなく心底気持ち悪そうな顔をしてドン引く彼女。

「勝手な解釈をしないで。あなたには協力してもらうことが残っているだけのことよ。人手が足らなくなるのは困るし、それに前回の特別試験で退場されても龍園《りゅうえん》くんのクラスが100ポイントを得るだけであなたの抜けたダメージは出ない。どうせ退場するならペナルティのある試験で消えてもらった方がお得だもの」

そう説明しても、1ミリも納得した表情はしていなかった。

「そろそろいいかしら、帰っても」

無言で怒りながらも道を空ける彼女を横目に、私は再びエレベーターのボタンを押す。

それから中に乗り込んだところで、伊吹《いぶき》さんが後を追ってこないことに気付く。

「あなたは帰らないの？」

「あんたと一緒のエレベーターに乗る気はないから」

「子供ね。偶然でも何回かあったじゃない」

「今は乗る気にならない」

「そう。それなら好きにして」

閉ボタンを押して私は櫛田《くしだ》さんの住む階層に向かう。

ここから、彼女が扉を開けてくれるまで粘り続けなければならない。

上昇していくエレベーターの中で、本当に突破口が開けるだろうかと考える。

何か別の手を打たなければ、変わらないいんじゃないのか。だとすれば、今から私がやろうとしていることは時間の浪費に他ならない。目的の階に到着し、扉が開く。

でも私は外に出るための一歩を踏み出せず、その場に硬直してしまう。

どうすれば、どうすれば櫛田さんと対話することが出来るのか……。

時間だけが過ぎ、エレベーターが閉じてしまった。

開ボタンを押す前にエレベーターが動き出し、階下へと移動を始めてしまった。

「全く、ダメね」

こんな雑念を抱えた状態で櫛田さんと対面できたところで、説き伏せられると考えない方がいい。茶柱《ちゃばしら》先生からの温かい言葉を無駄にしてしまったようで申し訳ないわ。

1階まで真《ま》っ直《す》ぐ戻ってきたエレベーター。

扉が開くと携帯に目を落とした伊吹さんがこちらに気付かず一歩を踏み出す。

そしてエレベーター内に人の気配を感じて顔を上げ、私を見て僅《わず》かに声を漏らした。

「な、なんであんたがいるわけ!?」

確かに、これに関しては驚かれても無理ないことだわ。

「乗らないの？」

「乗らないって言ったでしょ!?　嫌がらせ？」

首を振って、また私は閉ボタンを押そうと手を伸ばした。

そこで、視線を逸《そ》らした伊吹さんを見て何か引っかかるものを覚えた。

閉ボタンに触れる寸前に、開ボタンへとスライドさせ、ジッと彼女を見つめる。

いつまでもエレベーターが閉まらないことを不審に思った彼女がこちらを見る。

突破口は意外なところに転がっているのかも知れない。

茶柱《ちゃばしら》先生のアドバイスを、実践するタイミングなんじゃないかしら……。

「何なのよ」

「……どうせならあなたにも協力してもらおうと思って」

「は？」

かなりの賭けにはなるけれど、膠着《こうちゃく》状態を打破できる材料になるかも知れない。

見えない突破口、それを破るのは意外な伏兵かも。

これが無謀なことと思いつつ、今はどんなことでも試していくしかないわね。

「乗って」

「乗らないって何回言わせんの？」

「いいから乗りなさい」

「……んなのよ」

苛立《いらだ》ちながらも乗り込んで来た伊吹《いぶき》さんを確認し、私は閉ボタンを押した。

「相談に乗ってもらいたいことがあるの」

「はあああ？　私があんたの？　いやいや、乗るわけないでしょ」

「エレベーターには乗ったじゃない」

「あんたが乗れつったんでしょうが」

「だったら相談にも乗ってくれてていいんじゃない？」

「いや、理屈通ってないし」

「あなたにとっても悪い話じゃない。それで、その内容なんだけれど——」

「勝手に話進めんな。あんたからの相談ってだけで悪い話なんだけど？」

そんなやり取りをしている間に櫛田《くしだ》さんの部屋がある階層へと辿《たど》り着《つ》く。

私は先に降りて、まだエレベーターに乗っている伊吹さんを振り返った。

「降りて。ここじゃどこに目と耳があるか分からないし、念のためね」

「知らないし。帰るし。意味わかんないんだけど」

閉ボタンを押して帰ろうとするけれど、エレベーターの扉は閉まらない。

「エレベーターも降りて欲しがってるようね」

「あんたが外からボタン押して妨害してるからでしょうが！」

「ところで、あなた好きなものはある？　大切にしているものとか」

「……それが関係あんの」

「いいから答えて」

「——ぬ」

「ぬ？」

「いや、あー……なんだろ。全然思いつかないけど、イチゴとか」

「意外と可愛《かわい》いところをあげてきたわね……もういいわ今の話は忘れて」

「勝手に聞いといて何それ！　つかいい加減ボタンから手を離しなさいっての」

ますます不機嫌になる伊吹《いぶき》さんに、私は本題を切り出すことにした。

さっさと話を共有して、その先に進んだ方が彼女のためにもなることを悟る。

「これから櫛田《くしだ》さんに会いに行く」

「だから？　勝手に会いに行けばいいでしょ」

バチバチと閉ボタンを連打するけれど、もちろん意味はない。

「そうもいかないのよ。彼女はこの1週間1度も姿を見せず学校を休んでいるもの。寮を訪ねても出て来る気配は一切なし。あなたには彼女を部屋から出してもらいたい。分かったかしら？」

「は？　ちょ、なんで私がそんなことしなきゃならないわけ？」

「これも人助けよ」

「知らないし。自分のクラスの相手でもやらないのに、あんたのクラスに協力なんてするわけないでしょ？」

この話をして、伊吹さんが二つ返事で受けてくれるはずがないことは計算済み。

でもメリットがあれば話は別よ。

ずっとエレベーターが開きっぱなしのため、警告音がピーピーと鳴り始める。

「いいわ。それならあなたに成功報酬をあげる」

「いらないし。私が金で動くと思ったら大間違い」

「ええそうでしょうね。でも私の成功報酬はあなたにとって強く望むものになるはずよ」

「……そんなのがあるとは思えないけどね」

簡単に動かせない伊吹さんの心。でもあるものを突きつければ考えは百八十度変わる。

「体育祭では5つまで好きな競技に事前に登録できるわよね。どの競技、どの組に参加するかは自由。必須種目をクリアするための措置《そち》、あるいは強敵を避けるために使われることが主な目的だけれど……逆に狙った相手と戦えるシステムでもある」

そこまで説明をしたところで、やる気のなかった伊吹さんの瞳に色が灯《とも》る。

「あなたのことだから私と戦うために予約せず待っているんでしょう？　でも、生憎《あいにく》と私はギリギリまで決めるつもりはない。状況次第では最後の1枠を狙った動きを見せる可能性も高い。つまりあなたが狙って待っていても戦う機会は永遠に訪れない」

「……私が協力すれば、あんたが戦ってくれるってこと？」

「ええ。好きな競技で1つ戦ってあげる。もちろんクラスのため手加減は一切しないからあなたは勝ち点を拾えなくなる。それでも良ければだけれど」

「ハッ。面白いじゃない。でも1つじゃ納得しない。最低でも3つ。2勝1敗の形で勝負してくれるってことなら協力してあげる」

「3つ？　それは強欲ね……」

私は警告音が鳴り響く中、考える素振りを見せる。

「譲れないから」

そうでしょうね。たった1つの競技で勝敗を決めるのが腑《ふ》に落ちないのは同感よ。

かといって2戦、4戦では引き分けの可能性も出て来る。最初から3戦による決着は想定のうちだったけれど、初手で提示すれば5戦要求してくることにもなる。

あなたが3戦で納得してくれるのなら、予定通りの落としどころだわ。

「……いいわ。3戦あなたに合わせて競技に参加する。これでいいかしら？」

「決まりね。後でひっくり返すのは無し」

そう言ってエレベーターから降りる。

私がボタンから手を離すと、エレベーターはゆっくりと扉を閉め始めた。

「もちろんよ。ただし――――今回の件、解決するまで手を貸してもらうわよ」

「何がゴールなのか明確に教えてよ」

「櫛田《くしだ》さんが月曜日から学校に通学してくること。それだけよ」

「簡単、に思えるけどね。ていうか櫛田が休んでるからなんだってのよ。誰だって体調崩す時くらいあるでしょ」

茶柱《ちゃばしら》先生は、櫛田さんに関する秘密はあってないようなものだと言っていた。

ただ、重要なのはむやみやたらに口外して良いことではないということ。

そのアドバイスに素直に従い、私は全てを話すことを決める。

伊吹《いぶき》さんが周囲に吹聴《ふいちょう》してしまうような生徒なら、それは私の見る目がなかっただけ。

自分をもっと追い込むことになるとしても、今は打開の道が必要だ。

話す内容は、櫛田さんに関して。もちろん変に包み隠したりはしない。

彼女がこれまでどんな生活を送ってきたかは伊吹さんも知っているはず。でも、その本性と考え方、今の状況に至るまで細部まで説明する。

話をしている最中、伊吹さんは興味なさそうにどこか適当な方角を向いて聞いていた。

普通ならそんな態度を見せられたら不満を抱きそうなものだけれど、不思議と彼女のその態度には救われた気がした。何故《なぜ》彼女が今学校を休んでいるのか、ありのままの事実を告げ終えると、伊吹さんは呆《あき》れたように溜息《ためいき》を吐《つ》いた。

「くだらな」

彼女の本性に強い興味を示すことなく、淡々とその事実に感想を述べる。

「驚かないのね。何か知ってた？」

「何も。ただ、私は真っ当な善人ってやつを信じない。櫛田も、平田《ひらた》も、一之瀬《いちのせ》もそう。私は僕は良い人間ですって顔してるヤツほど裏は黒いって相場が決まってんのよ」

「面白い考え方ね」

意外と的を射ている部分はあるのかも知れない。

「じゃあ、あなたのなかで龍園《りゅうえん》くんは相当に評価が高いの？　彼は表向き……いえ、裏も含めて善人ではないし」

「もっと嫌い。ついでに言うなら、綾小路《あやのこうじ》みたいな人畜無害そうなヤツも最近は嫌いになった。クソムカつく」

そこまで行くと、逆に伊吹《いぶき》さんが好感を持てる人は存在するのかしら？

「ま、そういうヤツを引っ張り出すってのは嫌いじゃない。むしろ今まで善人面してたのがバレてどんな気分？って聞いてやりたくなった」

やり過ぎるようなら止めなければならないけれど、それくらいの強引さみたいなものは見習う必要がありそうね。

「引き籠《こも》ってる櫛田《くしだ》を引きずり出せばいいんでしょ？」

「ええ」

かなり自信があるようで、伊吹さんは足取り軽く櫛田さんの部屋の前に向かう。

「あなた1人でやるつもり？」

「黙って見てて」

それならお手並み拝見ね。

櫛田さんの部屋の前まで歩いた伊吹さんは、突然お腹《なか》を押さえてその場に蹲《うずくま》った。

「……あ、いたた、いたたた！」

そして廊下に響き渡る悲鳴を上げる。

私は何をしているのか一瞬理解できず、呆然《ぼうぜん》とその光景を見つめた。

「きゅ、急に腹痛が……だ、ダメ部屋まで間に合わないッ……！」

え……腹痛？　まさかそれがあなたの思いついた方法？

お手洗いを借りるために扉を開けさせる？

その陳腐な考えはともかく、壊滅的に演技が下手過ぎる……。

そもそも伊吹さんの部屋のフロアはここじゃない。

もしフロアが同じだったとしても自分の部屋まで駆け込んだ方が絶対に早い。

「と、トイレ、トイレ貸して！」

櫛田さんの部屋のチャイムを素早く連打して、呼び出しする。

そんな作業を10秒ほど続けるも、櫛田さんが中から出て来る気配はなかった。

私が今回のことに関係している以前の問題だわ……。

明らかな人選ミスに、頭を抱えそうになる。

演技を続けること数十秒。伊吹さんは真顔になると立ち上がりこちらに戻って来る。

「留守なんじゃないの？」

「まず間違いなく部屋にいると思うわ」

「ほんとに？　あの演技に釣られないんだとしたら、相当じゃない櫛田のヤツ」

「そ、そうね」

本気で言ってるようだから、ここは突っ込まない方が良さそうね。

私は静かについてくるよう指示を出すと、櫛田さんの部屋の電気メーターが内蔵されたボックスを開く。

「ここに円盤が見えるわよね？　この円盤の速度がゆっくりなら不在の可能性が高い。でも在宅してテレビやパソコンを使っていれば回転速度が速くなるの」

今、円盤の回転速度はやや速くなっている。

「これで在宅している可能性の方が高いことが分かったでしょう?」

「……泥棒みたいなこと知ってんのね」

「先週末、彼女を待つ間に色々と勉強したの。悪用厳禁よ」

いやしないから、と冷めた目で見て来る。

「他に方法は思いついてる? もしないようなら早速戦力外通告の可能性も——」

「やり方間違ってた」

「え?」

「イチかバチかだけどいいよね? 強引に櫛田《くしだ》を引っ張り出してやるから」

根拠を示して欲しいと感じつつも、その気迫を見てもう1度任せようと判断する。

私は距離を取り、そして再び扉の前まで足を進めた彼女は——

「ねえ櫛田。あんたのこと色々聞いた。今まで猫被《ねこかぶ》ってたのが試験でバレたんだって?」

どんなことをするのかと思えば、彼女は罵倒を始めてしまう。

一瞬止めるべきだと脳が働いたけれど、そんなことをしても意味はない。

ここで止めたところで、もう彼女の耳には届いているだろうから。

「ザマァないじゃない。今まで1番の人気者から転落してく気分はどう? あ、善人ランキングじゃ一之瀬《いちのせ》の方が上か。2番から転落した気分はどう?」

煽《あお》るテクニックは、さっきの棒演技に比べれば遥《はる》かにマシね。

絶妙に腹が立ってしまうのは、多分伊吹《いぶき》さんに言われているからでしょうね。

けれど音は返ってこない。やっぱり荒療治じゃダメだったかしら……。

扉の前の伊吹さんは、表情を変えず、そして言葉を止めようとしない。

「無様なツラ、私に見せてよ」

右足のつま先を、そこそこ強い力で扉に打ち付ける。

「さっき堀北《ほりきた》のせいでストレス溜《た》まっちゃってさ、解消したくて仕方ないのよ」

櫛田さんを救いたいなどとは、少しも思っていない伊吹さんの本音。

それを扉の向こうにいるであろう櫛田さんへとぶつける。

「人の部屋の扉を蹴るってのも悪くないかもね。龍園《りゅうえん》の気持ちもちょっと分かるわ」

ガンガンと蹴りを繰り返す彼女の行動は、もはや自分のためのようでもあった。

そんな何度目かの蹴りの後、室内から音が聞こえた。

にもかかわらず、更に蹴りを繰り出そうとしていると、突如部屋の鍵が開く。

「――――迷惑だからやめてもらえるかな伊吹さん」

私服姿の櫛田さんが姿を見せた。

まさか彼女のこんな乱暴なやり方で櫛田さんが反応するなんて……。

この1週間、私の努力はなんだったのだろうかと、ちょっとショックを受ける。

「ほら出てきた。やっぱりあんたはそういうヤツだ」

詳しく櫛田《くしだ》さんの性格を知って、伊吹《いぶき》さんには分かる部分があったのかも知れない。

「その勘違いムカつくから止《や》めてもらえる？」

「へえ？　そんな感じなんだ？　猫被《ねこかぶ》りのあんたよりよっぽど好感持てるじゃない」

「私はあなたに1度も好感を持ったことは無いよ。そこの堀北《ほりきた》さんと一緒で」

さん呼びするところを見ると精神状態は落ち着いているみたいね。

隠れることに意味もないため、遠慮なく櫛田さんの部屋の前へ。

「良かったら部屋に上がらせてもらえない？　散々待ちくたびれて疲れているのよ」

「まぁ閉じようとしても無駄なんだけどね」

しっかりと片足を伊吹さんが扉の隙間に差し入れているため、閉めることは出来ない。

差し込まれたその片足をジッと見下ろしていた櫛田さんは、思い切り踏みつける。

「ッた!!」

グリグリと力強く踏み込み続けるけれど、伊吹さんも足を引っ込めようとはしない。

「ホントだ閉まらないね」

「いい加減に――――しろ！」

扉を強引に開き踏み込もうとすると、すぐに後退して真顔で私たちを迎え入れる。

「どうぞ上がって。これが最初で最後になるかもしれないしゆっくりしていって」

含みのある言い方だけれど、それくらいの覚悟は持っているんでしょうね。

いつまでも現状維持を続けてクラスを困らせることは櫛田さんにとって造作もないこと。

何か決めたことがあるからこそ、招いたに違いないわ。

　これが最初で最後のチャンス――なんでしょうね。綺麗《きれい》に使われていることが一目で分かる櫛田さんの部屋。綺麗好きという点では私以上にしっかりしている印象だ。

「へ、へぇ。まぁまぁ片付いてるじゃない」

　伊吹さんが感心かつ驚きを含んだ様子で部屋の中を見回して言う。

　その態度を見た櫛田さん。

「伊吹さんの部屋は、乱雑で脱いだ服がその辺に散らばってそうだよね」

「ぐ……み、見てもないのに何が分かるっての？」

　どう見ても図星指されたのが丸わかりよ……。

「座って。飲み物とかお菓子とかは出さないけど、別にいいよね？」

「ええ結構よ」

　座るよう促された私たちは、一瞬視線を合わせた後距離を取って座りあう。

　櫛田さんはその向かいに座り、テーブルを挟んで2対1の状況になった。

「それでずっと部屋の前で騒いでたみたいだけど、目的は何？」

「分かっているでしょう？　ここ1週間学校を休んでいる。そのことについてよ」

「はあ」

　気のない返事をして、櫛田さんは続ける。

「あんなことがあったのに学校に行けると思ってる？　別に驚きはしないけど、この子にも私のこと話したんでしょ？　それって当てつけの1つだよね」

「そうじゃないわ。彼女は不用意に他の人に話したりはしない」

「へえ？　信用してるんだ？」

「してないわよ。単に話し相手もろくにいないというだけ」

「おい」

テーブルに拳《こぶし》を打ち付けて、睨《にら》み付《つ》けてくるけれど無視する。だって事実だもの。

「そうだとしても、相手の気持ち考えてないよね。私傷ついちゃった」

「あなたにそれを言う資格があるのかしら？」

「私に無いとしても堀北《ほりきた》さんが気持ちを考えなくていい理由にはならないよね」

鋭利な言葉の応酬がすぐに繰り返される。

「話を前に進めましょう。私に至らない点があったことは百も承知よ。けれど最初に敵意を持って仕掛けてきたのはあなたの方。そうでしょう？」

単なるクラスメイトだった櫛田《くしだ》さん。

でも彼女からは退学させるべき相手として終始見られていた。

「その点については否定しない。けど仕方ないじゃない、我慢できなかったんだから」

「私はどうするべきだったのかしら。今振り返ってみても明確な答えが出ないの」

「分かるよ。同じ事を何度か考えたこともあるし。それで1つ結論を見つけたの。堀北さんの存在に我慢ならない私のために、進んで自主退学するべきだったんじゃない？」

「無茶《むちゃ》言わないでくれる？　それは結論ではなく単なる暴論よ」

「暴論だね。でもその暴論しかないんだよ」

こちらの問いには答えてくれるものの、けして友好的対話とは言い難《がた》い。

けれどそれが櫛田さんの本心であることも本当なんだろう。

最初は話を多少なり聞こうとしていた伊吹《いぶき》さんの目が、段々と死んでくる。

「全てを過去に流して協力してくれないかしら」

「そういう話だって分かってはいたけどさ、笑わせないでくれる」

「あなたにはそれだけの実力と価値がある」

「知ってる」

謙遜《けんそん》する素振りすら見せず、即答してみせる。

「超自意識過剰……」

ボソッと呟《つぶや》いた伊吹さんに対し、櫛田さんは訂正することなく付け加える。

「そうかな？　私はそうは思わないけど」

「私も思わないね。あんたの実力が凄《すご》いとは思わない。何ならここでやってみる？」

そう言って拳を握りしめる。

「想像以上にバカだね伊吹さんって。実力ってそういうことじゃないよ？　ＯＡＡ見てみたら？　この学校での実力は、その成績の良さでしょ。私と伊吹さんの差は思った以上にあると思うけど？」

ムッとした伊吹《いぶき》さんが上等とばかりに携帯を取り出しＯＡＡをチェックする。

そして自分の総合力と見比べて青ざめると、無言で携帯を閉じた。

「その高い実力をクラスのために生かして欲しい。これ以上無断で学校を休み続けたら、いずれあなたの席はなくなってしまう」

「もう無いけどね。まあそうだよね。堀北《ほりきた》さんにしてみれば反感覚悟で私の退学に反対したわけでしょ？　だから私が使い物にならないと困るのは自分。こうやって必死になって説得したくなる気持ちはよく分かるよ」

クラスの状況は櫛田《くしだ》さんにも手に取るように分かっているはず。

「私は負けた。もう居場所はどこにもない。だけど、あの満場一致特別試験、最後の最後に大人しくしていたのは、少しでもあんたにダメージを与えるため。この先も休み続ければ学校は不登校の生徒を作った原因のクラスに罰を与えるでしょ？　そしてその罰の責任問題はあなたに行くんだよ」

確かにこのまま櫛田さんが休み続ければ、クラスは服毒を続けるように継続してダメージを受けていく。いずれ特別試験で不登校戦略が手詰まりになる可能性はあるけれど、櫛田さんは見事に復讐《ふくしゅう》をやり遂げることになる。

「あなたに利益はないわよ」

「今更だね。もう何も失うものはないんだからちょっとでも道連れにしようと考えるのは普通じゃない？」

「は？　普通じゃないし。ちょっとＯＡＡの数字が良いからって調子に乗らないで」

「面白半分で招き入れたけど、正解だったかな。あなた面白いよ伊吹さん。私と堀北さんだけじゃつまんない会話にしかならなかっただろうし。確かに普通、って表現したのは間違ってたかも。私にとって普通ってことは、きっと異常なことなんだろうね」

「自分を異常者だって認めるわけ？」

「私は自分が１番でなければ気が済まない。自分に都合の悪いことは許容できない」

「気持ち悪」

「仕方ないじゃない。そういう考えを変えられないんだから。生まれつきだよ」

八つ当たりや逆恨みと言われても構わない。

悟りを開いたように心を落ち着かせている櫛田さんはいつも以上に不気味だった。

声を荒らげ弱さを露呈させていた時よりもよっぽど手強《てごわ》い。

「学校が強制的に何かするまで、私は不登校を続けるよ」

そんな玉砕覚悟の攻撃を、櫛田さんはこの先も続けていくことを宣言する。

ある種無敵とも言える彼女は淡々と説いてくる。

「どうする？」

「どうするも何も、私はこうしてあなたと対話を重ねるしかない」

「無策なんだね。綾小路《あやのこうじ》くんとは大違い」

綾小路くんの名前が出たところで、伊吹さんの耳がピクリと反応する。

「こっちがアドバンテージを取ってると思ってたのに、何も焦ってなかった。それどころか逆に利用する計画を立ててた。敵に回しちゃいけない相手だったなって思う」

「あの人は——そうね。色々な先々のことを見通す力を持っているのかも知れない。そう気づかせてもらえたのは最近のことだけれど」

「じゃあ私と同じだね」

「そうね」

その後、少しだけ沈黙が続く。

「あなたも大概バカだね堀北《ほりきた》さん。私を切っておけば楽だったのに」

「バカかも知れないわね。根拠のない直感。根拠のない自信。そう取られても仕方がない。けれど、あなたが紛《まぎ》れもなく優秀な生徒であることは疑いようがない。過去を知る私や綾《あや》小路《のこうじ》くんへの衝動が害悪となった要素はあるけれど、少なくとも1年半クラスに貢献し続けてきた評価は変わらない」

自負しても恥ずかしくないだけの成績を残し続けてきた。

「クラスを困らせることが本当に最優先なら、あなたがこのまま休み続けるだけでも復讐《ふくしゅう》としては成功するかもしれない。というより、それでいいの？」

「何が言いたいのかな」

「その程度で満足できるのかって聞いているの」

「満足できるよ。それ以上のことは今望んでないから。どんな言葉を並び立てて説得したって無駄だよ、私が首を縦に振ることはないよ」

説得。そんな言葉を聞いて、私は喉に小骨が引っかかったような感覚を覚える。

確かに私は櫛田《くしだ》さんに学校に来てもらいたい。

それは自分の選択が間違いじゃなかったことを証明したいから。

目の前にいる櫛田さんが何よりも分かっていること。

だけど、それは自分のため。けして櫛田さんにとって最適な答えとは言い難《がた》い。

「私は勘違いしていたのかも知れないわ」

「どういうこと？」

「私はここにあなたを『説得』に来たつもりだった。でも、そうじゃない。それは結局自分のため、クラスのため。あなたの気持ちなんて考慮できていなかった」

「何？　今度は同情で泣き落としでもするつもり？」

「あなたが来たくないと思う学校に連れ出すことが過《あやま》ちだと気づいただけよ」

「ならもう話は終わりだよね。私が足を引っ張れば自動的に堀北さんも転ぶ。長い間私の居ない学校生活で苦しんでくれると嬉《うれ》しいな」

「私のことはいい。でも、それは同時にあなたも苦しむことになる」

「私が苦しむ？　何それ」

「まだ帰るべき場所があるのに、それを失ってしまうことになるからよ」

「随分自分勝手なこと言うようになったじゃない。帰る場所なんてもうないんだって」

彼女のことを思えば思う程、考えれば考えるほど1つの感情が湧き上がる。

「あなたを見ているとイライラするわ」

「……は？」

「寄り添おうとしても、あなたが子供だからどうしようもない。要は、あなたはことごとく選択肢を誤っただけのこと。秘密を語らない、ろくに知らない私を排除しようとしなければこんなことにならなかった。綾小路《あやのこうじ》くんの件もそう」

「だから言ってるでしょ。我慢ならないんだって」

「それが子供なのよ。我慢ならないから暴れるって……それ子供と一緒じゃない」

その言葉が先にヒットしたのは黙って聞いていた伊吹《いぶき》さんだった。

思わず吹き出して笑いだす。

それが癪《しゃく》に障《さわ》ったのか、櫛田《くしだ》さんは苛立《いらだ》った態度を見せる。

「それくらい我慢しなさい。あなたもう高校生なのよ？　歩いて教室に行くだけなのにそれすら出来てない。いつまでも地面に寝転がって駄々《だだ》こねてないで、さっさと自分で立ち上がって歩けばいいのよ」

「は――――言うじゃない堀北《ほりきた》さん。でも、私は傷ついてる可哀《かわい》そうな女の子なんだよ。今学校に行けばクラスメイトからは煙たがられ、以前のようにはいかない。そんな辛《つら》い場所に連れ出そうとするなんて酷だよね。全然寄り添ってないって」

「人のことを言えた立場じゃないけれど、あなた今最高に格好悪いわよ」

「………」

「もう素性はクラスにバレた。これ以上取《と》り繕《つくろ》えない。だから迷惑をかける。クラスで泣《な》き喚《わめ》いたあなたの姿が子供のように見えたけれど、まさに子供。いえ、幼児ね。幼児を相手にしているような気分だわ」

「バカにするな！」

手を振り上げ、それを容赦なく私の頬《ほお》に目掛けて振るう。

その腕を冷静に掴《つか》み、力強く取り押さえる。

「バカにしたくもなるでしょう。自分の愉悦《ゆえつ》のためだけに私を困らせ、クラスメイトを困らせ、そんなことを最優先にするのは幼児以外の何者でもない」

「私だけが苦渋《くじゅう》を味わって、我慢して、あんたやクラスの連中に協力しろっての？」

「勝手な解釈をしないで。いい？　あなたは堅実な力を持ってる。なら、それを他でもない『自分のため』に行使しなさい。周囲なんて関係ない。あなたが自分のために行動し、自分のためにAクラスに上がったのなら、それは紛《まぎ》れもないあなたの『功績』。そしてAクラスの特権を使って好きなことをすればいい。同じ事がしたいなら、今度こそあなたの過去を誰も知らない所にでも行ってね」

睨《にら》みつける櫛田さんからの、次の言葉が止まる。

「残りの学校生活はたった1年半よ。そんなに難しいことじゃないでしょう？　あなたは過去1年半、クラスメイトに表の良い顔だけを見せていた。それよりも簡単なことよ。それともあなたの実力じゃそんなことも出来ないの？」

私が握り込んだ櫛田《くしだ》さんの手が怒りに震えているのが伝わって来る。

でも、私はもう1つの結論に辿《たど》り着《つ》いた。

「私がここに足を運ぶのはこの1回だけ。あとはあなたが考えること。ここまで話しても尚《なお》私の敵に回るのなら——もうつける薬もないわ。一生子供のままでいなさい」

「私が立ち止まってる間に、堀北《ほりきた》さんは前に進み続ける……ってこと」

全てを話さなくても、櫛田さんにも今の状況が見えたはず。

「あなたは退学。私はAクラスで卒業して自分の夢を叶《かな》える。大きな差でしょうね」

プライドの高い櫛田さんが、大嫌いな私の未来を想像し目を瞑《つぶ》る。

学校生活なんて長い人生から見ればたった数パーセントの割合にしかならない。

「本当に……ここから私に、学校に復帰するチャンスがあると思ってる？」

「それはあなた次第よ。振り上げた拳《こぶし》を下ろすのか下ろさないのか、決めなさい」

まだ力が強く籠《こも》っていた腕。それが時間をかけて少しずつ抜けていく。

「話くらいは聞いてあげる。堀北さんの考えてる戦略を私に聞かせて」

紆余曲折《うよきょくせつ》を経《へ》て、櫛田さんが耳を傾ける状況にまで辿り着いた。

けれど、ここで気持ち良い思いをさせるためだけに取《と》り繕《つくろ》うことをしてはいけない。

彼女が生き残るためのプランを語り納得させなければならない。

幾《いく》つか存在する仮の答えを、この場で再構築しながら理想の答えへと辿り着く。

「今更猫を被《かぶ》って学校生活を送るつもりは――――」

「ないよ。って言うか無理だよね？　クラスメイトは私の本性を見た、その事実はどんなことがあったって変えられないでしょ？」

「そうね。でも言い換えれば、あなたの本性を見ていない人には猫を被り直せる可能性があるということよね？」

少しだけ考える仕草を見せた櫛田さんだけれど、どうかな、と呟《つぶや》く。

「今までは本当の私を知ってる人は、堀北さんや綾小路《あやのこうじ》くんたちごく少数だった。だからまだ取り繕うことに迷いはなかったけど、今はクラス単位で増えたわけじゃない？　賢い人間だけじゃなくて、バカでクソみたいな生徒もその中には大勢混じってる」

櫛田さんの言うことはもっとも。でも私が反応するよりも先に伊吹《いぶき》さんが反応した。

「口悪っ！」

バカでクソ、と言った部分に伊吹さんが過敏に反応する。

「あなたのことを言ってるんじゃないからどうでもよくない？」

「伊吹さん黙っていられないなら帰ってもいいのよ？」

「あ、そ。なら帰る。例の約束は守ってくれるってことでいいよね？」

立ち上がろうとする彼女に、一応私は伝えるべきことを伝えておく。

「ダメよ。今帰ったら途中放棄と見なして契約は無効にさせて貰《もら》うわ」

「はあああ？　ふざけ……あーもうじゃあ、黙ってるからさっさと済ませて」

「契約？何か気になる言葉だね」

「あなたを学校に連れ出す協力をしてくれたら、体育祭で戦う約束をしているだけ」

何故《なぜ》伊吹《いぶき》さんがこの場にいるのかの補足をここで済ませておく。

「そういうことだったんだね。なんで伊吹さんなんだろうって思ってたけど解決したよ」

「一応彼女のお陰で、櫛田《くしだ》さんの部屋にお邪魔出来たから意味はあったわね」

色々と言いたいことのある顔をしている伊吹さんだけど、グッと堪《こら》えている。

我慢を通してでも私と勝負したい、その心意気は買うわ。

「話を戻すけれど、本性を知られながら演じ続けるのが苦痛だと解釈していいかしら」

「そうだね。意味のある演技なら頑張れても、意味のない演技を頑張れないでしょ？」

これまでは私や綾小路《あやのこうじ》くんを退学させれば演じ続ける意味が生きた。

けれどクラス全員を退学にするようなことは不可能に近い。中学時代、櫛田さんは同じような状況になった時はクラスを崩壊させて全てを終わりにした。

だから今回も同じようにした、というのがこれまでの流れ。

「それを望まないのなら、クラスメイトと以前のように付き合う必要はないわ」

「へえ？」

それは目の前の櫛田さんだけでなく、伊吹さんにとっても意外な返答だったようで、2人ともが似たような反応を見せる。

「ある程度口止めしていても、絶対の保証はない。それなら他クラスには櫛田さんは二面性があるし問題を抱えた生徒、という前提で立ち回ることは避けられない」

でも、それじゃ櫛田さんという武器はその半分、効力を失うことになる。

勉強もスポーツも出来るけれど、その両方が一流なわけじゃない。あくまで優等生。素の能力では佐倉《さくら》さんに勝っているとしても、それ以外での魅力に欠ける。

「誰からも信用されない私。そんな私で皆が納得するとは思えないな。そうでしょ？」

「確かに今までのようには行かないでしょうね。けれど、本当に完全に信用を失ったと言えるのかしら。どう思う？　伊吹さん」

「…………」

「伊吹さん答えなさい」

「あんたが黙ってろって言ったんでしょ？」

「発言を許可するわ」

「ったく……黙れつったり喋《しゃべ》れつったり、私はあんたの舎弟《しゃてい》でもなんでもないのよ？」

「勝負したくないの？　それならそう言ってくれれば──」

「あーもう！」

頭を掻《か》きむしりながら、伊吹さんが答える。

「あんたは今まで良い子ちゃんを演じ過ぎてたってだけでしょ。私は完璧な善人なんて信じないし、むしろ前の方が胡散臭《うさんくさ》かったと思ってる。前のあんたと今のあんた、どっちを信じるかって言われたら、今の方が正直でいいかもね」

早口で思ったことを口にする。下手な小細工や知恵が回らない分、櫛田《くしだ》さんにはストレートに聞こえたんじゃないだろうか。

「あははは、面白い解答だね。って言うか珍しい思考してるよね。けど誰もが伊吹《いぶき》さんみたいに変わってるわけじゃない。むしろ普通の人は毛嫌いするでしょ」

「確かに彼女は普通じゃないわ」

「おい！」

「でも誰にだって大なり小なり二面性はある。あなたは何より自分のために行動するという本心の部分を伊吹さんに評価された。何故《なぜ》ならあなたの本心は絶対に変わらないから」

この本心を変えさせようなんて話が、そもそも間違っている。

「それに喋《しゃべ》り方《かた》や口調を今までのように外に対して変えなければ、あなたの本性を見ていない人には本当の意味でその姿を想像することは困難よ。幾《いく》ら言葉で説明されても、人は1度身をもって体験してみなければ理解することは出来ないの」

「どういうこと？」

「たとえば、そうね。一之瀬帆波《いちのせほなみ》さん。彼女は櫛田さん以上に善人とも言える人よね。でも実は彼女が本当は暴力的で口が悪く他人の失敗が何よりも好物な人なのよ、そう言われてすぐに信じるかしら？」

「……難しいかもね。アレは本当の善人みたいだし」

「私は疑ってるけどね」

「それは一之瀬さんをでなく、善人というものの存在自体をでしょう？」

「まあ……。確かに直接見てみないと分かんないかもね。櫛田のことも堀北《ほりきた》から聞いただけじゃ実感はなかったし」

「そうでしょう？　少なくともこの1年半一之瀬さんは善人であり続けている。仮に誰かがそんな暴露をしたところで信じない。とはいえ、もし彼女のクラスメイト全員が口を揃《そろ》えて一之瀬さんがそういう人だと言えば、当然私たちは怪しむでしょうね。でも、やっぱりイメージは完全に湧かないんじゃないかしら？」

　暴力を振るい、暴言を吐く一之瀬さん。誰がそう言っても信じ切ることは出来ない。

　警戒しても、その一面が見えなければ信じることは出来ない。

「体験しないと分かんないってのは、マジでそうかもね。格闘技も、技を口で説明されてヤバイって警告されても全然ピンと来ないことがある。だけど実際にやられたら凄《すご》さとかよく分かるし」

「格闘技に例えるのがあなたらしいわね伊吹さん」

「でも疑念が残る以上、完全に信用してはもらえないよ」

「それはあなたの腕の見せ所よ。これからのやり方で上手《うま》くやるしかない。少なくともあなたの距離感の調節、コミュニケーション能力は人より上であることは事実だもの」

　その先の信頼を得られるか得られないかは、今の段階では未知数。

「他クラスにはそれでいいとしても、クラスメイトは？　篠原《しのはら》さん、王《ワン》さん、特に長谷部《はせべ》さんなんかは私を恨んでいるだろうし。これで団結なんて出来るかな？」

「全員とは無理かもしれないわね。でも、それはあなたの能力で応えていくだけでも成果を生み出せるわ」

平均より高い結果を残し続けるだけでも、櫛田《くしだ》さん以下の成績しか取れない生徒は簡単には文句を口にすることが出来なくなる。

「信頼されない面が表に出れば、私が協力する」

「……そんな甘い言葉を素直に信じると思う？　裏切るんじゃないのかな」

「疑って結構。裏切った時に恨み節を聞くわ」

そもそも現時点で1度終わった櫛田さんにしてみれば、本来怖いものなんて何もない。

ここでもう1度立ち上がるかどうか、全ては自分の決断次第だ。今日一番の長い沈黙が訪れ、櫛田さんは目を閉じた。そして何かをぶつぶつと言い出したけれど、私には聞き取れない。やがて、結論に至ったのか目を開く。

「分かった。私は私のためだけに1年半戦ってクラスに貢献する。堀北《ほりきた》さんのためにもクラスメイトのためにも戦わない。それでいいよね？」

「全く不満はないわ。結果で応えてくれるだけでいいもの」

立ち上がった櫛田さんが、今度は拳《こぶし》ではなく左手を差し出してくる。

「あの時は逆だったわね」

私が差し出した手に櫛田さんは応えてくれなかった。

「最近知ったんだけど、左手での握手には敵対って意味があるみたいだよ」

「……そうなの？　私、以前あなたにどっちの手を差し出したかしら」

「左手」

ハッキリと覚えていたようで、櫛田さんが即答する。

ということは、理解した上で左手で握手を求めてきたということなのね。

私もまた立ち上がり、その手に応えるように左手を差し出し握手を交わす。

「敵対記念みたいになってるわね」

「その方が私たちらしいと思わない？」

「そうかも知れないわね」

力強く握り返された手を、私もまた握り返す。

「そうだ。ひとつ堀北さんにしてみたかったことがあるんだけど……いいかな？」

「お願い？　何かしら」

「それはね――――」

微笑《ほほえ》んだ彼女は、両腕をゆっくり私に向かって伸ばしてきた。

その手は身体《からだ》の高さを越え顔の方に近づいてくる。

そして優しく両方の頬《ほお》に触れたかと思うと……左右同時にビリッと電気が走った。

思い切り頬をつねられた痛みだと気づいたのはその直後。

「なにふるの……!?」

「ホント大嫌いだよ堀北《ほりきた》さん」

そう言い、更に強く頬《ほお》をつねってくる。

「今日会った時からイライラしてたし、協力関係になった今もイライラしてる。月曜からこれがずっと続くと思うとストレスヤバイだろうなって思って。少しくらいこんな風に発散させてもらわないと」

込められた力は更に勢いを増し止まる様子がない。

「も、もういいかしりゃ？」

「ダメダメ。こんなんじゃ全然足らないよ」

少しくらいは受け入れてあげるつもりだったけれど、調子に乗った櫛田《くしだ》さんは頬を引っ張《ぱ》ることを止めようとしない。

一切緩めるつもりがないのなら、こちらにも考えがある。

同じように両腕を伸ばし櫛田さんの頬をつねりあげる。

「ッ!?」

「そろふぉろ放してもらふぇるかしら？」

痛みを知れば止める、そう踏んだのだけれど……。

「あふぁふぁ、じょうらんはその不細工な顔らけにしてくれる？」

譲らず指先に力を込めて、引きちぎる気合いを持って握り返す。

それでも櫛田さんは一歩も引かず、更に限界以上と思われる力で握り込んで来た。

こうなると意地と意地の張り合いだ。

「……2人とも千切れるまでやってれば？　アホ臭いから私は帰る」

1人冷静だった伊吹《いぶき》さんがそう言って先に玄関から外へと出て行った。

意地の張り合いは2分3分と続き、痛みもマヒしだした頃。

お互いに間抜けな姿を晒《さら》していることに気が付き、どちらともなく手を放した。

櫛田《くしだ》さんの顔が真っ赤になっているのを見て、自分もそうなのだろうと自覚する。

「……月曜日、学校に来なさい」

「しつこいよ。さっさと帰ってくれる？」

半ば追い出されるように背中を押され、私は彼女の部屋から廊下に出た。

「全く……」

痛む頬《ほお》を撫《な》でながらエレベーターの方を見ると、伊吹さんが中に乗り込む。

「もしかして私を待っていたの？」

そう言って歩き出すと、伊吹さんは舌を出しながらエレベーターのボタンを押した。

「……人を怒らせる才能の持ち主かも……ね」

けれど彼女のお陰で櫛田さんに会えたのも事実。

体育祭では彼女の望み通り、白黒つけてあげないといけないわね。

2

重たい頭をベッドから起こして、私は転がるようにその場から抜け出しました。

熱があるというわけでもないのに、軽い鈍痛がずっと続いています。

原因は明らかで、罪悪感の中5日も学校をサボってしまったからです。

今まで、病気以外で1度も休んだことなんてなかったのに。罪悪感に苛《さいな》まれ、その気持ちを払拭《ふっしょく》するように別のことを考えようとしますが、頭の中から追い出すことに失敗します。追い出そうとして追い出せるなら、5日も休んでいないよね……。

何か気分転換をしよう。そう思って、携帯を手に掴《つか》みました。

何件も入っているメッセージは未読のまま、写真フォルダをタップして、私は撮影初期の記録にアクセス。スクロールさせて懐かしむように写真へと目を向けました。

最初に手を止めたのは、入学直後、まだ私に友達と呼べる友達がいなかった頃の写真。

まだ上手《うま》く笑えない私の横で、優しく微笑《ほほえ》んでいる平田《ひらた》くんと撮った初めての、そして唯一のツーショットです。

今でも笑うのは得意じゃないですが、この頃と比べれば随分上達した気がします。

「懐かしいな……」

右も左も分からない日本での学校生活。

緊張に包まれた私を最初に解きほぐしてくれたのが、平田くん。

あの時は好きって気持ちにまだ自覚が無くて。

ただ格好よくて優しくて、素敵な人だなってことしか思わなかった。

競争意識が強く勉強のレベルが高い中国では、恋愛をする暇もなかったから気付けなかったこと。いつその恋心に気付いたのかは分からないけれど、自覚したその日から言葉にすることはないと思っていました。

平田《ひらた》くんは人気者で、私なんかの手が届く人じゃないから。

間違って想《おも》いを伝えても、困らせるだけ。

だから胸に秘めて、ただ彼の傍《そば》にいられるだけで満足していました。

「───なのに」

また思い返すだけで恥ずかしくなり、そして怖くなり涙が溢《あふ》れて来ます。

「どうしたら……」

クラスのみんなに、平田くんが好きだってことがバレてしまった。

席替えの時も、きっと平田くんの傍に行くためだってことも気付かれてしまったよね？

どんな顔をして学校に行けばいいのかわからないよ……。

その考えに至った後、今度はまた別の罪悪感に襲われました。

優しさと厳しさを長谷部《はせべ》さんに見せ、退学していった佐倉《さくら》さん。彼女の気持ちは、私なんかには計り知れないほど苦しかったはず。なのに、私は自分のことで精いっぱいで、ただ早くあの試験が終わって欲しいと願い退学に賛成のボタンを押してしまった。

「最低……だ」

最低な自分が嫌で嫌で、苦しくて苦しくて。

私なんかのちっぽけな悩み……。

不器用に笑う自分を見ているのが嫌で携帯の画面を消そうとした時、月曜日の夜に綾小《あやのこう》路《じ》くんから貰《もら》っていたメールを思い出しました。

今、綾小路くんはどんな気持ちでいるんだろう。大切な友達を自分の手で退学させて、それでも学校にちゃんと行けているんでしょうか。

行けてるんだとしたら、どんな……。

直接会って話、してみたいな……。

そう思いながら送られてきた文章に目を通します。

『直接会って話がしたい』

「あ……」

私の気持ちが文章になったかのように、リンクしていた綾小路くんのメッセージ。

念のためと電話番号と部屋番号が添えられています。

相談に乗ってくれるのかな？

心配してくれてる人は、綾小路くん以外にも何人かいる。

大丈夫？　話聞こうか？　無理しないでいいよ？

そんな優しい言葉に感謝しつつも、どれに応えても解決に繋《つな》げられる自信がなかった。

だけど、綾小路くんなら……。

話を聞いて欲しい、話を聞いてみたい。

「……行ってみよう……かな」

まだ時間は夕方5時半。ご飯にしては早いし……。

いきなりお邪魔しても失礼じゃない時間だと思います。

しばらく部屋の中を行ったり来たりしながら悩んでいたけど、時間が過ぎていくだけ。

私は覚悟を決めると、綾小路《あやのこうじ》くんを訪ねてみる決意をしました。

電話を手にして、緊張しつつ鳴らします。

5回、6回……10回目のコールが聞こえてきて、切ろうか迷っていると……。

綾小路くんが通話に出たので、私は慌てて声を出してしまいました。

「ああ、あの、王《ワン》です！　その、綾小路くんですか？」

『連絡くれたんだな』

綾小路くんの少し反響した声とシャワーの流れる音が微《かす》かに耳に届きます。

「……はい。ずっと部屋から出られなくて、悩んでいたんですが……今なら出られる気がして……それで綾小路くんに、少しお話を聞いてもらえないかな、と……」

『今か』

「都合、悪かったですか……？　ごめんなさい急に電話して……ダメですね、私……」

間も悪いし、何をやってもダメなのかも知れない。

『そんなことはないんだがちょっとだけ時間を貰《もら》えるか？　30分、いや20分で用意する』

私の落ち込み具合を知ってか、綾小路くんはそう言ってくれました。

「あ、ありがとうございます！　20分後、お伺いします！　失礼します！」

妙に緊張して、耐え切れずすぐに電話を切ってしまいました。

「ふう……。ドキドキした……」

1週間ぶりに人と話したのも影響しているのかも……。

待つ間に身だしなみを整え、20分近く経《た》ったところで準備を済ませ部屋を出ます。

いつもより重たく感じる玄関の扉を開くと――。

「あ、また……」

私のドアの傍《そば》には、ビニール袋が置かれてありました。

「今日も来てくれたんだ」

中にはゼリーやお茶、サンドイッチなどが入っています。

月曜日の夜、コンビニまで行こうと静かに部屋を出たところで気付いたのが始まり。

最初は誰かが間違って置いているだけなのかと思ったのですが、ビニール袋には私の部屋番号の書かれた小さな紙が入れられていました。

けれど名前は書いていなくて、誰なのかは分かっていない差し入れです。

「あ、今日はサラダも入ってる……でも……ちょっと私の好きな感じではないけど……」

タンパク質の沢山入った、鳥のささみサラダ。

それでも、毎日少しずつラインナップも変化しているのにも優しさを感じます。

「一体誰なんだろう」

ビニール袋の中には他に手がかりになりそうなものは何もなく、レシートも入っていません。名無しさんに感謝しつつ、今は玄関に置いて綾小路《あやのこうじ》くんの部屋がある4階に階段で向かいます。男子の部屋があるフロアは、妙に緊張するなぁ……。

そんなことを思いながら扉を開けて廊下に入ると、ちょうど部屋の扉が開きました。

まさに綾小路くんの部屋のようです。

でも中から出てきたのは——

一瞬誰だろうと思ったけれど、それは軽井沢《かるいざわ》さんでした。

いつもの素敵なポニーテールじゃなくて、サラリとしたストレートヘアー。

と、ラフな格好をした綾小路くんの2人。

もしかしてお部屋でデート中だったんでしょうか……。

だとしたら、とんでもなく迷惑な電話をかけてしまったんじゃないかな……。

また気が落ち込みそうになりましたが、ここまで来て逃げ帰れません。

すぐに周囲を見渡す行動を取った軽井沢さんと、私の目が重なるように合いました。

「あ、う、噂《うわさ》をすれば何とやらってヤツね。またね清隆《きよたか》！」

緊張しつつ私が深呼吸すると、軽井沢さんも2度ほど深呼吸していました。

何か平田《ひらた》くんに関することを言われるかもしれない。

「ば、バイバイ！」

「え、え？」

身構えましたが、ただ別れの挨拶だけをされ、視線を合わせず私の横を通り過ぎる。

足早に去っていくのを私は呼び止めます。

「あの、軽井沢《かるいざわ》さん！」

「ななな、なに？」

「……急に綾小路《あやのこうじ》くんに電話して、ごめんなさい……お邪魔でしたよね……」

「そんなことないって、全然。ホント」

「でも……」

「相談に乗ってもらいたいって思ったんでしょ？　清隆《きよたか》言ってたよ。今呼ばなかったらまた部屋から出るのに新しい勇気を使わせてしまうって」

やっぱり電話の向こうで、私の気持ちは伝わっていたみたいです。

軽井沢さんは足を止めると少し戻ってきて、優しく笑ってくれました。

「遠慮なく相談に乗ってもらうといいんじゃないかな。あいつ口が回るようで口下手なところもあるけど、答えを出してくれると思う」

「──はいっ」

ここまで来たんだ。自分の今思ってることは全部ぶつけなきゃ損。

それくらいの気持ちを作ることが、軽井沢さんのお陰でできた気がします。

「それじゃあ、来週月曜日待ってるからね」

励ましの激励をくれて、そのままエレベーターの昇降ボタンを連続して叩《たた》きます。でもエレベーターがすぐに来ないことを悟ると、非常口の階段で帰って行きました。

「ありがとうございます、軽井沢さん」

少なくとも私に対して不満があったようには見えなかった。

ずっと怒らせると怖い印象が強かったけど、今日の軽井沢さん柔らかい感じがして優しかったな……。

と、今は余計なことを考える余裕もないので、急ぎ綾小路くんの部屋に向かいます。

チャイムを押すと、30秒ほどで扉が開いた。

迎え入れてくれた綾小路くんが無言だったので、私はすぐに焦りだす。

「あ、あの……連絡貰《もら》って……その、ちょっとお話したくて……！」

3

予定の時間ほぼぴったりに、みーちゃんが部屋を訪ねてきた。

本当はもう少し早く恵《けい》を自分の部屋に帰したかったが、これでもかなり急いだ方だ。

あと何分か時間の猶予《ゆうよ》をもらっておくべきだったと思ったが、みーちゃんの気が変わらないように配慮する必要もあり仕方がない。

「遠慮せず上がってくれ」

「お邪魔します……！」

緊張を隠し切れないみーちゃんだったが、引き返そうとする素振りは全くない。

少し見ただけだが、彼女は自分で立ち上がろうと懸命に努力しているのが分かる。櫛田《くしだ》や波瑠加《はるか》と違いその場に留《とど》まることを望んではいない。

「何か飲むか？」

「いえ、大丈夫です。お気遣いありがとうございます」

丁寧に断ると、遠慮がちにカーペットの上に座った。

オレもその向かいに座り、話をする態勢を作る。

「ここに来たのは櫛田の暴露、洋介《ようすけ》に関係することだな？」

名前を聞いて肩をビクッとさせた後、みーちゃんは静かに頷《うなず》いた。

「それとクラスの様子が知りたいです。篠原《しのはら》さんや松下《まつした》さん、そして長谷部《はせべ》さん。少なくとも私よりもずっと傷ついてる方たちのこと。それに綾小路《あやのこうじ》くんのことも」

まさかここでオレの名前を出されるとは思わなかったが、意外ではないか。

傍目《はため》には友人グループの1人を苦渋《くじゅう》の決断で切り捨てたように見えているのだ。

「連絡はいっぱい来てるんじゃないのか？」

「……ありがたいことに、私なんかを心配してくれている人はいっぱいいます。でも、どうしても見れなくて。見ちゃうと返事をしないと、いけないですから」

既読にだけして返事をしない。その行為が出来ないからとみーちゃんが答える。

それなら唯一できるのは既読を付けないことだけだからな。

「じゃあ、そうだな。順序だてる必要もないが、もしオレに聞きたいことがあるなら遠慮なく聞いてくれ」

こうして2人きりで話すことは滅多《めった》にない者同士。円滑に話をする必要はないが、遠慮していては解決できることも解決できない。少しでも打ち解けあえる道筋の方がいい。

「じゃあ、その、遠慮なく……。あ、でも、その前に……一応確認なんですが、私の部屋の前に色々買って置いてくれていたのは綾小路くんですか？」

理解を示していないオレに対し、補足するようにみーちゃんが説明してくれる。学校を休みだしてから1日1回、食糧を届けてくれる存在がいたこと。みーちゃんの部屋の番号だけが書かれた紙が添えられていて、差出人を特定するものは何も書かれていないこと。

一瞬洋介のことが頭に浮かんだが、櫛田や波瑠加の周辺ではそんな話は一切耳にしていない。クラスメイトを平等に扱う平田《ひらた》が、もしみーちゃんに差し入れるなら他の生徒にも同じようにしているだろうし、何度か会っている中で教えてくれているはずだ。

「悪いがオレじゃないし、心当たりもないな」

「そうですか……。その人にもすごく助けられて……お礼、出来たらいいんですが」

「誰にせよ、みーちゃんが休んでいることに気を遣う生徒はいるってことだ」

メッセージをくれる者、電話をする者、差し入れをくれる者。

あるいは連絡はしなくても、心配している生徒が彼女の周りには沢山いるだろう。

嬉《うれ》しそうにちょっとだけ頷《うなず》いた後、みーちゃんが質問をぶつけてくる。

「綾小路《あやのこうじ》くんは学校に行ってるんです……よね？」

外部と連絡を取っていないのなら、オレの出席すら明確に知らなくても無理はない。もちろん相談に乗ると言っている人間が塞ぎ込んで寝ているとも思わないだろうが。

「今週も変わりなく通学した」

「……辛《つら》くなかったんですか？　いえ、辛いのは当然として、学校に行くことが嫌だとは思わなかったんですか？」

「それは総合的なことで聞いてるんだよな？　クラスメイトを主導するような真似《まね》はこれまでもしていなかったし、櫛田《くしだ》を追い込んだことや友人を退学させる行動は誰しも驚いただろうからな」

「……はい。私の知っていた綾小路くんとは違いました。ちょっと、怖かったです」

素直で正直な彼女は、自分の感じたことを率直に述べる。

ここで友人、クラスメイトの優劣、優先順位の話をしても仕方がないだろう。

そんなことは特別試験で説明したことで、今更掘り返すことじゃない。

「威圧することで、自分が臆病になるのを誤魔化《ごまか》していただけだ。元々感情を上手《うま》く出すのが苦手な分、誰もそのことに気付かなかっただけ。今休まず学校に行けてるのも、それが格好悪いことだと考えてるからだと思う」

「それは私も少し考えました。自分が休むことで、櫛田さんの言ったことが図星で、傷ついてる、それを周囲に知られてしまうことが嫌だなって。月曜日の朝も、制服に着替えて玄関までは行ったんです。でも、あと一歩が踏み出せなくて。1日休んでしまったことで、だんだん扉が遠く重くなっていって……って、全部自分のせい、なんですけど……」

そして思い出したかのようにみーちゃんは頭を下げる。

「こんなことで1週間休んでしまって、ごめんなさい」

「こんなことなんて思ってない。ここに来てくれたことにも相応の勇気が必要だったはずだ。それに学校に行くことを完全に諦めたわけじゃないんだろ？」

「も、もちろんです！　すぐにでも本当は学校に行きたいと思っています。自分でもダメだって分かってるんです。だけど……恥ずかしくて、情けなくて……」

秘めた想《おも》い。それにどれだけの生徒が気づいていたかは別として、あのような公の場で暴露されてしまったら、心に深い傷を負うのも無理はない。

「置かれた立場を理解できるとも、代わってやれるとも言えない。だが、少なくともクラスメイトはみーちゃんのことを心配している」

「はい……」

「そして、今クラスに迷惑をかけてることも事実だ」

突然刃《やいば》を喉元に突きつけられ、硬直した彼女は息を呑《の》む。

気にしないでいい。いつまでも待ってる。耳触りの良い言葉を並べ立てるのは簡単だが、それは結論を先延ばしにするだけの効果しか持っていない。

傍目《はため》からは荒療治に見えるかもしれないが、心の中に踏み込む。

「ただ、幸いにも今は櫛田《くしだ》も波瑠加《はるか》も同じように休んでるから表面化はしてない。でも来週は分からなくなる。その2人が登校してきてみーちゃんだけが登校して来ないままだったらどうなるか。分かるな？」

自分の置かれた状況を想像するのは小学生でも出来ることだ。

恐怖心が湧き上がってきたのか、僅《わず》かに腕を震わせながらも頷《うなず》いた。

刺激が強すぎれば加減するつもりだったが、意外にも危険な兆候はない。

小柄で臆病な性格の彼女だが、その芯は比較的強く簡単には折れないと判断した。

「何食わぬ顔で学校に来ればいい。洋介《ようすけ》に対し特別何か伝える必要だってない」

「でも……私、その……平田《ひらた》くんの前の席で……近いから……」

「そういえば席替えの時、みーちゃんは不人気の真ん中の席近くを誰よりも早く押さえてたな。アレはやっぱり洋介がその後ろの席を取ると考えたからなのか？」

「う……！」

露骨に態度に出たため、直接言葉にしてもらうことなく正解を知る。

「流石《さすが》だな。洋介のことをよく観察、理解しているな」

「ううう、恥ずかしい……」

膝《ひざ》を抱え、顔をぶんぶんと横に振る。どうやら羞恥心の方が強い問題らしい。

「ひ、平田くんは……私のこと何か言ってましたか……？」

ずっと気になっていたであろう部分に、自ら踏み込んでくる。

もっとも顔は膝の裏に隠れていて、窺《うかが》うことは出来ないようになっていたが。

「もちろん気にかけてる。櫛田や波瑠加のことよりも、ずっとずっとな」

「……それは、やっぱり迷惑に感じてるから……ですよね？」

当事者である以上、他の問題点よりも洋介が気にかけるのは自然な流れだ。

「迷惑とは違う。あいつはみーちゃんが不登校になってしまった原因を自分が作ってしまったと、逆に申し訳ないと感じてる」

「そんな……平田くんは何も悪くないのに……！」

「分かってる。ただ、あいつがそういう男だっていうのはみーちゃんが良く知ってるはずだ。オレなんかよりもずっと前から」

誰かの喜びを自分のことのように喜べる。

逆に誰かの不幸を、自分のことのように不幸に感じ取ってしまう。

そういう性格の持ち主であること。

みーちゃん自身が引き籠《こも》ることによって、洋介も苦しんでいること。

それを理解することが、現状を打開するために最も有効かつ大切なことだ。

ゆっくりと顔をあげたみーちゃんの目は少し赤かったが、それでも涙を見せず抱えていた膝を下ろす。

「考えなかったわけじゃないんです。平田くんは、もしかしたら私のことで苦しんでるんじゃないかってこと。だけど、自分のことを優先して見ないようにしていました……」

どうやら1から教えることはなく、キッカケを与えてやるだけで十分だったか。

高校2年生として見た時、みーちゃんという生徒はほぼ完成していると言っていい。

「さっきまでと表情が違うな」

「ありがとうございます。色々話したらとても楽になりました。綾小路《あやのこうじ》くんのお陰です」

「大したことは何も。たまたま立ち直る時にオレがいただけに過ぎない」

「そんなことありません。綾小路くんになら、会えば解決してもらえるかも知れないと、そう思ったからです」

しっかりと言葉で伝え、深々と頭を下げた。

「私――――月曜日、絶対ちゃんと、学校に行きますから」

「分かってる。だが、本当に風邪をひいた時は素直に休んだ方が良い」

「いえっ。月曜日だけは這《は》ってでも行きます」

やや空回りが過ぎる気もするが、それだけ気合いが入っているなら十分だ。

「あと、気がかりなのは私に差し入れをしてくれていた人のことです。5日間、かなりの量の買い物をさせてしまったので……総額も1万ポイント近いんじゃないかと思います」

もし1人の行動なら、確かに結構な高額かも知れないな。

帰り際、また繰り返しお礼を言ってきたのでささっと追い出す形で帰ってもらう。

「親の教育の賜物《たまもの》だろうな。少し過剰過ぎる気もするが」

同級生に対しても丁寧過ぎる対応だ。それがみーちゃんの長所でもあるわけだが。

1つ問題も解決したことだし、手をつけられなかった自室の処理を済ませておくか。

最近は部屋を訪ねて来る生徒も増えたため、うかうかしていられない。

堀北《ほりきた》や洋介《ようすけ》、それ以外の生徒がいつ訪ねてきてもおかしくないからだ。

手早く片づけを再開して間もなく、またしてもチャイムが鳴る。

携帯をすぐに見るも、恵《けい》や友人などからの連絡が入った通知は無い。

アポなしの来客か……。何とも嫌なタイミングだな。

ここはしばらく沈黙を貫いてみる。場合によっては居留守を使う選択肢も……。

だが、30秒ほどしてまたチャイムが1回鳴る。

夕暮れ時、室内の明かりを消したオレは覗《のぞ》き穴の蓋《ふた》をスライドさせ、気配を殺したまま覗き穴から廊下を見てみることにした。

今、ある意味一番会いたくない人物がそこには立っている。1年の天沢一夏《あまさわいちか》だ。

思い返せば、いつかの時にもこんなことがあったな。

あの日も間が悪く、来てほしくないタイミングでの来客だったことを思い出す。

土曜日にもかかわらず制服を着ているところを見ると、学校にでも足を運んでいたのだろうか。来訪を単なる顔出しと見るべきか、意図的なものであると見るべきか。

前回までのことを考えると今回も作為的なものを疑わずにはいられない。

明らかにオレが室内にいることを察知した上で訪ねてきている。

そうこうしている間に、3度目のチャイムが鳴らされる。

「どうもせんぱーい。遊びに来ちゃいましたぁ」

こちらがそれでも反応を見送っていると、天沢《あまさわ》は甘い声でそう告げる。

「悪いが今立て込んでるんだ。明日にしてもらえないか」

「そうはいきませーん。先輩が女の子を連れ込んで悪いことをしてるって耳にしたので調査しに来たんですから。開けてくれないと問題ですよー！」

廊下に響き渡る声を出し、強制的に扉を開かせようとする。

このまま勝手な演説を野放しにすれば、いずれ隣人たちも騒ぎを聞きつける。

仕方なく扉を開け天沢と向き合うことを決めた。

「どこで連れ込んでるってことを耳にしたんだ？」

「情報源はあたしでーす」

「全くあてにならない情報源だな」

「そんなことありませんよ。今日も軽井沢《かるいざわ》先輩と王《ワン》先輩を連れ込んでましたよね」

単なる勘ではない。両名の名前を迷わず出した。恵《けい》のことは適当に言い当てられたとしても、みーちゃんはそうはいかない。明らかにこちらの動きを把握している。

「あ、先に断っておきますけどあたしは部屋に盗聴器とか仕掛けてませんからね？　学校もしっかり検品してるみたいですし」

確かに通販等で、その手の物騒なものを購入することは叶《かな》わないだろう。

しかし天沢に限っては入手する方法はある。

「月城《つきしろ》と繋《つな》がりのあったおまえなら、1つや2つ持たされていても驚かないけどな」

こちらの指摘にもニコニコと笑顔を崩さないまま視線による物色が続く。

「とりあえず上がってもいいですか？　お邪魔しまーす」

許可を出す前に天沢は靴を脱ぎ捨てる勢いで部屋に上がり込む。

そして遠慮なくキョロキョロと室内を見回し始めた。

「何してるんだ？」

「え？　ヤダな、ちょっとチェックしてるだけですよ」

何故《なぜ》部屋をチェックする必要があるのかを答えてもらいたいところだ。

遠慮せず物色を続ける天沢は、ベッドに視線を向け近づいていく。

「あたしがどうして王先輩のことを言い当てられたのか気になりますよね？　偶然出入りするところを見たのか、それとも何らかの方法で知ったのか」

「人の部屋に上がり込んだのは自分の情報網を自慢するためか？」

否定せずすぐに肯定し、天沢はベッドに手で触れていく。

シーツのシワを直しながら、隅々まで指先で何かを探し求めている。

カーペットに腰を下ろしたオレは、気のすむまで調べるであろう天沢を観察。

「先輩の彼女って髪が長いじゃないですか？　それって髪の長い女の子が好きってことですよね？　だからあたしも、今ちょっとずつ伸ばしてるところなんですよね」

聞いてもいない髪の事情を口にしながらも、手と目は動かし続ける。

強引に止めることも出来ないので仕方なく見守っていると、動きを突然止めた。

そしてベッドの枕付近から、人差し指と親指で何かをつまんで持ち上げる。

「これなーんだ」

金色に光る1本の長い髪の毛をさも鬼の首を取ったように掲げる。

「恵《けい》のだろうな。最近はよく遊びに来る」

「そうでしょうけど、枕付近にあるっていうのはどういうことですか？」

「色んなケースが考えられると思うが1つずつ列挙しなければいけないか？」

「いえいえ。別にその必要はありませんけど～」

それから床に膝《ひざ》をついて四《よ》つん這《ば》いになると、警察の鑑識のように床に目を向け何かを探し始めた。

何を探しているかは知らないが、目的の物が見つかることはないだろう。

「ホワイトルームで、人の部屋での物色方法でも教わっていたのか？」

こちらからホワイトルームに関する質問をぶつけると、天沢《あまさわ》がその場で止まる。

「先輩は疑問に感じませんか？　退学になってもらうためにこの学校に送り込まれたあたしたちが、2学期になっても先輩に手を出さず日常に溶け込んでいることに」

「少なくともおまえはホワイトルーム側に失格、不要の烙印《らくいん》を押されたみたいだけどな」

「それは否定しないですけど、じゃあ他の子はどう思います？」

「興味ないな」

「まあそうですよね。もし警戒したままなら不用意な行動はしないだろうしぃ」

「オレなんかに構わず学校生活を謳歌《おうか》することをオススメする」

「それ、賛成です。あたしもそうするべきだと思うんですけど……」

ややを置いて、天沢はチェックを続ける。オレに背を向けお尻を突き出す形になったことで、短い制服のスカートの丈から下着が少しだけ見えてしまう。

気付いていないわけがないが、一切見えていることを感じさせないまま這い続ける。

ベッドの下へと顔をもぐりこませると、余計に下着が露《あら》わになった。

「下着に釘付《くぎづ》けになって、エッチなんですから先輩」

「悪いが下着を見ていることよりも、視線を外して何をされるかの方を警戒してるんだ」

オレが天沢から目を離さないでいると、ベッドから顔を抜き出し振り返った。1年後輩とは思えない大人びた雰囲気をまとった天沢が、そのまま這ってオレに近づいて来る。

「あたしは暴走を始めてるんじゃないかと思ってるんだよね。手段と目的をはき違えてるような気がして。あいつは自分がホワイトルームに戻ることよりも、先輩を退学に追い込むことを強く意識してる」

唇と唇の間が数センチしかない至近距離での呟《つぶや》き。甘い匂いが鼻腔に届く。

「何とも迷惑な話だな」

「先輩にとってはそうですね。それでここ最近ずっと考えてたんです。いっそ先輩に正体を教えて引導を渡してもらえればいいんじゃないかって」

「オレが引導を渡されることになったりしてな」

「あははは、ウケる」

全然ウケない。

「どうします？　あたしから名前――聞きますか？」

更に1センチほど近づいてきたところで、天沢《あまさわ》はこちらの返答を待つ。

「提案には感謝する。だが遠慮しておく」

「名前を聞いたところで勝てる自信がないからですか？」

「想定外のところから正体が漏れれば真っ先に疑われるのは天沢だ。その結果どうなる」

「それはもちろん、あたしに矛先が向いちゃうかも」

「たかが正体を知るためにおまえの学校生活を不安に陥れる必要はない」

敵として立ち塞がるのなら容赦しないが、天沢は今のところその様子はない。

「優しいんですね先輩」

それに、下手に信用し過ぎるのも問題だ。幾《いく》つかの戦略を持って行動しているのなら、この天沢の発言も罠《わな》である可能性は否定しきれない。

「断られちゃったことだし、あたし帰りますね」

「わざわざそれを言うために部屋まで来たのか？　それとも物色がメインだったか？」

「さてどっちでしょう？」

小悪魔のように笑い、天沢はすぐに玄関へ向かおうとして台所の中身がそれほど入っていない燃えるゴミ袋に目を向ける。

「何度か先輩のお部屋お邪魔してますけど、今日は随分と少ないゴミで出しちゃうんですね。こういうの目一杯まで袋にゴミを詰めてから捨てるタイプだと思ってました」

「野菜や魚の生ごみが多くて、来週まで置いておくのに抵抗があるだけだ」

「それなら、帰るついでにあたしがゴミ捨てやっておきましょうか？」

「悪いがゴミ出しは夜の8時以前にするのは禁止されてる」

「律儀に守ってるんですね」

天沢の来訪は想定になかったが、1つだけ謎が解けたことがある。

「おまえが今日ここに来た目的が少し見えた。今の提案をするために訪ねてきたんだな。部屋を隅々まで調べていたのは、他の誰かに聞かれていないかを警戒していたからだ」

オレ個人のプライベートな何かを物色して見つける素振りをしたのも、全ては警戒をしていてのこと。天沢はホワイトルーム生が既に仕掛けを打っていることを警戒していた。

「先輩。先輩なら大丈夫だと思うけど、それでももしあたしが退学したら、それは先輩にとっても予想外のことが起きているんだと思って下さい」

帰り際、そんな言葉を残して天沢は部屋を後にした。

一応変わったことがないか携帯を確認すると、明人《あきと》からチャットが飛んできていた。

『来週月曜から波瑠加《はるか》が学校に来ることになった』

ひとまずは朗報だ。グループの人間として波瑠加《はるか》の説得に成功したのだろう。

問題はこれが綾小路《あやのこうじ》グループで繋《つな》がっている全員のチャットルームで呟《つぶや》かれたものではない点だ。しばらく画面を見つめていると新しい文章が送られてくる。

『しばらくは波瑠加のことを静かに見守ってやってくれないか』

文章そのものは淡々としているが、静かに、という部分が強調されている。

学校には行くがオレとは話したくない。

だからこそ、不用意に話しかければまた不登校になる恐れがある。

そういうことだろう。分かりやすい理由だ。復帰してくれるのなら不服は全くない。

『分かった。細心の注意を払う』

『助かる。また、今まで通りになれたらいいな』

それから少しの間、明人《あきと》から励ましに近い文章を何度か貰《もら》い、頃合いをみてチャットを終了させる。

「ひとつ問題が解決したか」

ただ、この解決は真の解決にはあらず。

あくまで暫定的に波瑠加が復活するだけと見ておいた方が良いな。

目まぐるしい数時間が終わり、いつもよりも大きな疲れが出てきた。

「今日は早めに寝ることにしよう」

ただし、ゴミ出しをすることだけは絶対忘れないようにしないとな。

4

再び月曜日がやって来る。土曜は大きく動いた1日となり、みーちゃんからは直接、波瑠加に関しては間接的に明人から通学する意思が生まれたことを伝えられた。

それでも絶対通学してくる保証はどちらにもなく、後は本人の意思の強さ次第だ。

櫛田《くしだ》にいたっては今朝までの間に、堀北《ほりきた》から1度も連絡が来ることはなかった。

仮に登校してきたとして、櫛田とクラスメイト双方がどんな反応を示すかは読めない。

いつもと変わらない時間に通学してきたオレは、着席して3人の登校を待つ。

クラスの4分の1ほどが登校したところで、女子の驚きと、そして笑顔に迎えられ姿を見せた人物。みーちゃんが遠慮がちに教室に入ってきた。

「お、おはよう……ございます」

弄《いじ》られることも覚悟で登校してきたみーちゃんは、恐る恐る顔を上げる。

そんな心配もどこへやら、女子たちは何らその話題に触れることなくすぐ迎え入れた。

「おはようみーちゃん」

「お、おはよう、平田《ひらた》くん」

そしてこの男も、何一つ変わらない笑顔でみーちゃんの帰りを歓迎する。

今の時点ではみーちゃんの恋愛に道が開けるかどうかは分からない。

ただ、始まってはいなくとも終わっていないことも確かだ。

この先の学校生活の中で、互いに大きな転換期が来ることだって考えられるだろう。

その後、どこかまだ緊張の抜けないみーちゃんから女子たちが離れることはなく、先週学校であった出来事を交え楽しい笑い声が上がり始めた。

ほとんどのクラスメイトが登校したところで、今度は波瑠加《はるか》が姿を見せる。傍《そば》には明人《あきと》が付き添い、いつ逃げ出すかもわからないような様子で、それを阻止するためにフォローしながら席までついている。少しだけ躊躇《ためら》っていた啓誠《けいせい》だったが、意を決して波瑠加のもとへと歩み寄り声をかけた。席替えであの3人の傍でなかったことを喜ぶ日が来るとはな。

波瑠加は一瞬だけオレを見たが、すぐに視線を外し携帯へと目を落とした。

その様子を見届けた明人と啓誠は、軽く言葉をかけ自分の席に戻る。

みーちゃん、そして波瑠加が登校してきた。その両名には、苦しんでいるとき支えてくれる友人がいる。みーちゃんであれば多くの女子。波瑠加であれば明人と啓誠。少数でも親友と呼べるメンバーたちだ。

ひとまず学校から大きなマイナスを受ける、という懸念は回避されたと見ていい。

しかし、残された櫛田《くしだ》はどうだろうか。

朝のホームルームまで3分を切った頃、固い表情の堀北《ほりきた》が1人で通学してきた。

櫛田の席を一瞥《いちべつ》した後、自分の席について真《ま》っ直《す》ぐ黒板を見つめる。

朝ロビーにいなかったのであるいはと期待したが、ダメだったのだろうか。

篠原《しのはら》たち一部の生徒はそんな堀北の背中を見て同じ事を連想しただろう。

やがてチャイムが鳴りホームルームの時間が訪れる。

櫛田の席以外が埋まった状態で茶柱《ちゃばしら》先生が教室に姿を見せた。

「2人とも体調は良くなったようだな。長い夏風邪だったようだが、今後、体調管理には気を付けるようにな」

軽く釘《くぎ》を刺しつつも、強く咎《とが》めることなく出席の確認をしていく。

「今日の欠席は櫛田か。連絡も来ていないようだし――――」

その時、オレの後方から教室の扉が開かれる音が聞こえてきた。

そして僅《わず》かに息を切らせていたが、すぐに整え直す。

「すみません、遅刻しました」

落ち着き払った声を出し、櫛田が教室へと姿を見せた。

「初めての遅刻だな櫛田。欠席も長かったが、もう身体《からだ》の方は大丈夫なのか?」

「はい。今度からは気を付けます」

慌てることもなく、そう淡々と答えた櫛田は自らの席へと腰を下ろす。誰かと会話を交わすこともなく、その視線は前方へと向けられたままだ。

一気に緊張感に包まれる教室内だが、下手な私語が出来ない状況のため無音が続く。

「色々あったとは思うが、1週間ぶりに全員が揃《そろ》ったな」

まだ不安定なクラスの情勢を感じつつも、茶柱先生は満足げに頷《うなず》く。

「もうすぐ体育祭だ。おまえたちの飛躍と活躍を期待する」

その後ホームルームが終わると、教室は一気に騒然となる。

もちろん櫛田《くしだ》が登校してきたことによる影響であることは語るまでもない。

まるで腫《は》れもののように櫛田を見つめる生徒たち。

このまま沈黙を貫くのか、それともいつもの笑顔を向けるのか。あるいは再び牙を剥《む》いてくるのか。オレはひとまず教室から出て廊下に向かうため静かに椅子を引く。

そして廊下に通じる扉をスッと開いた。他クラスに不用意に内情を晒《さら》したくはない。

そう思ったのだが――

『私が見張っている、心配するな』

そんなメッセージが携帯に届く。顔だけ出してみた廊下では、茶柱《ちゃばしら》先生がオレを見つけ1度頷《うなず》いて答える。それを確認したオレは、気付かれないよう扉を閉めることにした。教師として出来うる限りのことをやる。そんな茶柱先生のフォローなのだろう。

どんなことが起きても不思議はない状況に、誰も動き出せないでいた。

堀北《ほりきた》が椅子を引こうとした時、櫛田がそれを追い越す形で立ち上がった。

そのワンアクションで、余計なことはするな、という威嚇《いかく》のようにも見える。

動き出した櫛田がまず向かったのは、席が近くでもあるみーちゃんの前。

やっとクラスに戻ってきたみーちゃんは、ヘビに睨《にら》まれたカエルのように硬直する。

「堀北さんに聞いたけど、私のせいで休んでたんだね」

「あ、え、えっと……」

「私のこと嫌いになった？」

「い、いえそんなことは――」

「別に私を好きになる必要はないよ王《ワン》さん。皆の前で秘密を暴露しちゃった事実は変えられないし、私も仲良くしていくつもりはない。って、これは言うまでもないか」

仲良くしていくつもりはない。

口調こそ柔らかめだったが、強い言葉にみーちゃんは更に強張《こわば》った。

櫛田を見る多くの生徒の目は不満、不安、疑心を浮かべている。

普通ならそれだけでも辛《つら》いものだが、櫛田には何ら影響を与えない。

「あの時の私の気持ちを分かって欲しいなんて言わないけど、あの時はああするしかなかった。王さんをその1人のターゲットにしたことに関しては謝罪するね」

そう言って、深々と頭を下げる。本心から謝っているというよりは事務的な印象が強いが、少なくとも悪意は感じられない。

「篠原《しのはら》さんや松下《まつした》さんたちにも迷惑をかけてごめんね。仲直りは出来たみたいだね」

言われてみれば、篠原や松下たちのグループの距離が近い。

この休日の間洋介《ようすけ》や須藤《すどう》たちが動いて、仲を取り持っていたのかも知れない。

「謝って済むと思ってる？」

間髪入れず、篠原がややきつい言葉で櫛田に牽制《けんせい》する。

「済まないけど、謝らないことには始まらないんじゃないかな？」

「それは……けどそれ謝ってる態度？」

「どうかな。でもこれが本当の私だから」

これまで被《かぶ》り続けてきた偽りの仮面。天使の櫛田《くしだ》はもう存在しない。

その事実だけは間違いなくクラス全員に緊張と共に伝わったはずだ。

「一応私はこれからの日々で、これまでのようにある程度の体裁は維持するつもり。だから時と場合によっては他クラスの情報を集めてくることも出来る。でもクラスの誰かがそれを邪魔するって言うならそれはそれでいいと思ってる」

櫛田がいくら外で取り繕《つくろ》っても、内部の人間がそれを邪魔すれば関係は構築できない。

「私の築いてきた武器を利用するかしないかは、皆の判断に任せるから」

もし櫛田が友達を大切にし孤独になることを恐れる性格だったなら、孤立させることは仕返しにもなるだろう。だが櫛田は受け身にならず攻める姿勢を見せる。

「そして私に敵意を向けて来る人には、誰であっても容赦しない。特別試験で暴露したのなんて本当に一部だけ。隠したい事実を持ってる人は他にもいっぱいいるよね？」

特定の誰かではなくクラス全体を脅すように、そう淡々と呟《つぶや》く。

「でも１つだけ約束するよ。私を陥れない限り、持ってる秘密を暴露したりはしない。これはクラスのためを思ってじゃない、私自身のため。Ａクラスで卒業するため。私が私としての価値を失わないための最後の防衛策」

クラスメイトからの恨みや不満、不信感を抱かれている以上、状況次第では切り捨てられる側に回ることだってあるだろう。だからそれをさせないために、これ以上の秘密暴露はしない。ただし背後から刺されることがあれば容赦しないということ。

身を守る方法を知ると同時にクラスへの貢献を約束した。

櫛田桔梗《ききょう》は、総合的なステータスは十分優秀な部類に入る。

少なくとも学力面身体面での課題においては、足を引っ張ることはないだろう。

「長谷部《はせべ》さん。あなたもそれでいいよね？」

席から全く動かず、視線すら櫛田に向けていなかった波瑠加《はるか》へと言葉を投げたが、波瑠加は何も答えず視線を窓の外へと逃がした。

5

オレの日常は、先週を境《さかい》に大きく変化し始めていた。

綾小路《あやのこうじ》グループの集まりは1度もなく、それは波瑠加が登校してきたこの日も変わることは、いや戻ることはなかった。

今まで当たり前だった集まりが消失したことで、学校での過ごし方もまるで違う。

10分の休み時間は大体は1人で過ごすか、恵《けい》と話をするか。時に須藤《すどう》や松下《まつした》のようなメンバーとも軽く話をするが、明人《あきと》や啓誠《けいせい》と話す機会は目に見えて減った。

最初は違和感のあった生活も、少しずつ身体《からだ》は受け入れ馴染《なじ》み始める。

昼休みも似たようなサイクルを送っているが、恵《けい》が友達とごはんに行く時などは図書室に顔を出す。これは今までと変わらないオレだけの安息の時間だ。

ただ、最近ひよりが図書室に来ていないらしく本の話が出来ていないのは少しだけ残念ではあるが。

そしてこれら一連の流れは放課後になっても変わらない。

今日は予《あらかじ》め、恵から友達と遊んで帰る連絡を貰《もら》っていたので特に予定はなかった。

下手に残っていても今の波瑠加《はるか》には精神的負担をかけるため足早に寮へと帰ることを決める。しかし、そんなオレの動きを見て意外な展開が起こる。

「きよぽん、これから時間ある？」

接触して来ないと思われた波瑠加が、帰ろうと廊下に出たオレに近づいて来た。

有無を言わせぬ気迫の籠《こも》った声。

1週間ぶりに学校に来た目的は、公の場で接触するためだったのかも知れない。

振り返って表情を確かめることもなく、オレはありのまま答えた。

「必要なら作る」

探りを入れるように、予定がある雰囲気を漂わせてみるが……。

「じゃあ作って。いいよね？」

有無を言わせぬ迫力からも、遠慮する様子はない。

「堀北《ほりきた》さんにも声かけてあるから。先にケヤキモールのカフェで待ってる」

それだけを言い、波瑠加は教室を出ていく。

直後明人《あきと》もそんな波瑠加を追うようにこちらに向かってきた。

「最初からオレと話すために学校に？」

「どうだろうな……。俺も初耳だ。だから何を話すのかは分からない。けど状況的におまえの味方をしてやれないと思う」

申し訳なさそうに謝る明人だったが、むしろ波瑠加の味方でいてもらわなければ困る。

「それでいい」

怪しまれない程度の短い会話を済ませ、明人、それから啓誠《けいせい》も教室を出た。

綾小路《あやのこうじ》グループのメンバー全員を集め、更にそこに堀北も呼びつけているようだな。

もちろん愛里《あいり》を退学にしたことに関する話なのは確実だろう。

3人が去っていったのを見計らい、堀北が近づいてきた。

「私だけでいいか確認したのだけれど、あなたも絶対必要だと聞く耳を持たなかったわ」

気を遣って1人で解決しようとしたようだが今回は事情が事情だ。

2人で教室を出て指定されたカフェへと向かう。

オレは重い話に突入する前に気になっていたことの確認を済ませておくことにした。

「櫛田《くしだ》を学校に連れ出すことに成功したようだな。素直に感心した」

「一応形式上は復帰ね。だけど不確定要素はまだまだ多いわ。今までのようにはいかないもの」

「それでもあれ以上の展開を今は望めないだろ」

物言いこそ大きく変わった櫛田《くしだ》だったが、今後クラスを円滑にさせる上ではほぼベストに近い解答を持って帰ってきたと言ってもいい。あの結論に至るには、間違いなく堀北《ほりきた》の助言もあったことだろう。

幸いなのは他クラスへの漏洩《ろうえい》も最小限に済んでいること。いずれ知れ渡るとしても、その頃にはある程度時期が経《た》ち風化していることも考えられる。

「どうやって説得したんだ？　良い提案だけで素直になったとも思えないが」

最終的な着地点が今日の発言だとしても、そこに至るには紆余曲折《うよきょくせつ》あったはずだ。

どちらかと言えばそっちの方に興味があったのだが、堀北の表情は複雑だ。

「年甲斐《としがい》もなく子供じみたことをしたわ。言いたくないほどのね」

具体的な話を避けたところを見ると本当に話したくないようなことをしたんだろう。

深く追及しても答えそうにないので、仕方なく諦める。

「でも、相手を考えれば正しい選択だったかも」

詳細を思い出しているのか、左手で頬《ほお》を軽く撫《な》でて答えた。

「ともかく1週間かかったけれど何とかクラス全員揃《そろ》ったわね」

「そういえば女子の揉《も》め事《ごと》も落ち着いてたな」

洋介《ようすけ》には堀北に頼るよう言っておいたので、間違いなく堀北も関与している。

「篠原《しのはら》さんたちの件は平田《ひらた》くんが主導して、日曜日にケヤキモールに集まったの」

「堀北も出席したのか」

素知らぬ顔をして、全く想像していなかったと答える。

「ええ。その上で悪口の件に関しては水に流すことで合意した。しばらくは篠原さんの方が強く抗議していたけれど、池《いけ》くんがそれを宥《なだ》めてくれたのが大きかったわ」

堀北の口ぶりからしても池が彼氏としての役割を果たしたことが分かる。

「知らず知らずのうちに、色んな生徒が成長しているのね」

「嬉《うれ》しそうじゃないな」

「嬉しいとは思っているわ。ただ、だからこそ相対的に自分が情けなく見えるのよ。私は自分が成長できているのかどうか……不安になる」

他人を評価するのは簡単だが、自己の採点は難しい。

甘くしようと思えばどこまでも甘くできるし、厳しくしようと思えば厳しくできる。

「いずれ第三者が、堀北に答えをくれるはずだ」

「……そうね」

まずはクラスを立て直すことに注力する。

自分の評価なんてものは、その後に勝手についてくるからな。

「連絡のつかなかった王《ワン》さんの方はあなたが助けてくれたそうね。ありがとう」

「ちょっと助言しただけだ。オレが何もしなくても、いずれ誰かが救い出してたはずだ」

「1日でも早い復帰に繋《つな》がったのはあなたのお陰よ。今回も私は多くの人に助けられた。自分の力だけでは何もできないことを改めて突きつけられた気分よ」

本来なら落ち込むようなことも、どちらかと言えば晴れ晴れした口調で話す。

「あぁそうだ。おまえに南雲《なぐも》生徒会長への伝言を頼みたいんだ」

「私が？　橋渡しのような役目ばかりね。まあいいけれど。なんて伝えればいいの？」

「提案に乗る、とだけ返しておいてくれ」

「……提案に乗る？」

「それだけ伝えてくれれば、向こうには伝わる」

「いいわ。後で生徒会室に行くし、今聞いたことをそのまま伝えておく」

今回の体育祭。参加するかどうかはまだ決めかねている。

だが既に期限の1週間も来てしまったので、ひとまずは受けると返すしかないだろう。

南雲は、何らかの形でいずれ勝負をしなければ気が済まないだろうからな。

「あとは長谷部《はせべ》さんの問題。彼女がどんなことを話すのか、正直読み切れない」

「今日一日の様子を見る限り、どんな言葉が飛び出しても驚きはないな」

「甘い考えだけは持たない方が良さそうね」

みーちゃんと櫛田《くしだ》は、課題を乗り越えて学校に来た。しかし波瑠加《はるか》は違うだろう。

これから障害となって立ち塞がる可能性は高い。

「櫛田さんに会うのを待つ間、何度か三宅《みやけ》くんや幸村《ゆきむら》くんにも軽く感触を確かめてたの」

篠原《しのはら》たちだけじゃなく、綾小路《あやのこうじ》グループにも気を配っていたとは。

「特別試験で一番辛《つら》い思いをしたのは長谷部さん。フォローは必然だわ」

それでも横を歩く堀北《ほりきた》の表情が晴れないのは、全く成果がなかったからだろう。

「彼女は玄関で会ってはくれたけれど、何も話してくれなかった。三宅くんからそっとしておくように言われて1週間様子を見ることにしたの」

それが今日ということか。波瑠加が学校に来たのは堀北にも想定外だったんだろう。

「結果明人《あきと》は説得に成功して学校に連れて来ることが出来た。めでたしめでたし」

「だと良いのだけれど……そんなわけないわよね」

こうして2人が呼び出された以上、何かあると思うのが普通だ。

これからまた頑張るからよろしくね————とはならない。

「あの場で愛里《あいり》を退学に指名したのも追い込んだのもオレだ。おまえは話を聞いているだけでいい」

「そうはいかないわ。私も同意見だったのだから責任は等しい。いいえ、全ては私が約束を反故《ほご》にしたことが原因。全てを受け止めなければならない」

あの時よりも心に余裕が出来たようだが、気負い過ぎは心配だな。

「波瑠加のことも大事だが、体育祭に向けて頭の方をシフトして行くことも必要だぞ」

クラス問題の解決に既に1週間使ってしまっている。その間にもAクラスを中心に勝つための取り組みを始めている以上、こっちもいい加減乗り遅れられないからな。

「そうね。もちろん体育祭でどう戦っていくかはしっかり考えているところよ。ある程度は見えてきたと思ってる」

櫛田《くしだ》や篠原《しのはら》たちのバックアップをしつつ、その辺も抜かりないらしい。

「なら聞こう。体育祭のゴールラインは？」

オレは堀北《ほりきた》に目標を聞いてみる。

「聞かれるまでもなく1位を狙うわ。いいえ必ず1位を取る、取らなければならない」

前を見つめる堀北の横顔には、自信が顔を覗《のぞ》かせていた。

「高い目標を掲げることは悪いことじゃない。クラスの人材は他所《よそ》に負けてないしな。それで、戦略は思いついてるのか？　全学年の戦いも含まれてるが、基本的には同学年での総合点の争いが焦点になる。坂柳《さかやなぎ》や龍園《りゅうえん》はおまえが思いもよらない戦略を打ってくることもあるぞ」

「5種目未満で終わった場合、全ての点数が没収されるルール。龍園くんであれば競技中のアクシデントを装って怪我《けが》を負わせ負傷退場を狙ってきてもおかしくない」

去年、まさに堀北が狙われたことがあるように、そういった卑怯《ひきょう》と呼ばれる手段を龍園なら選んできても不思議はない。坂柳であれば、競技の参加者を見てクラスメイトを最適な配置に導くだろう。

「あらゆる可能性に対し、おまえはどんな手を使うつもりだ？」

「基本的には正攻法よ。須藤《すどう》くんや小野寺《おのでら》さんに得点を荒稼ぎしてもらって、私や櫛田さんのような生徒で手堅く得点を重ねる。勝つために必要なことをするだけよ」

「それで勝てれば苦労しないけどな。クラスの人数が38人ってハンデもある」

堀北は即頷《うなず》く。そう返されることは最初から想定内だったらしい。

「だから1つだけリスクを取ることにしたの。今その準備をしているところよ」

「リスク？」

「具体的な話をするために、明日の放課後少し付き合ってもらえないかしら」

「オレに手伝って欲しいことがあるってことか」

「いいえ。ただ一緒にいて話を聞いてくれるだけでいい。そして最後に、リスクを取るだけの価値があるかどうかを客観的に見て答えてもらいたいだけ」

「本当にそれだけでいいのか？」

「前回のように、あなたに甘えてばかりはいられないもの」

既にある程度の考えがあるため、助言やアドバイスはいらないってことだ。

それなら堀北の考える体育祭に向けた戦略を楽しみに待つことにしよう。

「分かった。明日の放課後に聞かせてもらおう」

やがてカフェに到着すると、綾小路《あやのこうじ》グループの3人が席について待っていた。

雑談していた様子はなく、飲み物が虚《むな》しく3つ置かれている。

店を使う以上ワンドリンクは必要だ。個々で適当に飲み物を選んでから席へ。

「座って」

到着するなり、波瑠加《はるか》はそう言って空いた席2つに座るよう促してきた。

「休んでる間に何度か私に話をしたがってたみたいだから、その内容を聞こうと思って」

波瑠加はオレと堀北《ほりきた》、そのどちらにも視線を向けることなく淡々とそう切り出す。

問いかけたのは両方のようにも思えるが、今は間違いなく堀北が主体だろう。

「どんな話？」

「問題はある意味解決したわ。あなたが学校を何日も休んでいたからよ」

「心配したってことね。クラスの評価が下がるかも知れないから」

「もちろんそれだけじゃないわ。1週間休むからには相応の理由もある。でしょ？」

「体調不良。学校にはそう伝えてたから問題はないはずだけど？　みやっちから、1週間過ぎるとペナルティがあるかもって聞かされたから今日こうして登校してきた」

どこかに問題ある？　喜怒哀楽を見せないまま波瑠加が身をもって答える。

「確かに。でもあなたが休んでいた理由は体調不良じゃない」

「なんでそうだと言い切れるの？　純粋に身体《からだ》を壊してただけかも知れないじゃない」

否定せず堀北はカップに口をつける。

休んでいたのが体調不良かそうでないか。そんなことは問題の前段階に過ぎない。

堀北がどう答えたところで、波瑠加が満足することはないだろう。

「疑ってるようだけど、私が体調不良だったのは本当のこと。でも病気や怪我《けが》じゃない。精神的に起き上がるのも苦しくて、眠れなくて、学校に行けず休んだだけ」

明人《あきと》と啓誠《けいせい》は冷静に耳を傾けているようにも見えるが、それは違う。

同じように苦しみながらも、その苦しみは波瑠加に遠く及ばないと理解している。

だから黙って聞き届けるしか出来ない。

「下らない言葉遊びはやめて言いたいことを言ったら？」

下手《したて》に出るどころか、堀北は強気な姿勢を見せる。

その態度は逆効果になるのが普通だが、波瑠加は動じない。

まるで感情を心の奥底に封じ込めてきた。そんな印象を色濃く受ける。

傍《そば》で堀北も同じことを感じたから、過剰な表現を用いたのだろうか。

「特別試験でクラスポイントが増えたこと、満足してる？」

「満足なんてしていないわ。まだAクラスとの差は500ポイント以上もあるもの。それに出来ることなら誰も欠けずにAクラスを目指すのが理想、展望だった……。けれど、今更こんな話をしても意味なんてないわね」

誰もが退学者を出したくない。

その中で戦い、やむを得ない理由から愛里《あいり》を指名したに過ぎない。

既にその検証は終わっている。

「私の親友は堀北さんの身勝手な判断の犠牲になった。その自覚はある？」

今日初めて、波瑠加の言いたかったであろう言葉がこぼれ落ちて来る。

「そうね」

特別試験が終わって1週間以上、堀北《ほりきた》は自分の判断と向き合い戦い続けている。そんなことは面と向かって聞かずとも、毎日見ていれば分かることだ。もっともそんなことは波瑠加《はるか》には関係のないこと。

頑張っているから許すわけじゃない。結果を出せば許すわけじゃない。

「リーダーとして立派だね。クラスを勝たせるためには手段を問わないんだから」

「まだまだよ」

「嫌味《いやみ》言ってるって分かってるよね？」

「もちろん分かっているわ」

「元々賛成に入れ続けてる生徒を、裏切り者だけを切るって約束はどこにいったわけ？」

「その点については、先の見通しが甘かったと思っている。でも先日の特別試験を無かったことには出来ない以上、次に生かすしかない」

「許されないミスだってある」

「それも否定しないわ。その通りよ」

「キョーちゃ……櫛田《くしだ》さんを残したことが正解だとでも？」

「正解だと判断したから反感を買われる覚悟で彼女を残したの。繰り返しになりそうね」

「あ、そう」

低姿勢を見せない堀北に、波瑠加が僅《わず》かに語気を強めた。

「下手な謝罪をするつもりはないわ。どれだけ御託を並べたところで、私が櫛田さんを残

すべきだと判断し、意見を変えたことは事実だもの。あなたが恨むのも当然だし、いつか手痛いしっぺ返しを食らうこともあるかも知れない。でも、私はクラスのために戦力となれる人物は櫛田《くしだ》さんだと判断した。それが少しずつ確信に変わっている」

「仮に櫛田さんが優秀でも、他にも無能なヤツはいた。あの子である必要はなかった」

切るべき人材は別にいた。

そんな結論には至らない堀北《ほりきた》を目の前に、波瑠加《はるか》は続ける。

「私は認めない。この先何人が堀北さんを認めたとしても、私は絶対に認めない」

感情をできる限りセーブしている波瑠加は、許そうとする様子を見せない。

「認めてもらえるように頑張るしかないわね」

「認めないって言ってるでしょ」

「佐倉《さくら》さんが退学した責任は私にある。ええ、否定しない。否定できないわ。でもだからってどうすればいいの？　今から私に退学にでもなれと言うの？」

そんなことをしたところで愛里《あいり》が戻って来るわけじゃない。懸命にクラスのため身を挺《てい》し残した100ポイントも、その行為で水泡に消える。

「それとも土下座でもお望み？　それであなたの心が晴れる？」

強気。負けん気。そんな風に見えていたがそうじゃない。

堀北は苦しんでいる。苦しみながらも、虚勢を張って波瑠加に対面している。

隣に座るオレからは、その揺れる瞳の真意を覗《のぞ》き見ることが出来た。

「愛里を返して」

「……出来ないことを要求されても応えられないわ」

「私の望みはそれだけ。クラスなんてどうでもいい、どうでもいいのよ」

自らの髪を数本掴《つか》んで、思い切り力強く引きちぎる。

「あの時の判断は間違ってた」

「あなたが不満を抱いたのなら戦うべきだったんじゃないかしら」

その挑発に近い言葉が放たれた直後、更に追い打ちをかける堀北。

「でも無駄な話ね。戦ったとしてもあなたには抗《あらが》う術《すべ》はなかったでしょうから」

「そうだね。確かに、私なんかじゃどうしようもなかったと思う。きよぽんは愛里の気持ちを利用して容赦なくあの子を追い込んだ。あんな真似《まね》、普通の人には絶対に出来ない」

ここで初めてオレに対し、侮蔑を込めた視線を向けて来る。

しかし、オレと話す気はないらしくそのまま再び堀北へと視線を戻した。

「櫛田さんは本当にこれからクラスのために行動する？　裏切ることだってあるでしょ」

「この先櫛田さんがクラスの足を引っ張った時、後悔するんでしょうね」

確かに櫛田は、必ずしもクラスの役に立つ保証はない。

この先堀北が舵取《かじと》りを誤れば愛里を切った選択を悔いる日がくるかも知れない。

「けれど、もし私が今の記憶のまま過去に戻ったとしても、きっとやることは大きく変わらない。櫛田さんを救済し佐倉さんを退学者に選ぶ判断を繰り返すわ。唯一変わるとすれば迂闊《うかつ》な約束はしないという違いだけ」

結論を変えることはないと、改めて言い切る。

「なんでよ。なんで愛里《あいり》なのよ……」

黙っていても堀北《ほりきた》が答えるだろうが、ここでオレは自らの考えを述べることにした。

「考え方の問題だ。今回の件はOAAで下位に名前を連ねている生徒たちにとって強い刺激になった。今のまま低空飛行を続ければ次は自分が退学になるかもしれない。そんな危機意識を強く持つことになっただけでもプラスだと考えている」

それが愛里を名指ししたオレの役目でもあるからだ。

「まるで龍園《りゅうえん》のクラスみたいね。実力のない人間は切り捨てるって？」

「そうだな。龍園が今どんな方針を取っているのかは分からないが、ある種の恐怖政治に近いのも事実だ。これまでクラスの方針が曖昧かつ緩《ぬる》すぎたんだ」

「なんか入学当初思い出す。何一つまとまりのなかった、自分勝手な時と一緒」

似ていると言われれば似ているが、それは似ているだけの非なるもの。

「あの時とは状況が異なる。出さなくていい被害を未然に防ぐのは必然だが、出さなければならない被害を最小限にとどめたのが今回の一件だ」

「でも———！」

ここで初めて波瑠加《はるか》が声を荒らげる。

「櫛田《くしだ》が味方になった時に得られる効果が愛里より遥《はる》かに大きい可能性を感じたからこそ、

堀北はその結論に至った。そしてオレにもその未来が見えたからこそ、堀北の意見を尊重し助け船を出すことにした」

確定した未来など、基本的にはどこにもない。想像し、見えた未来を掴《つか》むために行動していくことだけしか出来ない。人は万能じゃない。

「愛里がいなくなったのに気が付いたらクラスはいつもの日常に戻ってる」

「不満に思う気持ちは分かるけれど、山内《やまうち》くんの時あなたは同じ事を思ったかしら?」

「あいつは自業自得だった。今回とはケースが違う」

「同じよ。あなたは身内の犠牲に腹を立てているだけ」

「それの何がいけないわけ」

この話し合いに明確なゴールはない。

厳密には波瑠加が折れる以外に解決の糸口はない。

「私には、そんな現実が受け入れられない。受け止められない」

そして波瑠加が折れないとなると、その先に待っているのは大きな問題だ。

「櫛田さんは確かに脅威だったかも知れない。今は表向き改心してこれからクラスのために行動しようとしてるのかも知れない。でも私がそれを見て真面目に協力すると思う?」

「そうね。１週間休んだ時点で、誰よりも長引く問題になりそうだと感じていたわ」

櫛田は早急に対応する必要があったが、波瑠加は長期戦を覚悟していたという堀北。

試験で愛里を失った波瑠加は今怖いもの知らずだ。

「けれどあなたは登校してきた。わざわざ私たちと話すためだけなら、別に不登校を続けたままでも出来ること。そうでしょう?」

淡い期待、波瑠加《はるか》が自己で昇華させて登校してきたのならありがたい話。

しかし、世の中そんなに甘くはない。

「まだ答えが出ていないから、ここに来てみただけ」

「答え?」

「部屋の中に閉じこもっていても見えて来なかった答えを探しに学校に来たの」

その言葉を聞いた明人《あきと》が目を伏せる。

「どうすれば堀北《ほりきた》さんときよぽんに復讐《ふくしゅう》できるか、私はその答えを探してる」

今までで一番冷たく言い放った波瑠加。

少し乾いた唇から漏れた言葉は、脅しやハッタリの類《たぐい》とは性質が異なる。

「……本気、なのね」

堀北もまたその言葉の重みに気付かされる。

「今日はそれを伝えたかったから。愛里《あいり》を退学にさせたこと、必ず後悔させる」

自身の飲み物に手をつけることもなく、波瑠加は席を立つ。

それを追いかけるように明人も波瑠加の背中に続いた。

呆然《ぼうぜん》と見送ったのは堀北だけじゃない。啓誠《けいせい》もだ。

「俺は、堀北も波瑠加も間違っているとは思えない。ずるい言い方だが、それが本音だ。

結局のところ、自分が助かればそれでいいって考えが根底にあるんだ」

啓誠が自分を恥じるように、それでも隠さず本当のことを伝えて来る。

「誰だってそうよ。自分が助かりたいと思うのはおかしなことじゃないわ」

「だから今の波瑠加の気持ちを理解することは出来ない。だが、だからって止《や》めろと言う権利も持ってないと思っている。それがクラスに迷惑をかけることだとしても」

力なくテーブルを拳《こぶし》で叩《たた》くと、啓誠も席を立つ。

「もうグループは半壊だ。それでも、俺は俺としてクラスの役に立つ。体育祭で活躍できない分、もっともっと勉強してクラスに貢献する。そうしないと……俺が切られる可能性だって0にはならないからな」

勉強が得意でも、運動面や社会貢献性では啓誠は足を引っ張っている。

友人の数での勝負となれば、特に不利な戦いを強いられるのは明らかだ。

○協定

昨日の続きを聞きにやってきたのは、ケヤキモール内にあるカラオケ店。

確かにここは寮を除き最もプライベート空間を確保できる最適な場所の1つだ。

足を踏み入れた室内に、オレと堀北《ほりきた》以外に姿はない。

「わざわざ話をするだけなら、カラオケ店まで来る必要はないよな？」

互いの部屋に入った過去もあるため、どちらかの部屋で話し合うのに問題はない。

つまり、この場所を選んだということは他に訪ね人があるということだ。

深くは踏み込まず、あくまで堀北の主体性に身を委ねることにしよう。

「予定の時刻まで少し時間もあるし……何か歌う？」

テーブルの上に置かれてあったマイクを手にして、それをこちらに突き出してくる。

「いや、遠慮しておく。堀北が歌ったらどうだ？　合いの手くらいは入れてやるぞ」

「嫌よ」

即否定。おまえは人に嫌なことを勧めるのか……。

「私は勉強しているから」

そう言って、無言でノートを取り出すと自前の参考書を取り出し勉強を始めた。

学校では授業の多くでタブレットなどの機材を用いるようになったが、自主的な勉強はやはり直接本とノートを開いて学ぶ方が学習しやすいんだろう。

歌が流れていないと、相当静かな室内。奇怪《きっかい》なやり取りのせいで変な空気が流れつつも、オレは大人しくソファーに座って時が来るのを待つことにした。

それから時刻は午後5時10分を過ぎ。

5時前から数分おきに携帯で時刻を確認していた堀北が、溜息《ためいき》交じりに顔を上げる。

「ごめんなさい。思ったより長期戦になるかも知れないわ」

誰との待ち合わせかは聞いていないが、待ち合わせの時刻は5時だったが遅れて来ることが確定したと見ていいだろう。連絡もないところを見るとやむにやまれぬ事情があるか、多少ルーズな相手か、あるいはワザと遅れるような人間か。

様々な生徒を思い浮かべては消しを繰り返し、更にそこから待つこと約15分。

微動だにしなかった室内の扉が、外部の人間の手でゆっくりと開かれた。

そこに姿を見せたのは……こちらの想定にはなかった人物。

2年Dクラスの葛城康平《かつらぎこうへい》だった。

時間の厳守には一見うるさそうだが、意外だった。

「遅くなってすまなかった」

「いいえ、気にしていないわ。あなたも相当苦労したのでしょう？　葛城くん」

「……多少な」

そう呟《つぶや》き、葛城は自分の背後に潜む人物に室内へ入るよう促した。

もう1人の人間が姿を見せる。

「鈴音《すずね》、俺とのデートを希望するのは良いが余計な人間が多そうだな」

かつてAクラスのリーダーだった葛城《かつらぎ》を自クラスに引き抜いた男、龍園翔《りゅうえんかける》だ。

「あなたと2人きりで会っても、建設的な話をするのは難しいでしょうから」

不敵に笑いながらも、龍園は堀北《ほりきた》に対する鋭い観察の手を緩めている様子はない。

櫛田《くしだ》の一件を落着させ雑念を取り払ったことで、堀北は従来の落ち着きを取り戻している。2年生に上がってから直接のやり取りなどほとんどなかったため、この段階でも堀北の変化を感じ取っていても不思議はない。

「意図的に遅刻して、精神的な優位性を取ろうとしたのかしら？」

「さあどうだろうな」

合流する前から既に互いを探り合う牽制《けんせい》、戦いが始まっている。

察するにここに呼び出された理由を、龍園側もまだ聞かされていないと見ていいな。

「俺たちに話があるということだが……詳しく聞かせてもらおうか」

「座ってもらえる？　1分2分で終わるような話なら、わざわざ呼び出したりしないわ」

龍園はオレに一瞥《いちべつ》をくれながらも、ソファーに堂々と座ると充電中のタブレットを掴《つか》み操作を始め手慣れた様子で注文を完了させ、そしてテーブルへと乱雑に放り投げた。それを見た堀北がタブレットに手を伸ばして拾い上げる。

「葛城くん、あなたは？」

「ウーロン茶を貰《もら》おうか」

希望を聞き届けタブレットで注文を済ませると、充電位置へと丁寧に戻す。

「あなたたちをここに呼んだわけを話す―――」

早速切り出そうとするも、その出鼻を挫《くじ》くように龍園が手で制する。

「その前におまえに聞きたかったことがある。足手まといを切り捨ててクラスポイントを得た気分はどうなんだ？　やっぱり格別か？」

こちらにとってダメージになりそうなことを平然と聞いてくる。

まだ何を話すかもわかっていない状況で、上に立とうとするやり口でもあるだろう。

龍園なりに仲間を使って探りを入れさせていることは間違いないな。

内政問題が片付いていないと踏んでの仕掛けだったが、横の堀北は動じない。

「確かに問題が噴出しなかったわけじゃないわ。でも残念ね、あなたの望む展開にはならないわ。大きな問題は既にほとんどが解決しているの」

それは嘘《うそ》だ。少なくとも波瑠加《はるか》の問題は手付かずで、いつ爆弾が破裂するか不透明だ。

「嘘を吐《つ》くにしちゃ、堂々としてるじゃねえか」

カマをかける意味で龍園も嘘だと断定するが、堀北は気にも留めない。

「嘘だと思うなら好きにしなさい。そもそも私が何を言ったところで簡単に信じるような人ではないでしょう？」

「さぁどうかな。案外信用しているかも知れないぜ？」

「本気にしても冗談にしても面白くないわね」

挑発を躱《かわ》す。

葛城《かつらぎ》はそんな堀北《ほりきた》を分析するように見つめながら、ゆっくり腕を組む。

「あなたこそどういうつもり？　てっきり誰か退学させると思っていたのだけれど」

「お仲間がいなくて不安なのか？　おまえだけが選択を誤ったってことだろうからな」

４クラス中３クラスがクラスメイトを守った。

非道、過《あやま》ちを犯したのは堀北だけであるという印象を植え付けようとする。

「正解を選べたのが私たちだけで残念だわ。Ａクラス争いで一歩も進めなかったものね」

「ひとまずそこまでだ」

葛城が制すると、部屋の扉が軽くノックされた。姿を見せた店員によって運ばれてきたのは、葛城の頼んだウーロン茶と、そしてオレンジジュース。似つかわしくない飲み物が龍園《りゅうえん》の前に置かれた。組み合わせの違和感に堀北、葛城も一瞬視線を奪われる。

ちなみにオレも同じだ。龍園とオレンジジュース……合わないなんてもんじゃない。

「飲み物も揃《そろ》ったところで本題に入ってもらおうか。この召集の意味はなんだ」

誰もが心の中で突っ込みつつも、葛城が堀北へと会話を促す。

堀北は頷《うなず》くと、改めて龍園と葛城それぞれに視線を送りながら話し始めた。

「坂柳《さかやなぎ》さんのクラスを倒すために、次回体育祭での協力関係を提案するわ」

葛城は僅《わず》かに肩を反応させ、驚きを示す。

直後、いつもの様子に戻ると改めて同じ内容を問い返した。

「……協力関係とは、どういう意味だ？」

一口に協力と言っても、匙加減《さじかげん》は捉え方で大きく異なって来る。

その詳細を聞きたいと思うのは当然のことだが、頭から否定するつもりはないらしい。

一方龍園は驚きもしなかったが、感心した様子もない。

ただニヤニヤと笑みを浮かべたまま観察していると言ったところか。

「今回の体育祭、全学年での競い合いと学年別両方の側面を持っている。複数人でプレーする団体戦に勝てば等しく得点を重ねられるシステムを最大限に生かしたいの」

「どうして俺たちのクラスなんだ？　その理由を聞いても構わないだろうか？」

クラスのリーダーである龍園は一切口を挟まず聞きに徹している。

「まず、Aクラスが論外であることは言うまでもないわ。追い付くべき対象のクラスに得点を与えていては本末転倒だもの。残るは一之瀬《いちのせ》さんのクラスか龍園くん葛城くんたちのクラスかの2択。一之瀬さんであれば信頼においては抜きんでていても、身体能力に優れた生徒が多いとは言い難《がた》いのが私の分析よ」

「消去法で俺たちを選んだということか」

「もし単純な消去法なら、そもそもどのクラスとも組んだりはしない。坂柳さんクラス以上に信頼がおけないのがあなたのリーダー、龍園くんだもの」

組みやすい相手でないことは確かだろう。

共感するように葛城《かつらぎ》も深く頷《うなず》いた。

「確かにな。仲間になった俺ですらそう思うのだ、背中を預けるのがこれほど怖い相手はいない。なら何故《なぜ》、大きな危険を背負ってまで協力関係を提案した」

「もちろん勝つためよ。Aクラスの独走態勢を止めずに勝ち上がることは出来ない」

「しかしその期待を裏切られては意味がないだろう？　この男はどんな手段でも取る、そういう男だ。俺も痛い目に合っているからよく分かっている。オススメは出来んな」

龍園《りゅうえん》サイドの参謀とは思えないほどに、身内に辛辣な意見を述べる。

下手に手を組めば、Aクラスに勝つどころか龍園クラスに飲み込まれる。

その危険性を警告する。

「今日の話し合い、私はすぐに本題を切り出すつもりはなかった。龍園くんとは暫《しばら》くこうして話すこともなかったし、平然と遅刻する相手をやはり信用は出来ない。けれど遅刻したことを謝罪した葛城くんを見て考えを変えた。少なくともあなたは信用できる」

「随分と単純なのだな。俺のこの態度も龍園の策略だとは考えないのか？」

「信じられるかどうかを見抜けていないようなら、遅かれ早かれ私は飲まれるだけね」

ここは堀北《ほりきた》の賭けでもあるだろう。

龍園と葛城を並べれば、相対的に葛城が良識ある善人に見えてしまうもの。

だが覚悟を持った姿勢を見せられたなら、葛城も受け止めるしかない。

「以前と少し違うようだな、堀北。おまえもまた成長しているということか」

葛城が堀北の変化、それを成長と感じ取り、改めて対話の席に着く姿勢を見せる。

「そちら側の事情は分かった。ここからは俺の個人的な見解を述べさせてもらう」

あえて個人的な、と付け加えたのは龍園の意思や考えは一切考慮されていないことを前提としている、そう忠告しているのだろう。

「俺も今回、堀北のクラスと手を組みAクラスを倒すプランを思い描いていた」

「あなたも……？」

「そうだ。おまえたちのクラスは須藤《すどう》や高円寺《こうえんじ》のような学年を越えた実力者を抱えている。2年4クラスの中で身体能力の上位、選手層の厚さでは一番上だ。仲間にして足を引っ張られる心配はない。無条件で信頼できる相手ではないが、安易に裏切るクラスでもないことも悪くない要素だ」

そう言って話す葛城の横で、龍園の目がオレにも向けられる。

だがその口は閉ざされたままだ。

今まで、龍園のクラスは他に交渉の場を回せる人間がおらず常に率先して龍園が対話を行っていた。しかし葛城の加入によってその必要性が薄れ、様子見をする選択肢が生まれた。これは非常に大きなプラス要素と言える。

龍園が何を考え、何をどのタイミングで提案してくるか分からないのは不気味だ。

葛城とは話しやすい反面、そういった怖さを堀北も意識し始めているだろう。

しかしこの先の1年半、話し合いを定期的に持ち掛けるのなら避けては通れない道だ。

「だが実際のところ、協力の提案を龍園《りゅうえん》に持ち掛けるかどうかは半々だった」

体育祭の詳細が発表されて1週間以上経《た》つ。もし協力を前提に動くのなら、既にそんな話が堀北《ほりきた》の耳に入っていても不思議はない。つまり葛城《かつらぎ》の中では残りの半分である手を組まないことを優先したということ。

「協力関係を結ぶとなれば、当然1位と2位を我々のクラスで確保することになる。そうなった時、その勝敗を決めるのは必然クラスの総合力だ。単純な確率だけを言えば堀北のクラスが1位、こちらが2位の結果となる可能性を甘んじて受け入れることにもなる」

協力し合うことで坂柳《さかやなぎ》と一之瀬《いちのせ》のクラスを出し抜くということは、実質堀北クラス対龍園クラスの図式を作り出すことでもある。

それが見えているからこそ葛城は半々だと答えたのだろう。

話の通じる葛城とは言え、二つ返事で協力関係に賛同を示すわけじゃない。

目の前のハードルを越えなければ龍園との交渉も始まらないわけだが……。

果たしてどうする堀北。

「私たちのクラスは、あなたにとって脅威に見えているということね」

「無論だ。1年前とは状況は大きく異なっている。不良品の集まりと揶揄《やゆ》されていた時と違い、今やおまえたちはBクラス。それも1度はクラスポイントを0にまで落とした上でだ。直近では無人島試験での高円寺《こうえんじ》の単独勝利に加え、満場一致特別試験ではクラスメイトを切り捨てる厳しい選択をし100ポイントを獲得してきた。紛《まぎ》れもない強敵であることは疑いようがない」

「私の功績ではないけれど、そう評価してもらえるのは悪い気はしないわね。でも、協力を結ばずバラバラのまま体育祭を迎えれば、坂柳さんのクラスが1位を獲得する最悪のケースも考えられるんじゃないかしら。重要なのは坂柳さんのクラスを倒すこと。違う？」

「確かにな。それもまた真理だ。龍園、おまえはどう考える」

　ここで初めて、葛城が龍園に対して意見を求めた。

「手を貸して欲しいならそれ相応の見返りはあるんだろうな？」

「何か勘違いしていないかしら。確かに提案を持ち掛けたのは私だけれど、だからと言ってそれで譲歩しなければならないわけじゃない。むしろ1位候補のクラスと協力関係を結んでもらえる立場であることを理解した方がいいわね」

「笑わせるなよ。こっちは協力抜きでも勝てるところを、おまえが頼み込むのなら仕方なく手を貸してやってもいい立場にあるんだ。嫌なら帰ってやってもいいんだぜ？」

「帰り道は分かるかしら？　その扉を出て左に曲がれば外に出られるわ」

　何かしらの譲歩を検討するまでもなく、堀北は龍園と葛城に対して帰るよう促す。

　この態度は駆け引きの本質であると同時に、この戦略に全てを賭けているわけでもない、そんな雰囲気が堀北から漂っている。つまり龍園がテーブルを離れた時点で交渉は決裂。共に坂柳を倒すという提案は立ち消えることになるだろう。

　その後、改めて龍園が手を組んでもいいと言い出せば立場は逆転する。

「ハッタリに度胸がついてきたじゃねえか」

「何を言っているの。葛城《かつらぎ》くんが言っていたように私たちのクラスは体育祭において相応の実力を有しているクラスよ。真っ当にぶつかり合って、あなたに須藤《すどう》くんや高円寺《こうえんじ》くんを上回る順位が残せるかしら？」

「素直に正面から向き合ったならそうかもな。だがやりようは幾《いく》らでもある。去年のことを忘れたわけじゃないだろ？」

まさに危惧している、アクシデントを装った龍園《りゅうえん》からの仕掛け。

それを臭わせた発言であることは明白だ。

「今年は来賓《らいひん》もあるみたいだし、体育祭のルール、その性質上監視の目も厳しいでしょうね。あなたがどこまで卑劣な手で立ち回れるか見ものだわ」

「死角なんざ幾らでもある。必ずしも競技中だけとは限らないと思うがな」

それは即《すなわ》ち、更衣室やトイレといった監視の目が届かない場所でのことを指す。

「相変わらずなのね。確かにその思考は脅威だけれど……ここまでのようね」

落胆することもなく堀北《ほりきた》はノートをパタンと閉じる。

「綾小路《あやのこうじ》くん。今日は付き合ってくれてありがとう。どうやらあなたに判断を問うまでもなく今回の件はリスクが高いようだわ。ここでお開きにしようと思う」

「おまえがそれでいいなら問題はない」

そういうことだから、と残しノートを片付け始める堀北。

それを見ていた龍園は何も答えなかったが、葛城が動いた。

「龍園。どうやらこちらの想像以上に堀北は今までとは違うらしい。まともに交渉テーブルにつかなければ切られるのはこちらの方だぞ」

状況を冷静に分析した葛城は、改めて堀北へと視線を向ける。

「おまえは手を組むことのデメリットを優先したから俺に話を持ち掛けなかったんじゃねえのか？」

「こちらから提案することはなかった。が、堀北の方から話があれば事情は変わって来る。それに俺の想定を上回る予感がしたんでな」

持っているデータを更新したことで、堀北クラスの評価が僅《わず》かに上がった。

つまり協力するに見合ったクラスへと再評価した。

「虚勢を張っちゃいるが、そんなもん俺から見ればフェイクなんだよ。自分に有利な状況で物事を都合よく回そうとするのは自然なことだ。多少弁は立つようになったが、それが有効に働いてるように見えるのは綾小路が横についてるからだ」

そう言うと、龍園は目の前のオレンジジュースがなみなみと入ったグラスを手に取り、躊躇《ちゅうちょ》なくオレに向けてその中身を全てまき散らした。オレは即座に着座していた位置から横滑りするように回避して被弾を免れる。寸前まで座っていた場所には、黄色いシミが一気に広がり香り立つ。

「いい加減コイツの異常さには気づいてんだろ？　おまえに今のが避《よ》けられたか？」

「……無理でしょうね」

「そうだ。常人なら反応するまでもなくびしょ濡《ぬ》れだ。普通のヤツには避《よ》けられないが、コイツは何食わねぇ顔で避けやがる」

「確かにとんでもない反射神経だが……それとこの話し合いに何の関係がある」

「分からねえのか？　言ってみりゃ綾小路《あやのこうじ》は鈴音《すずね》にとってリーサルウェポンってヤツだ。丸腰の相手に拳銃を見せびらかせてりゃ口だけ大きくなるのも無理はねえよなあ」

「それを試すためにわざわざオレンジジュースを頼んでたのか？　……勘弁してくれ」

妙だなと思っていたが、相変わらずとんでもないことをしてくるヤツだな。

似合わない飲み物をいつ飲むのか、意識を残していたのは正解だった。

「どうして避けたの。正面から全部受け止めていれば彼の返しを封じられたのに」

「無茶《むちゃ》を言うな。ジュースの丸かぶりは流石《さすが》にしたくない」

匂いもきついし、べたべたするし、落ちないし。無条件で被《かぶ》るにはハードルが高い。

これがウーロン茶なら、まだ我慢のしようもあったが。

嫌がらせで相手にぶっかけるには、オレンジジュースは最適な飲み物の1つだ。

「真っ当な交渉がしたいなら、まずは綾小路をこの場から外せ。話はそれからだ」

この場からオレを排除することを条件に交渉継続を提示する。

「あなたらしいわね。でもお断りするわ。彼は私のクラスメイト。この場に同席する権利もあればしてもらうようお願いする権利もある。持てる武器を使って交渉することの何が悪いのかさっぱり分からないわね」

　本当に度胸がついたな。何より、今までにない発想も生まれてきている。

　そしてもう1つ思ったのは、堀北《ほりきた》はオレと龍園《りゅうえん》に関することを知らないうちに情報として入手しているということだ。龍園もそれを察《さっ》している。

　程度は不明だが、恵《けい》が絡んだ屋上の一件を耳にして知っていても不思議じゃない。

　堀北は手伝う必要はなく、最初から同席するだけでいいとオレに伝えている。約束を守りつつ利用しているだけなので、こちらとしても不満は口に出来ない。

「優位な状況にある私のクラスが協力関係を結んでもいいと持ち掛けている。それで納得できないのなら、今回の件は本当になかったことにしてもらって結構よ」

　龍園が坂柳《さかやなぎ》と協力することは絶対にない。一之瀬《いちのせ》に願い出たとしても、役立つ戦力がどれだけ手に入るかは不鮮明。

　ここでの判断を誤れば、龍園にとっても今後に影響が出ることは避けられない。

　可能性は低いとしても堀北坂柳連合が出来ることだってあるだろう。

　堀北クラスが1位、坂柳クラスが2位の結果になるのなら悪い形ではないからだ。

　だがそれを許してしまえば、坂柳を追いかけることはより困難になる。

「話し合い次第で、私はあなたのクラスと手を組んでもいいと思ってる。さあ、受けるか受けないか、返答を聞かせてもらってもいいかしら」

　次の返答は葛城《かつらぎ》ではなく、リーダーである龍園に委ねられた。

数秒間の沈黙の後、龍園《りゅうえん》が決断を下す。

「いいぜ、その提案に乗ってやっても」

そう答えるが、龍園の言葉はまだ止まらない。

「ただし条件を付ける。協力関係を結ぶからにはより強固でより対等な関係であるべきだからな。俺とおまえのクラス、どちらかが順不同で1位2位の目標を達成した場合、得るクラスポイントには100ポイントの差が生じる。その差を埋めるために、1位を取った方が卒業前の3月1日までに支給されるプライベートポイントを支払う。その約束を付け加えろ」

去年の無人島試験で、龍園が葛城《かつらぎ》と契約した内容と同じ事をやろうとしている。

片方がクラスポイントを多く得たら、その差額をプライベートポイントで埋めること。

龍園も自分の方が不利な立場であることは承知しているはず。それを知った上で吹っ掛けてプラスアルファを得ようとしているが、堀北《ほりきた》もそれを読んでいる。

「確かにその条件そのものは対等なものね。けれどお断りするわ。どちらが1位を取るか2位を取るかは真剣勝負。フェアな戦いをした上で決着をつけるだけよ」

条件を付けても付けなくても対等なら、勝ち目が高いと判断している以上条件を付けるはずもない。

「クク。そう簡単に甘い汁を吸わせるわけはねえか。が、それじゃこっちの旨味は薄いな」

「堀北から譲歩を引き出すのは難しい。手堅く手を結んでおくところだと思うがな」

まだ正式に契約を結ぼうとしない龍園に対し、柔軟な姿勢を見せる葛城。

「足りねぇな。俺に協力を依頼する以上、もっと誠意を見せてもらわないとな」

「誠意？　それは私も同じなのだけれど？　もし作戦が上手《うま》く行って坂柳《さかやなぎ》さんのAクラスを最下位にすることが出来れば、マイナス150ポイント。手を結ぶこの戦略を検討する余地は十分にある。でもリスクを負っているのはこちらも同じことよ」

反論するように、堀北は続ける。

「ずっと渦巻いている疑念。それはあなたたちを信用していいのかどうかよ。チームを組むために主力をチーム戦の競技へと集中させれば、個人戦が疎《おろそ》かになることは避けられない」

龍園が裏切りを指示し競技で手を抜かせる、あるいはそもそも約束の競技に姿を見せないことも十分に考えられるだろう。当日は堀北などのリーダーも競技に翻弄されることから、全ての競技に監視の目が行き届くかは怪しいところだ。

携帯なども持ち込めないため、遠くから連携も取れない。

「信用のないあなたを信じること。そのリスクを背負うことこそが、こちらが出せる最大限の譲歩であり協力よ。これ以上は一ミリたりとも譲ることはない」

これぱかりは龍園にとっても、耳の痛い話だ。

魅力的な戦力がクラスにいても龍園のことは信用できない、それが大前提にある。

堀北はそれを受け入れるから、黙って協力しろと言っている。

「正論だ。お前のやり方には信用がなかった。ここは受け入れるしかないだろう」

「信頼してもらおうなんてハナから思ってねぇよ」

笑いながら流しつつ、それでも龍園《りゅうえん》は堀北《ほりきた》の言葉に納得がいったのか肩の力を抜く。

「本当に俺を信用できるのか？」

「敵の敵は味方。先人たちの生み出した便利な言葉を信じることにするわ」

疑いを持ったまま連合を結んでも、本領を発揮することは難しい。

場合によっては敵として戦う以上に背中へと意識を向けてしまうだろう。

「おまえの言い分全て認めてやるわけじゃねえが、ひとつ確かなことはこのまま坂柳《さかやなぎ》のクラスに先頭を走らせ続けることは得策じゃないってことだ」

その龍園の答えには葛城《かつらぎ》も堀北も同意で、迷わず頷《うなず》く。

Aクラスを勝たせてしまうこと。それは何を差し置いてもこれ以上は許されない行為。

「ヤツとの直接対決が学年末に控えてるとは言っても、それ1つでクラスポイントはひっくり返せないだろうからな」

それまでの間に射程圏内に捉えておきたい。その考えは信じても良さそうだ。

「黙って話を聞いてもらっていたけれど、そろそろあなたの意見を聞かせて綾小路《あやのこうじ》くん」

堀北の考え、そのリスク。

客観的に見て、この戦略を受け入れるか受け入れないか。

「利害関係での協力は悪い話じゃない。多少異論は出るだろうが、倒すべき目標が坂柳だってことは誰もが理解している。洋介《ようすけ》や恵《けい》もフォローに回るだろうしな」

改めて自分の案に自信を持った堀北。だが、龍園が待ったをかける。

「契約といきたいところだが、まだだ」

「まだ？　これ以上の譲歩が引き出せるとでも？」

「最後に1つ確認させろ。この提案を持ち出したのは、鈴音《すずね》おまえか？　それとも、澄ました顔して状況を観察してた綾小路か？　どっちだ」

龍園クラスとの共闘。その発案者がどちらなのかという点を強く確認してくる。

「綾小路くんからの発案でなければ、この話は受けてもらえない？　あなたと綾小路くんとの間には、他の人には聞かせられない間柄もあるようだし」

そう堀北は含みのある言い方をする。

「敵同士で実力を認め合っているのは肌で感じているわ。私が場違いなことも」

「そんなことを俺が一言でも言ったか？　どっちなのか答えろと言ってるだけだ」

やや苛立《いらだ》った龍園が、睨《にら》み付《つ》ける形で堀北に言葉を急がせる。

「私よ。今回綾小路くんには同席をお願いしただけで、この場で話をするまでは彼にも聞かせていなかったことよ」

自分が主導であることを知れば、龍園は断ってくるかも知れない。

その覚悟を抱いた堀北が正直に話すと、龍園は笑う。

「なるほどな。それを聞けて安心したぜ。だったらおまえの提案を呑《の》んでやるよ」

それが決め手とばかりに、正式に龍園が手を組むことを受け入れた。

「……どうして？」

「どうしてだと？　さあな。その理由は自分で考えろ」

そう言って答えをはぐらかした。

「念のためきちんと契約書を用意しておいた方がお互いのためだろう。いや、特におまえたちのためだ」

「もちろんそうさせてもらうわ。間には茶柱《ちゃばしら》先生、坂上《さかがみ》先生にも入ってもらうつもりよ」

教員を巻き込んだ上での契約。そこには当然違約の条項も盛り込むだろう。如何《いか》に龍園《りゅうえん》といえど、破ることのできないルールで縛り付けられてはどうにもならない。

「では、書類の作成は堀北《ほりきた》に任せる。それでいいな？」

「ええ。何度かあなたと摺《す》り合《あ》わせさせてもらえるかしら、葛城《かつらぎ》くん」

葛城が龍園を視線で確認すると、好きにしろ、そんな反応が返ってくる。

信用の薄い龍園クラスにあって葛城の存在は本当に大きいな。

頭も回る上に信頼がおけ、龍園に対しても一切物おじせず意見を述べられる。

そんな葛城に託す龍園の度量と、引き抜いた選球眼は見事としか言いようがない。

まさに大金を積んでまで引き入れた価値があったというもの。

「よし。正式に書面を交わしたのち、体育祭に挑もう」

こうして、堀北のクラスと龍園のクラスの体育祭における共闘が決まった。

あくまでもクラスの勝利を最優先し、その中での連携を目指すというもの。

ただしこれで一段落、とはならず葛城は話を変える。

「協力しあう方向で話がまとまったのは結構だが、それならば考えておくべきことはある。坂柳《さかやなぎ》と一之瀬《いちのせ》が手を組むことも十分考えられるが、その点はどうするつもりだ」

連合には連合をぶつける。その展開は十分にあり得るだろう。

「問題ねぇな。今回の体育祭で一之瀬が坂柳と協力をしたとしてもこっちが上だ。それに坂柳は3位すら捨てることになる。おまえが鈴音《すずね》と組んで2位を危惧したように、あいつらも組めば一之瀬が有利だ。坂柳のクラスは戸塚《とつか》の退学と葛城の移籍で38人。坂柳が不参加であることも確定で37人。一之瀬のクラスは40人。3人の差は意外とデカい」

クラスとしての運動能力値はほぼ互角。

となればクラスメイト3人の人数差で勝敗が決まってしまうこともある。

「しかし坂柳のことだ、人数をカバーするだけの戦略を立ててくる」

「今回のルールを見てなかったのか？　体育祭に不参加の時点で寮に待機だ。携帯も使えない以上Aクラスの頭は完全に機能しないってことだ」

「貴様こそルールを把握しているのか？　確かに坂柳は身体《からだ》の関係上満足な運動は出来ない。しかし形式上参加して持ち点5点と参加賞の5点、合わせて10点獲得することは出来る。最低条件さえ満たしてしまえば外に留《とど》まり続け指示を送ることも出来るだろう」

「プライドの高い坂柳が何もできねぇ無様な姿を見せることはねぇな」

どんな競技にしても満足に出来ない以上、坂柳だけが目立つことは避けられない。

「そう都合よくはいかん。競技の棄権《きけん》は与えられた権利だ。形式上参加して、棄権すれば恥を晒《さら》すこともない」

「やむを得ない理由に該当するか？　自分の体の状態を理解した上で参加するのなら、正当性が求められるだろ。全員が走り終わった１００メートル走で杖《つえ》をついて最後までやり切らなきゃならねぇ。アイツがそんな見世物をするかよ」

「確かに、普通なら性格上参加を見送るだろう。しかしこちらが組んだことを知れば、坂《さか》柳《やなぎ》も負けるリスクを考える。絶対と決めつけるのは問題だと言っているんだ。軽々しく言いきっているが、参加しない確率は何％と見ている。真面目に答えろ」

「90％は軽いな」

「おまえの根拠のない自由な見立てで90％か。だとすれば適正値はもっと低いな。精々70％～80％と言ったところだ」

「その数字で満足しとけ」

「出来ないな。確実性を謳《うた》いたいなら95％は目指せ」

オレたちを放って、龍園《りゅうえん》と葛城《かつらぎ》で舌戦が繰り広げられる。

「くだらねぇ。だが、もっと確実にしろってことなら手はある。体育祭までの間に徹底的に坂柳を吊《つる》し上《あ》げてやるよ。参加したらクラス総出で競技中に晒し者にしてやるってよ。そうすりゃおまえの言う95％に届くだろ」

個人の尊厳を踏みにじる脅しに屈するはずだと、龍園が語る。

「倫理的な観点から認められない話ね」

「同感だ。学校側も黙って見てはいないだろう」

しかし堀北《ほりきた》も葛城も、その行為を受け入れることはしないと否定した。

「万が一坂柳が参加してくるようなら、叩《たた》き潰《つぶ》すまでだぜ」

「それが簡単ではないから、我々は下位クラスに沈んでいることを忘れるな」

仮に司令塔として坂柳が機能する場合、確かにどんな手を打って来るか読み切れない。

彼女が参加するかどうかは、この体育祭の勝敗にも大きく関与してくる。

坂柳を確実に欠席させられるなら、逆に勝利は目前ということだ。

「堀北。おまえはオレの貢献度をクラスの勝利に含めてるか？」

「基本的には考えないようにしているわ。あなただけは特殊な立ち位置のままよ」

「それは好都合なことを聞いた。もし坂柳の参加の有無がこの協力関係に影を差しているのなら、力になってやることが出来るかもしれない」

「どういうことだ？」

興味を示した葛城が、龍園との話をやめて振り向いた。

「オレに一任してくれるなら、坂柳の体育祭参加を見送らせる」

「え……？」

「ほう？」

驚きを見せる堀北と、感心する龍園。そして無言で耳を傾ける葛城。

「ただし坂柳《さかやなぎ》を不参加にさせる代わりに、体育祭でオレの点数は1点も当てにして欲しくない。それは堀北《ほりきた》だけじゃなく龍園《りゅうえん》おまえもだ」

「最初からテメェを計算になんて入れてねぇよ。坂柳を封じるって言うなら手間が省ける」

「どんな手を使うのかは想像もつかないが、龍園と堀北が綾小路《あやのこうじ》の発言を信じて任せるのなら、俺からこれ以上この件でとやかく言うつもりはない。坂柳が不参加なら、Aクラスを最下位に沈めることも難しくないだろう」

「でも本当にそんなことが出来るの？」

「ああ。オレが何もしなくても休む可能性は高いが、任せてもらっていい。それと話を聞いていて思ったが、こんな風に堀北と龍園が集まって協力し合う機会もそうそうないだろ？　別件で話しておきたいことがあるんだがいいか？」

オレはこの話し合いの最中、３人とは少し別のことを考えていた。

「何かしら」

オレが提案を口にし始めると、堀北と葛城《かつらぎ》は目を合わせ、龍園は黙って聞き入る。

説明を終えると同時に、葛城のグラスの氷が溶けカランと鳴った。

「それは面白いアイディアだけれど……」

それを受け入れるかどうかは分からない、と堀北は当惑しつつ龍園を見る。

「確かにルール上は不可能じゃねえな。が――」

「オレからの提案は気に入らないか？」

体育祭での協定にしても、オレからの提案だったなら断ってきた可能性もある。そういう口ぶりだったからな。

「ああ、気に入らねぇな。却下だ」

否定してきた龍園だったが葛城が口を挟む。

「お前個人の感情は後でいい。素直に悪くない発案だ。詳しい話と、そしてルールは改めて確認する必要があるかもしれないが、いや、綾小路のことだ。しっかりと確認した上でのことなのだろう」

「ルール上問題ない。ウチのクラスだけでやるより、龍園のクラスの生徒にも協力してもらう方がより強力な展開が出来る。そうだろ？」

「ええ、そうね。それは確かに……」

堀北自身、ウチが今問題を抱えていることもよくわかっている。

それを補う存在を他所《よそ》から調達して来れるなら、不安を和らげることも可能だ。

「受けろ龍園。坂柳との直接対決に向けて、今はその準備を進めるべきだ」

「いいか綾小路。坂柳を潰《つぶ》したら次はおまえだ」

「上にあがって来るなら必然そうなる」

その言葉が決め手となったのか、龍園もオレの提案を受け入れた。

「葛城、そっちも取りまとめておけ」

「そうしよう」

「まさにAクラス包囲網……ね」

「しかしまずは、坂柳《さかやなぎ》を体育祭に参加させないことが最優先だ。体育祭での協力も、綾小路《あやのこうじ》からの提案も、この前段階をクリアしないことには始まらないからな」

「分かってる。その点については任せてくれ」

龍園《りゅうえん》にも葛城《かつらぎ》にも、そして堀北《ほりきた》にも出来ない坂柳封じの戦略がオレにはある。

1

午後7時前、ケヤキモール内のカフェに集合していたのは2年Aクラスの坂柳、神室《かむろ》、橋本《はしもと》の3名。

「突然呼ばれるのはいつものことだから驚かないが、今日は何の用だい姫さん」

「次の体育祭で起こること。私たちが何をするべきか、です」

「方針は決まったんじゃなかった？」

「状況は刻一刻と変化します。そして今日、また新しい変化が生まれたということです」

そう言い、坂柳は続ける。

「龍園くんのクラスと堀北さんのクラスが接触しました」

それを聞き橋本の目が変わる。

「どっちがどっちにアプローチしたんだ？　龍園からか？」

「それは不明です。しかしどちらにせよ、2つは繋《つな》がったと見て間違いないでしょう」

「ちょっと待ってよ。そう簡単にうまくいくとは思えないんだけど。堀北が簡単に龍園を信じるとは思えない。結託なんて出来る相手じゃないでしょアイツは」

「敵の敵は味方と言うでしょう？　私たちは盤石な独走態勢です。信頼関係はなくとも同じ目標を抱えているうちは連携がうまくいくものです」

2つのクラスが手を組むことの厄介さは、両名にも簡単に推測できる。けして喜ばしい報告ではないため、表情も硬くなる。

「このままでは危ういですね」

「俺たちだけじゃ負けるって？」

「負けます。3クラスがバラバラに戦う前提であれば、どの順位を取る可能性も残されていましたが、意外なところから繋がりを持たれてしまいましたね」

はっきりと言い切り、橋本を見る坂柳。

「私なら龍園と手を組んだりしないけどね。いつ寝首を掻《か》かれるか分からないし」

「むしろ寝首を掻いて頂いた方が好都合です。龍園くんのクラスが1位、堀北さんのクラスが2位。そう分かりやすい結果になってくれるのなら歓迎ですが、逆になってしまうと少々厄介です」

坂柳は龍園よりも堀北のクラスを警戒している。

そんなふうにもとれる坂柳の発言に、橋本から薄ら笑いが消える。

「今勢いに乗ってるのは間違いないしな。雑魚を捨てて100ポイントを掴《つか》んで来るのは龍園《りゅうえん》のクラス以外に不可能だと思ってた。堀北《ほりきた》が成長したのか……それとも、綾小路《あやのこうじ》でも暗躍してるのか？」

綾小路、の名前を強調して坂柳《さかやなぎ》へと向ける。何かを確かめるように。

そんな探りなど通用する相手のはずもなく、坂柳は淡々と続ける。

「最近は彼も随分と株を上げましたね。何かありましたか？」

「……いや、別に。OAA以上の実力を隠してるとは思うけどな。まあ、そういう生徒は綾小路だけってわけでもないが」

腹の探り合いになれば分が悪いため、橋本《はしもと》はすぐに身を引く。

下手に刺激して目を付けられるのは得策じゃないと判断したからだ。

「でもどうするわけ？　あんた無しじゃ負けるって言うけど欠席するんでしょ？」

つまり勝負を捨てるのか？　と神室《かむろ》が聞く。

笑っていた橋本も、その点については気がかりらしく表情が再び硬くなった。たった150ポイント。Aクラスが最下位に沈んだとしても大きなダメージにはならない。

しかしこれまで盤石に戦い続けて築いた状況だけに、敗北は歓迎することじゃない。

「答えは1つしかありませんよ」

坂柳は笑って、こう続ける。

「体育祭には私も参加いたします。彼らが本当に手を結んだとしても、私の不参加と合わせてやっと勝てると算段を立てている。それが幻想であると分からせてあげましょう」

「マジでかよ。大丈夫なのか？」

「やる気なのはいいけど――いいの？」

参加表明をした坂柳に動揺する２人。

「見世物にされることが、ですか？　そのあたりは幾《いく》らでも上手《うま》く立ち回れますよ」

「ま、あんたなら上手くやるでしょうけど。出てくれるって言うなら話は早いか」

「ただし、それでも総合的な運動能力が上がるわけではありません。あくまで取りこぼしてしまうかもしれない競技を拾い上げることしか出来ない。つまり、１位を奪取するのは私が参加しても厳しい戦いにはなるでしょう」

「俺は最下位って言わないだけ十分だと思うぜ」

「堀北さんと龍園くん、そのガラスの関係性に亀裂を入れることもそう難しくありません。当日必死に連携を取ろうとする場面で、横やりを入れて差し上げましょう」

絶対的な自信を覗《のぞ》かせる坂柳に対し信頼を寄せる橋本と神室。

これまでも幾度となく、高い結果を出し続けている。

「一安心、か。まぁしかしよくそんなに早く情報を拾ってくるな姫さん。その足で、ってわけじゃないよな？」

普段の情報収集には、橋本や神室を使うことが多い。

しかし今回２人は初耳だったこともあり、橋本は不思議そうに問う。

「これでもAクラスの代表を務めさせて頂いていますからね。1年生にも知り合いは増えてきましたし」

慌てることなく、ピンチを楽しむかのように坂柳《さかやなぎ》は柔らかく微笑《ほほえ》んだ。

2

いよいよ10月に入り、体育祭の本番も近づいてきた放課後のケヤキモール。

オレは恵《けい》と一緒にデートを目的として足を運んでいた。

3年生からの圧迫感を与える視線は相変わらずだったが、恵は巻き込まれたにもかかわらず、気にした様子は見られない。

『もう慣れたから』そう口にしたのは伊達じゃないようだな。

今日は恵の希望で幾《いく》つか回りたい店があるらしく、まずは家電量販店へと来ていた。

「何を買うつもりなんだ？」

「え？　あたしは別に欲しいものないけど？　あ、いや欲しいものが無いわけじゃないけど、今日は自分のために来たわけじゃないから」

自分のためじゃない、ということはその反対。誰かのために来たということ。

「もうすぐ清隆《きよたか》の誕生日じゃない？　サプライズも考えたんだけど、本人が欲しいものを贈るのがいいかなって思ってさ」

そういえば、もうすぐオレの誕生日だったか。

「一緒に見て回って清隆が欲しいものを探そうと思って」

「なるほど」

ここ最近、恵に色々と好きなものや買う予定のものを繰り返し聞かれていたことを思い出す。深く考えず適当なことを言っていたため、直接欲しいものを見つけてプレゼントしようと考えたようだ。

「プライベートポイントの支出になるぞ？」

特に恵は沢山お金を貯《た》めているわけじゃない。

「言いたいことは分かるけど、誕生日くらいいいじゃない。遠慮せずに言ってよ」

本人は何でも買う気満々のようだが、そうはいかない。

かと言ってこの状況だ、いらないと答えることが不正解なことは分かるし、極端に安いものを欲しても納得されないことは目に見えている。

恵の財布に優しいものを選ぶ。

そういった展開が求められているということだ。

「今考えてること、分かるんですけどー？」

ジーッと粘り着くような目を向けると、強引に腕を組んでくる。

「清隆が欲しいモノを買う！　いい？」

「……そうだな」

少なくとも負担を抑えるために不要なものを買うのだけはダメということだ。

腕を組んで歩き出したところで、恵《けい》が頬《ほお》をオレの腕に寄せて来る。

「えへへ。幸せ」

そう言って、ぎゅっと腕を抱く力を強めた。

「あたしもう何も清隆《きよたか》に隠してることない。全部全部、清隆に知ってもらった。お父さんやお母さん以上に大切な存在が出来るなんて思ってもみなかったな」

顔を赤らめながらも、本当に幸せそうに目を細める。

「清隆もあたしに隠し事とかダメだからね？」

「ああ」

隠し事。それは何を指すのだろうか。

オレの家族のこと。ホワイトルームのこと。学校でやろうとしていること。

友人関係、恋愛感情のこと。

もしどれか1つでも該当するのであれば、それは隠し事をしている以外の何でもないんだろう。言い換えれば、オレは真実を何も恵に教えていないことになる。

「あ――――」

ああでもないこうでもないと商品について語りながら店内を見て回っていると、1人で店に来ていた佐藤《さとう》とばったり出くわした。

出会うなり、佐藤の目はオレと恵の組まれた腕に注がれる。

「ら、ラブラブだね。お、お邪魔しましたあ〜っ」

「あっ、ちょ、待って!?」

引き留めようとする恵だったが、一目散にその場から走り去ってしまう佐藤。

「……あちゃぁ……」

しまった、と自分の額に手を当てる恵。

「まだ佐藤に気を遣ってるのか？」

「そういうわけじゃないけど……やっぱり良い気分はしないよね……」

「だったら今後は外で腕を組む行為は慎むしかないな」

「それはヤダ」

友人には申し訳ないと思いつつも、そこを譲るつもりはないらしい。

「あれ？　よう綾小路《あやのこうじ》！」

炊飯器や湯沸かしポットのコーナーを歩いていると、石崎《いしざき》、アルベルトに出くわした。

その瞬間恵と組んでいた腕に、僅《わず》かに力が込められたのが伝わる。

「軽井沢《かるいざわ》とデート中かよ。しかも腕組んで……リア充だな……」

石崎が羨むような視線を向けて来るが、それより横に立つアルベルトの手に意識が向く。

ブランドの大きめのポットを手に持っている。

アルベルトが大きいため、それほど大きく見えないのが不思議なところだが。

「あぁこれか？　今月の20日に龍園《りゅうえん》さんが誕生日でよ。今選んでるとこだったんだ」

「え？　20日って……一緒の誕生日なんだ？」

驚いた恵《けい》が、やや警戒しながらオレを見上げて来る。

「オレも初めて知った」

「誰かの誕生日と一緒なのか？」

石崎《いしざき》がそれとなく軽井沢《かるいざわ》の方に視線を向けると、恵は睨《にら》みつけつつ少し後ろに隠れた。

「なんだよ教えてくれたって――――」

その瞬間、アルベルトが石崎の肩に軽く手を置く。

そこでようやく、軽井沢が警戒している理由について思い当たったようだった。

「……あ、そう、か……」

しまった。そんな呟《つぶや》きが聞こえる。

龍園《りゅうえん》の指示とは言え、石崎は恵を屋上に呼び出し虐《いじ》めと呼ばれる行為に加担した。

そんな石崎を恵が快く思わないのは当然のことだ。

鈍い自分に腹が立ったのか。舌打ちしてから軽く握り込んだ拳《こぶし》で自分の頭を叩《たた》く。

「悪かった……って、言っておくべきだったのにな……。俺、屋上でおまえを――――」

「こんなところでその話しないでよ」

謝罪しようとした石崎だったが、まだデリカシーが足らないのも事実。

ここはケヤキモール。いつどのタイミングで知り合いが姿を見せても不思議はない。

そんな時に屋上での一件を持ち出されても恵は嬉《うれ》しくないだろう。

このまま2人を離すだけで問題は解決するが、この先オレと恵の関係が続く限りこうして石崎と絡む機会も少なからずあるだろう。

「場所を変えようか」

往来のケヤキモール内でも、死角となる場所は少なくない。

不満そうにしながらも恵は口を挟まずオレの腕に絡まったままついて来る。

アルベルトも1度商品を棚に戻し、石崎と共についてきた。

自分たちとしても申し訳ない気持ちが強いからこそ、謝罪の気持ちを抱えているのだ。

非常口の傍《そば》まで行けば、ショップからは遠ざかると同時に生徒こそ視界に映るが声が届かないだけの距離を保つことが出来る。

仮に顔見知りが現れても、そこで会話を止《や》めれば問題は出ない位置。

「本当に悪かった！　謝りもしないでずっと、ホントに！」

「……別に。謝られても困るし。むしろ余計に腹が立つんだけど」

「え……？」

「あんたたちは清隆《きよたか》にコテンパンにされた。負けたから仕方なく謝ってるだけ」

「い、いやそれは――――」

「もし屋上で清隆が助けてくれなかったら……あるいは龍園たちに負けてたら、こうやってあたしに謝罪することなんてなかった。違う？　迷惑だってその」

凄《すご》み、迷惑だと言い切る恵の言葉には一理ある。

今でこそオレも石崎《いしざき》やアルベルトと絡むことになったが、それも全て屋上の件があってからのこと。恵《けい》の言うようなIFがあっても不思議はない。

「責められるのも仕方ないと思ってるけどよ、それでも……」

「別に責めてない。強いヤツが偉いのは当たり前。あたしだって下になるのが嫌で、何とかして上に立って下に高圧的な態度を取ってきた。そうでしょ」

程度の違いこそあれど、恵と石崎の本質は同じ。

長い物には巻かれろ、そんな価値観を持っている。

「おまえの言いたいことは分かる。だが、オレも石崎と接するようになって、少しだけだが分かったことがある。間違いなくあの時の石崎から良い方向に成長してるってことだ」

「良い方向って何よ。あたしには何も変わってないように見えるけど？」

「これはあくまでもオレがそう感じているだけだが、もし今、龍園《りゅうえん》が恵にしたことを他の誰かにやろうとしても、石崎が簡単に付き従うとは思えない」

「そう？　龍園に反抗できるようには見えないけどね」

その指摘は図星だろう。石崎が言葉を詰まらせる。

言い返せず、悔しさが溢《あふ》れると、自分の膝《ひざ》を手の平で強く叩《たた》く。

そんな姿を見た恵は、ため息をついた。

「もういい。今は清隆《きよたか》と友達なんでしょ？　許しはしないけど、責めるのは終わり」

「い、いいのか？」

「だからそう言ったじゃん。もうおしまい、いい？」

「あ、ああ！」

嬉《うれ》しそうに顔を上げた石崎。

「えーっと……んで、あれだ。さっき話してたの誰の誕生日なんだよ」

改めて恵に聞いた石崎。まだ不信感を感じつつも、恵は人差し指をオレに向けた。

「え？　マジで？　綾小路《あやのこうじ》も10月20日なのかよ!?」

信じられないといった様子で石崎が驚く。

「運命ってヤツなんじゃねえの!?」

「何が運命よ、学校には400人以上いるんだから同じ誕生日の人がいたって不思議じゃないでしょ」

「けど、それが綾小路と龍園さんってのがすげえんじゃねえか」

単なる偶然を喜ぶ。恵の言うように不思議なことでもないが、何故《なぜ》かアルベルトもちょっとだけ嬉しそうだった。

「あたしたち店に戻っていい？」

「あ！　そうだ！　ちょっと待ってくれ！」

大きな声がうるさかったのか、恵が鬱陶《うっとう》しそうに耳を指で塞ぐ。

「ちょっと提案なんだけどよ。良かったら20日に2人の誕生日を一緒に祝うってのどうよ。龍園さん綾小路W誕生日パーティー、最高じゃねえ？」

いや、その発案を聞いた瞬間に最高とは思えなかったが……。

想像しようとしても、上手《うま》くイメージできない。

「謝罪するって言うならいいけど？」

「え？」

「あいつが、龍園《りゅうえん》があたしに頭を下げるなら受けてあげてもいいって言ったの」

断る口実には打ってつけの返しだな。

口を大きく開けた石崎《いしざき》は、その後それが如何《いか》に困難かを悟り口がへの字へと変わる。

「龍園はあたしに謝らないでしょ？」

「え？　あ、まあ、それは絶対にないけどよ……」

謝るように龍園に進言することすら、石崎には不可能だろう。

固まった石崎だったが、意を決したかのように力強く口を結び直す。

「もし2人がいいって言うなら、俺から進言する！」

「やめとけば？」

そんなことをすれば、石崎には鉄拳制裁が待っているかも知れない。龍園をよく知る同学年の人間だからこそイメージが湧く。

「何とかしてみる！　もし謝罪の約束を取り付けたら誕生日会だぞ！」

「まあ……ホントに実現するなら考えてもいいけど……」

熱意に溢《あふ》れる石崎だが、安請け合いが身を滅ぼすことにも繋《つな》がりかねない。

この話に関してはオレもハッキリと拒否するべきだと思った。

確かに最近の石崎は自分の意思を強く示すようになった。また満場一致特別試験で退学者を出さなかったように、龍園にも何らかの考えの変化が現れ始めていることも確か。

しかし、それを本能、本心だと解釈してはならない。

変わろうと思っても人は簡単に変わらない。

龍園は変わろうとしているのではなく、自ら進化しようとしている。

これまでは悪だけを武器に戦ってきた男が、善を使うようになり始めただけ。

コインの表裏を自由にコントロールし始めている。

もし石崎がそこを読み間違えているのだとしたら――――

「やめときなって」

そう止める恵《けい》だったが、石崎の決意は揺るがない。

「もし龍園さんが謝るって言ったら、いいんだよな？」

「でもさ――――」

「分かった！　それにプラスして俺から改めてお詫《わ》びもさせてくれよ。龍園さんのプレゼント以上に気合い入れたもの、用意しておくからよ！」

熱量の高い石崎に負けたのか、分かったわよと、渋々ながらも認める恵。

「っし決まりだ！　とりあえずは龍園さんの誕生日プレゼント選びに行こうぜ！」

頷《うなず》いたアルベルトと、石崎が一足先に量販店へと戻っていく。

流石《さすが》にオレたち2人と一緒に行けないことは理解できているようだ。

「どうして石崎《いしざき》の提案を受けたんだ？　てっきり断ると思ってたんだが」

素直な気持ちを聞いて謝罪を受け入れはしたものの、誕生日に石崎たちと顔を合わせることを選ぶとは思わなかったのが正直なところだ。

「そりゃあたしだって、清隆《きよたか》と2人きりの誕生日がいいけど……でも……」

「龍園《りゅうえん》が謝る可能性に賭けたのか？」

「無理でしょそれは。そうじゃなくって……」

恵《けい》は振り返ると、楽しそうにアルベルトと話す石崎の後ろ姿を見やる。

「石崎くんがあんたを友達として好きになってる気持ちは伝わってきたし。清隆にも友達は必要だろうし、さ」

綾小路《あやのこうじ》グループの瓦解を指していることはすぐにわかった。

オレが察したことに気付いた恵が、顔を赤くして視線を逸《そ》らす。

「それに？　石崎くんがあたしに改めてお詫《わ》びしたいって言ってるし。それを受けてあげてもいいかなって思っただけ」

素直じゃないところが何とも恵らしい。

ただ、やはり実現はしないだろうな。

石崎からの提案は話半分に覚えておくのがいいだろう。

こうして体育祭までの日々が過ぎていく。

3

家電量販店から一足先に飛び出した佐藤《さとう》は、女子トイレの前で息を整える。

「あ～なんで逃げ出しちゃったんだろ、私」

大切な友達が大好きな人と付き合った。それは何も悪いことじゃない。

そう分かっていながら、腕を組んでいるところを見て、言いようのない衝動に襲われてしまった。

あのままあの場に留《とど》まっていたら、自分がどんな態度を取ったか分からない。

そう思い突発的に逃げ出してしまったが、今度はそのことに強い罪悪感を覚える。

その場に座り込んで、膝《ひざ》を抱える。

「次からは慌てないようにしなきゃ……」

こんなんだから、きっと恵ちゃんは教室でも綾小路くんとのことでセーブしているに違いない。本当はもっともっと、2人でくっついていたいはずなんだから、と。

そう思い立ち上がったところで佐藤に影が差した。

「突然失礼します。佐藤麻耶《まや》先輩ですね？」

見慣れない生徒に声をかけられ、一瞬戸惑う佐藤。

「そうだけど……えっと、誰？　1年生、だよね？」

「誰なのか、今は大したことじゃないと思います。実は佐藤《さとう》先輩に早急に伝えておきたいお話がありまして。出来ればお時間頂けないでしょうか？」

「え、え？　どういうこと？」

知らない後輩に話があると告げられ、混乱する。

まだ綾小路《あやのこうじ》と軽井沢《かるいざわ》の密着していた姿が脳裏から離れず、落ち着かなかった。

「綾小路先輩に関する情報なんです」

しかし、その言葉を受けて佐藤の動きが止まる。

「……綾小路くん？」

「はい。彼と、そしてその彼女である軽井沢恵《けい》先輩のことです」

今まさに自分の頭の中の99％を支配していた2人の名前を出されたことで、佐藤も思わず視線を向けた。

ジリジリと距離を詰められた佐藤に、少しだけ緊張が走る。

「この後ゆっくり、どこか2人きりになれる場所でお話させて頂けませんか」

「それは……」

1年生は身軽な身体能力を活かし佐藤の耳元に唇が触れるほどの距離まで詰める。

「もし軽井沢先輩が退学したら———佐藤先輩にもチャンスが訪れると思いませんか」

今、自分にとってもっとも親しい友人である軽井沢と、そして想《おも》い人の綾小路。

その2人の関係と、自分の立ち位置を変えるチャンスだと語る。

様々な感情が溢《あふ》れだす。

「な、何言ってるわけ？」

「話を聞くのも聞かないのも佐藤《さとう》先輩の判断にお任せします。ですが、聞かなければきっとこの先ずっと後悔することになりますよ。人目につくのが嫌なら、寮の部屋に来ていただいても構いません」

部屋番号を口頭で伝えたことで満足したのか、1年生は背を向けて佐藤の前から去る。

その場に残された佐藤は、状況が呑《の》み込《こ》めず混乱したままだった。

しかしたった1つ、記憶に張り付いたもの。

『自分にもチャンスが訪れる』

綾小路《あやのこうじ》と付き合える可能性を示唆した言葉。

胸が締め付けられると同時に、知りたくない感情がズズズと底から這《は》い出《で》て来る。

「私は――――」

4

一部の課題を残しつつも、クラスは体育祭に向けての入念な準備を進めた。

龍園《りゅうえん》との共闘には反論した生徒もいたが、いざ蓋《ふた》を開けて練習を開始すると大きな揉《も》め事《ごと》になることもなく、団体競技への練習もスムーズに進行した。最初は否定的だったクラスメイトも、勝つために協力を惜しまなくなり日夜練習に励み鍛練を積み重ねた。

そしていよいよ、体育祭前日の夜がやって来る。

夜の9時半を回ったところで、オレは堀北《ほりきた》に電話をかけていた。

『随分遅い時間の連絡ね。もう寝るところだったわよ』

耳元からはドライヤーの動く音が聞こえてきていた。

「体育祭に関係する大事な話だ」

『あなたから大事な話？　ちょっと真剣に聞いた方が良さそうね』

そう言うと、すぐにスイッチをオフにしたのか耳元が静かになる。

『あ、先に私も言いたいことがあったの。坂柳《さかやなぎ》さん、変わらず明日の体育祭に参加する気でいるわよ？　阻止できるって話じゃなかった？』

「その件にも関係していることだ。明日の体育祭、オレは欠席しようと思っている」

『……欠席？　ちょっと待ってどういうこと？』

突然の報告に、電話の向こうでうろたえているのが手に取るように分かる。

ガシャン、という音が聞こえ少しだけ悲鳴が上がる。

「大丈夫か？」

『ごめんなさい、ちょっとドライヤーを落としてしまって……』

携帯をどこかに置く音が聞こえる。慌ただしくドライヤーを拾っているようだ。

『それで、欠席って何？　体調が悪いというわけじゃない、のよね？』

一見元気そうな声に聞こえるため困惑するのも無理はない。

「ああ健康状態に問題は無い。むしろ普段より快調なくらいだ」

『だったらどうして？　欠席すれば持ち点10を失ってしまうのよ？　あなたの勝ち点は計算に入れてなくてもこの10点を失うのは痛いわ』

クラスの人数が38人と少ないのだから、不満を漏らしたくなる気持ちは分かる。

「10点が軽いとは言わない。だがこれがオレの必要な戦略なんだ」

『……あなたの戦略？』

もちろん、父親の刺客が来賓《らいひん》として紛《まぎ》れて来る、といった類《たぐい》のことではない。

ここで今まで黙っていたことに言及する。

「Aクラスの最下位を狙う上で、避けては通れない坂柳《さかやなぎ》攻略の糸口に繋《つな》がる」

『坂柳さん攻略……？』

「言っただろ。坂柳を体育祭に参加させないための方法があると」

『どうしてあなたの欠席が坂柳さんの攻略に繋がるのかは分からないのだけれど……』

理由を聞こうとした堀北《ほりきた》だったが、すぐに思いとどまる。

『あなたの考えていること、今の私に理解できるはずもないわね。それに説得したところで体育祭を休む考えは変わらないんでしょう？』

「ああ。明日の朝一番、体調不良で学校側に連絡する」

『それなら、ここであなたを信用する以外に選択肢はなさそうね』

呆《あき》れながらも、堀北は承諾するように認めた。

『一応、個人目標として最低1位を3つ取るつもりだったけれど、これで後10点上積みしなきゃならなくなったわね』

「よろしく頼む」

通話を終え、オレは携帯を充電コードに繋ぐ。

寝る前だった堀北は、点数の計算し直しなどで頭が冴《さ》えてしばらく寝れないだろうな。

少々酷なことをしたが、必要経費と割り切ってもらおう。

そしてもう1本、電話をしておく相手がいる。

必要事項を伝えれば、全ての準備は完了だ。

○2度目の体育祭

朝。グラウンドに集められた全校生徒たちを、私は教職員側から見守っていた。設営された壇上では、南雲《なぐも》生徒会長が開会の挨拶を行っている。それを見守っているのは外部から招かれた来賓《らいひん》たち。数はそれほど多くなく、数十人。それでも見慣れない部外者に学生たちは落ち着かない様子。浮足立ったまま体育祭の舞台に身を投じようとしている。

生徒会からは事前に、来賓の方が呼ばれているか聞かされていたけれど、人数に対して想像以上の圧迫感ね。この学校の設立にかかわった政界などの関係者たち。テレビで見たことがあるような政治家はいないけれど、遠からずな人たちなのは間違いない。誰もがスーツに身を包んでいて、固い表情で見守っている。まるで囚人を監視してるかのような状況だった。そんな中にあっても、南雲生徒会長は動じることなく堂々と言葉を述べ続けている。兄さんが学生たちの前で見せた素晴らしい姿と遜色なく役目を果たしていた。そんな生徒会長の挨拶が終わり生徒たちからの拍手が送られると、先生たちにバトンは移り体育祭の注意事項などが改めて通達される。そして開会時刻を迎えた。

ここから生徒たちは自由に行動をして構わない。ルールを守る限り、今エントリーしている競技に参加するのも良し、2点必要だけれど、対戦相手を見て不利と判断すれば急遽《きゅうきょ》棄権《きけん》して別の競技に出るのも認められる。それから、全ての競技を終えた参加予定のない生徒は指定のエリアで応援することが義務として課せられていることを忘れてはいけない。関係のない場所で雑談、休んでいたりサボっているところを見つけられた場合は参加資格を奪われた上持ち点も剥奪《はくだつ》されてしまう。

また協力関係を結んだ龍園《りゅうえん》くんのクラスとは、個人戦ではぶつかり合いを極力分散させる調整、団体戦に関しては互いのクラスから惜しみなく勝てる生徒を選抜、人数を均等にし、勝っても負けても同じ点数が両クラスに分配される仕組みを採用。

そして、どんなに優秀な生徒がいたとしても、参加する団体戦の上限数を決めた。

これは須藤《すどう》くんや山田《やまだ》アルベルトくんのような秀でた人材だけを長時間拘束しないための措置《そち》で、１人最大３種目まで団体戦において手を貸す契約だ。以上の取り決めは『事前エントリーできる種目』に限定することも契約に盛り込んだ。

体育祭当日に、アレを協力しろコレに協力しろと揉《も》めるのはナンセンスだもの。また一之瀬《いちのせ》さんや坂柳《さかやなぎ》さんクラスの生徒とは一切組まない、といった縛りも強くは設けていない。上手く利用できる競技があれば、都度状況に合わせて手を組むことも認めている。

問題にならないよう何度も葛城《かつらぎ》くんと擦り合わせたから心配はしていない。

開幕は予約した競技への参加が多数のため心配は少ないけれど、クラスメイトとは打ち合わせを１時間おきに行い、問題が生じていないかを随時確認して微調整をしていくことも忘れてはならない。

私が最初に参加する競技は１００メートル走。スタートは開会から15分後のため急ぐ必要はないけれど、早めに到着して参加者の様子をチェックしておきた――

「さあ堀北《ほりきた》！　私と勝負よ!!」

各自、解散して自由になった直後に全速力で私のもとにやってきたのは伊吹《いぶき》さんだった。

息も絶え絶えに睨《にら》みつけてきている。

「あなたバカなの？」

「は!?　いきなり何なの？　私に負けるのが怖い？　そういうこと？」

「違うわ」

1秒で否定する。

「これからあなたがやる競技は何？　呼吸を整えてから答えて」

「……は？　そんなの100メートル走でしょ。あんたと決めたんだから忘れないし」

「ええ100メートル走。そして第1レースでのエントリー。そう取り決めした。つまりこの後すぐに走ることになる。なのにやる前から全力疾走してどうするの。戦うことは決まっているのだから所定の場所で待機しているべきで、説明するまでもないことよ」

言われて自分の状況を理解したのか、しまった、と分かりやすく漏らす。

「と、とにかく勝負！」

「安心しなさい。言われずとも勝負するわ」

伊吹さんは楽な相手じゃない。去年の100メートル走では僅差《きんさ》の勝利だった。

本当なら避けておきたい相手だけれど、あなたには大きな感謝もしていることだしね。

もし伊吹さんの協力がなければ、櫛田《くしだ》さんはまだ学校に来ていなかったかも知れないのだから。だけど負けてあげるわけにはいかない。あなたもそれは望んでいないだろうし、正々堂々と勝たせてもらう。伊吹さんは私と並んで歩くのが嫌なようで少し距離を空け、共に1種目目のエントリーへと向かった。心地よい緊張感が高まって来る。

まずは2年生女子だけの戦い。事前の予約状況から大きく変わらず、ライバルとなりそうな人は伊吹さんだけ。でもそれをラッキーと捉えるのは浅はかだ。自分が楽な戦いをするということは、違う競技で強敵と戦うことになる人がいるということ。

1

開会式の直後に行われた100メートル走。伊吹さんとの勝負第1戦目。結果は私の辛勝。奇《く》しくも去年と同じくらいの僅差での勝利だった。ゴールした後伊吹さんは悔しそうに土を蹴り上げ、勝負の前に全力疾走したせいだなんだと言い訳を並べたてた。

彼女との次の戦いは4種目目の走り幅跳び。その間の2競技は個別の戦いに入った。

2種目目は障害物競走で1位、3種目目が団体戦の綱引きで3位入賞。

ここまで私個人が積み重ねた点数はスタート時の5点、個人戦1位2つで10点、団体戦3位の綱引きで3点、参加賞3点の合計21点。上々の立ち上がりと言えるだろう。

そして午前10時を回った所で伊吹さんとの第2回戦、走り幅跳びが始まる。

今まさに、私は1発勝負の跳躍を行って競技を終えたところだった。

私が出した記録は5メートル79センチ。

悪くない。失敗の許されない状況でほぼ自己ベストの記録を出せたんじゃないかしら。

出番が3つ後ろの伊吹《いぶき》さんは記録を見つめながら、呼吸を整えている。残る跳躍は3人。

暫定1位に躍り出たことで、この競技での点数獲得にぐっと近づいた。

「鈴音《すずね》！　見つけたぜ！」

次の走者を見守っていると、後ろの方から私を呼ぶ声が聞こえた。

振り返ると駆け寄って来る須藤《すどう》くんと、更にその後ろから歩いてくる小野寺《おのでら》さん。

この体育祭でのポイントゲッターとして大きな期待を寄せているペアだ。

「その様子だと、調子は良さそうね」

「須藤くんなんて開幕3連勝だよ。しかも全然余裕だったし、流石《さすが》だよ」

「まぁな。けど小野寺も2つ競技に出て両方1位を取ったぜ。な？」

「私の方は少しラッキーだった展開もあったけどね」

水泳では右に出る者がいない小野寺さんは陸上でもその才能を如何《いかん》なく発揮していた。

「入学当初はそこまで足が速い印象はなかったのだけれど。どこで開花したの？」

いつも体育の授業で彼女を見ているからこそ、気になる点だった。

「走るのはあんまり好きじゃないし水泳以外に興味ないから適当にやってるっていうか」

「長距離は絶対しないいつってたな」

「超疲れるし、そんなに走れないし良いことないじゃない」

ペアを組むことが決まってからは連日一緒に練習していたみたいだけれど、想像していたよりも随分と自然な組み合わせになっているようね。

「ただまぁホントはよ。出来れば高円寺《こうえんじ》と戦いたかったんだけどな。あいつも3種目参加して全部1位取ってて、まだまだ連勝を伸ばしそうなんだよな」

「それはダメよ。同じクラスメイトで潰《つぶ》し合うのは得策じゃない。分かってるわね？」

須藤くんも高円寺くんも、1位を取るポテンシャルの持ち主。

同レースで競いたい気持ちは分かるけれど、ここはクラスを優先してもらう。

「わ、分かってる冗談だって」

「大丈夫。そのために私が見張っておくから安心して」

「そうね。小野寺さんに任せていられる分、余計な心配を背負わないで済むわ」

「俺って信用ねーんだな……」

不満そうだったけれど、私が直視すると居心地悪そうに視線を逸《そ》らした。

自分が過去にどんな行動を取ってきたか反省している証拠ね。

「この後から須藤くんたちはペア競技に連続して参加予定よね。頑張って」

「おう。連勝記録を伸ばしまくってやるよ」

頼もしい言葉だわ。と、ここで最後の走者がスタートラインに立った。

私は1度話を中断させ、伊吹さんの方へと視線を向ける。

「俺らが邪魔してもアレだな。次の競技の偵察に行こうぜ」

「そうしよ。またね堀北《ほりきた》さん」

「ええ」

彼らを軽く横目で見送り、助走を始めた伊吹《いぶき》さんを見つめる。

彼女の実力が私に近いのは十分に理解している。

つまり、私が出した記録を超えることも出来ると考えられる。

失敗して欲しい感情と、彼女の全力と好勝負をしたい感情と2つが揺れ動く。

強いプレッシャーを受けているはずの彼女の動きは機敏で優雅なものだった。

跳躍し土を踏みつけた彼女が、前のめりに倒れ込む。

顔に土がつきながらも、その目はすぐに記録係へと向けられた。5メートル81センチ。

僅《わず》か2センチ、されど2センチ届かず私の負けが確定してしまう。

「やった——！」

ガッツポーズを決め、子供のように大はしゃぎする伊吹さん。後がない1敗の状況で見事な跳躍を決めてきた。

「見た⁉　私の勝ち！　あんたの負けー！」

しつこくなるほど嬉《うれ》しかったのは分かるけれど、流石《さすが》にちょっとイラッとするわね。

「やっぱり空気抵抗が少ない分あなたの方が有利だったのかしら……」

私と伊吹さんの実力に違いがなかったのだとしたら、この差はそれくらいしか……。

「は？　空気抵抗？」

「何でもないわ」

「変ないちゃもんつけないで素直に負けを認めなさいよ」

「調子に乗らないことね。これで1勝1敗。状況はイーブンに戻っただけよ」

舞い上がらないように注意しても、伊吹さんは終始にやけ顔だ。

こちらとしては1位を逃したことを悔いるべきなんでしょうけど、ここまで喜ばれていると仕方がないと思えて……。

「私の勝ち！　私の勝ち！　私の勝ち！」

……やっぱり思えないわね。

むしろ精神的なストレスが一気に増した気がする。これで1勝1敗。すぐにでも3試合目に行きたいところだけれど、この後は点数の高い団体戦が幾《いく》つか控えているため、彼女との決着は午後に行われる平均台を使った種目までお預けね。

2

綾小路《あやのこうじ》くんを抜きにして始まった体育祭。グラウンドには電光掲示板が設置されていて、常時どのクラスがどんな成績を収めているかを確認することが出来る。

スタートこそ龍園《りゅうえん》くんのクラスが学年首位に立ったものの、程なくして私たちBクラスが1位になってからはその順位を堅守し続けている。2位Dクラス、3位Cクラス、4位Aクラスと理想的な順位だ。

このまま、最後まで波乱なく進んでくれるならいいのだけれど。

しばらく次の競技まで時間があるため、私は応援席に移動して時間を潰《つぶ》す。

「お疲れ様です、堀北《ほりきた》先輩」

そこへ1年Bクラスの八神《やがみ》くんが声をかけてきた。

「八神くんのクラスも相当善戦しているようね。今僅差《きんさ》の2位よね」

「先輩こそ1位じゃないですか。とても去年Dクラスのスタートだったとは思えません」

「それは褒めてるのかしら？　それとも皮肉も混ざっているのかしら」

「まさか。純粋に尊敬しています。ただ南雲《なぐも》生徒会長ほどではありませんけれど」

彼の視線の先では、まさに南雲生徒会長がゴールテープを切る瞬間だった。

「さっき3年生の先輩たちが話をしていたんですが、これで5連続1位だそうです」

女子たちが歓声をあげると同時に、生徒会長に目を向ける来賓《らいひん》たち。

けれど南雲生徒会長は無表情のままその場を後にし、声をかけてくる女子への対応もそこそこに1人になりたいと告げ距離を置く。

「彼ならリップサービスしそうなものだけれど、少しも嬉《うれ》しそうには見えないわね」

「勝っても負けてもAクラス卒業は決まったようなものですし、熱が入らないのでは？」

確かに盤石な位置にいる生徒会長にとって、体育祭の順位は意味のあるものではない。

1位を狙っているのは、在校生や来賓の前で手を抜くわけにもいかないからかしら。

「生徒会長と少し話をしてくるわ」

「そうですか。僕は次の出番があるので、ここで失礼します」

八神くんと軽く言葉を交わし合った後、私は生徒会長のもとへ近づくことにした。

そんな生徒会長の傍《そば》には、もう1人3年生の女子が声をかけている。

3年Bクラスの鬼龍院《きりゅういん》先輩。時々、3年生とのやり取りの中で噂《うわさ》を耳にしたことのある人。それにOAAではとても優秀な成績を残していることくらいは私も知っている。

話の邪魔をするわけにもいかないので、会釈して待つことにした。

「5連勝おめでとう南雲」

「何しに来た」

「そう邪険にしなくてもいいだろう。勝ったのに嬉しそうじゃないのが気がかりでね。君にエールを送っていたのは1人や2人じゃなかったようだが」

「笑わせるな。あんな試合に勝ったくらいで活躍なんて言えるのか?」

「君なら弱者をかき集めて強制的に1位を奪取することも出来た。だが、先程のレースのメンバーはそういう集まりだったとも思えない」

手を抜いていたわけではないことを指摘する鬼龍院先輩。

「風の噂で綾小路《あやのこうじ》が欠席していることを耳にしたものでね。浮かない顔の原因かな?」

綾小路。また、彼の名前がこんなところでも飛び出してくる。

南雲《なぐも》生徒会長は1度も鬼龍院《きりゅういん》先輩に視線を向けることなく、静かに溜息《ためいき》を吐《つ》く。

「あいつなら俺の渇きを潤してくれると思ったんだが、勘違いだったようだ」

「可哀《かわい》そうに。それなら私が君の相手にでもなろうか？」

そんな挑発じみた言葉に、南雲生徒会長は初めて鬼龍院先輩へと横目を向ける。

しかし不敵に笑うその顔を見て、再び目を逸《そ》らした。

「安い嘘《うそ》だな。俺がその気になってもおまえが勝負をするとは考えられない。だろ」

「フフフ。バレてしまったか」

肩を竦《すく》め、南雲生徒会長の傍《そば》へと近づいてきた鬼龍院先輩がそう自白する。

「あと1種目で私の最低義務は果たし終わる。そのあとはゆっくりと観戦するつもりだ」

「だろうな」

「君はもう後輩に構うべきじゃない。少なくとも学年を支配しAクラスを確定させた。そして生徒会長としての実績。もう十分だろう。大人しく卒業することをオススメする」

まるでアドバイスとでも言うように、鬼龍院先輩はそう諭した。

「おまえが俺に助言か。どういう心境の変化だ？　綾小路《あやのこうじ》が絡むまでの2年より、その後の半年の方が喋《しゃべ》った回数が多いくらいだぜ」

「そうかも知れないな」

「安心しろよ鬼龍院。おまえに言われるまでもなく綾小路との遊びは終わりだ。あいつは俺と戦わないことを選択した。深追いしても意味ないだろ」

「生徒会長との直接対決に敗れれば、綾小路《あやのこうじ》もこれまでのように澄ましてはいられなくなる。逃げ出す気持ちを汲《く》んでやれ。可愛《かわい》いところもあるじゃないかとな」

南雲《なぐも》生徒会長と戦う？　綾小路くんが？　もしかしてこの前生徒会室に彼を呼び出したのはそのことを告げるため？　彼から預かった伝言ともマッチする。

鬼龍院《きりゅういん》先輩は私に軽く視線を向けたものの、特に何か言葉を残すことなく歩き去った。

「待たせたな鈴音《すずね》。俺に何か用か？」

「いえ、その、鬼龍院先輩と同じことを聞こうと思っていました。南雲生徒会長が1位を取っているところを拝見しましたが、全く嬉《うれ》しそうではなかったので。それと……綾小路くんとは体育祭で勝負をする約束をされていたんですね」

「結局実現しなかったがな。奴《やつ》は欠席。これで終わりだ」

綾小路くんが休んだのは体調不良ではなく坂柳《さかやなぎ》さんを休ませる戦略だと言っていた。

その事実を南雲生徒会長は知らないみたいだけど、下手に知らせない方が良さそうね。

「昼休憩になったら少し付き合ってくれ。待ち合わせ場所は———」

有無を言わさず頼まれたため、私は断り切れず承諾する。

それからしばらくして昼休みの休憩に入ると、私はグラウンドで支給されているお弁当を眺めていた。この並べられた食事から好きなものが選べる。サンドイッチなどの軽食から、かつ丼のようなスタミナ、体力の付きそうなものまで多様なラインナップ。

この学校の用意周到、徹底ぶりには感心すると同時に呆《あき》れるわね。

しかも食べきれることが前提条件で、複数持っていくことも認められている。

大半の生徒は１つ選んで行くだけだけれど、観察していると中には複数持っていく男子生徒もチラホラ見受けられた。中には大柄な生徒が嬉しそうに３つも４つも胸元に抱えている姿も。１年生で見たことのある生徒だけれど……アレを全て食べて午後の競技に臨むのだとしたらまだこの学校を甘く見ているか、余程の大物かのどちらかね。

「待たせたな」

軽食にしようと手を伸ばしたところで南雲生徒会長から声をかけられた。

「何でしょうか。打ち合わせもあるので手短にお願いできると助かります」

「ああ。俺が知りたいのは綾小路のことだ。病欠らしいが急に体調を崩したのか？」

さっきは指摘されなかったけれど、どうやら南雲生徒会長は彼を疑っているらしい。

「はい。朝方申し訳ないと欠席の連絡を貰《もら》いました。１人欠席するだけで10点失いますから。しかし体調不良であれば無理強いも出来ません」

彼が別の理由で休むことを知っているのは私だけ。当然ここではそう答える。

「本当に体調不良ならいいけどな」

「どういう意味でしょうか」

こちらの態度から気取られたとは思えない。

そう考えるに至る理由が、生徒会長にはあるのかしら。

「鬼龍院との話を聞いてただろ。恥を掻《か》くのが嫌で引き籠《こも》ることにしたかもな」

「そうですね。無いとは言い切れないかと思います」

ここは刺激しないように、無難な返答をしておいた。

「おまえの学年に迷惑をかけることになるかもな」

「それはどういう意味ですか？」

「逃げた代償は他のヤツに払ってもらうしかない。そうだろ？」

こちらの問いかけに答えたのではなく、独り言のように呟《つぶや》いた。それから私に軽く手を挙げて去ることを告げると、お弁当を手にすることなく歩いていく。

「代償……？　学年に迷惑？　何だったのかしら……。それにしても——」

彼の評価は、本当に至るところで高いみたいね。私も今日の体育祭、改めて彼に感心させられたわ。休むと言い出した時はどうなるかとひやひやしたけれど、蓋《ふた》を開けてみれば坂柳《さかやなぎ》さんも当日欠席になった。

間違いなく綾小路《あやのこうじ》くんが何かをしたことで、坂柳さんを封じることが出来た。

そしてその成果は、今現在のAクラスの点数と順位を見れば明らか。

突然指揮官が現場に出て来られないとなれば、連携が上手《うま》く取れないのも無理はない。

少々可哀《かわい》そうだけれど、これも真剣勝負。

勝てる時に確実に勝ちを積み重ねさせてもらうわ。

3

正午の休憩を挟んで後半戦へと体育祭は進行した。既に最低参加数となる5種の競技を半数以上の生徒が完了させ、運動神経に自信を覗《のぞ》かせる生徒たちは6種目目、7種目目へと駒を進めている。分単位で競技の参加状況やメンバーを見極めている堀北《ほりきた》や一之瀬《いちのせ》たちを相手に、Ａクラスの的場《まとば》と清水《しみず》はリーダー不在の中奮闘を続けていた。

「次は体育館でダブルスの卓球だ。さっき里中《さとなか》から報告が入って、強そうなライバルはいないらしい。空きは後2席。十分間に合う可能性がある」

「勝ち星を積み重ねて、最低でも最下位だけは取らないようにしないとな」

坂柳の不参加は2年Ａクラスに暗い影を落とし、やる気を削がれる生徒も多かったが、逆にそれがモチベーションに繋《つな》がる生徒も少なくなかった。

あと10分で締め切られる卓球のダブルスが手薄と聞き、参加予定だったＰＫ戦を捨てて慌てて移動を始める。ちょうど2人の進行方向から歩いてきた石崎《いしざき》は、やや俯《うつむ》き加減で前を見ていない。進路に立ち塞がる形になったため清水が近づいてきた石崎を避けようと右へ移動するも、ほぼ同じタイミングで石崎も左へと移動。

咄嗟《とっさ》に避けようとする清水だったが、避けきれず肩がぶつかってしまう。

その衝撃は想定の倍は大きく、偶然ぶつかった程度では起こりえないものだった。

無理やり肩を当てられたと判断した清水が声を張り上げようとするが――――

「ってぇ……！　どこ見て歩いてんだよオイ！」

その清水《しみず》よりも先に、石崎《いしざき》が怒鳴り散らし突っかかってきた。

「そっちこそ前向いて歩いてたのかよ、怪我《けが》するところだったろ！」

Ａクラスの清水と、Ｄクラスの石崎が互いに睨《にら》みを利かせあう。

「前向いてなかったのはおまえの方だろ！」

「はあ？　何被害者ヅラしてんだよ。……ワザとぶつかったんじゃないよな？」

「いや、は？　どう見てもおまえがワザとぶつかってきたんだろ。なあ？」

助けを求めるように清水が的場《まとば》に援護を要請する。

「ああ。おまえちゃんと前見てなかったろ」

「よそ見なんてしてねえし。２人がかりで言いがかりかよ。汚ねぇな」

「何が汚いだ。どう考えてもおまえが悪い」

「はああ？　俺が？　おまえらが話に夢中で見てなかったんだろうが」

責任の押し付け合いが続き、石崎が謝ろうとする素振りは全くなく時間だけが過ぎていく。急いでいた的場は自分たちが正しいと確信しながら、清水に落ち着くよう促した。

「もうほっとけ。こんな奴《やつ》のことなんか」

「納得いかねーんだけど」

「気持ちは分かる。俺だってそうだ、けど今は優先すべきことがあるだろ」

「……そうだな」

清水の感情を汲《く》みながらも、競技に参加して勝つことを忘れるなと釘《くぎ》を刺した。

不本意ながらも清水は頷《うなず》き石崎を睨みつけ歩き出す。

「次からは気を付けろよ」

「……痛ぇ」

「は？」

通り過ぎようとした時、石崎が左肩を突然押さえ、そう呟《つぶや》いた。

「興奮してて気づかなかったけどよ……今ので怪我したかもしんねぇ」

一瞬何を言っているのか理解できなかった２人だが、この直後に全てを悟る。

やはりこれは石崎の仕掛けた安いトラップなんだと。

顔を見合わせ鼻で笑う２人。しかし事態は直後に急転する。

「随分と騒がしいじゃねえか。どうした石崎」

「龍園《りゆうえん》さん！　話聞いてくださいよ！　こいつら、俺にちょっかいだしてきて！」

揉《も》めだしたところへ龍園が居合わせる。

「龍園……くそ面倒なヤツが絡んで来た……。こんな見え見えの手を使って来るとはな」

「あ？　なんの話だ。俺は騒ぎを聞きつけてここに来ただけだぜ？」

「冗談はやめろ。前科があるだろおまえらは」

「前科？　前科か。確かに俺たちには似たような前科があるのかも知れねえな」

「分かったかよ」

「けどな。前科があったとしても、今回やったかどうかは全く無関係だ。可愛《かわい》い舎弟《しやてい》がＡ

クラスの姑息な手にやられて、怪我《けが》までしたってことなら大問題だろ」

「何が可愛《かわい》い舎弟《しやてい》だ。おまえがけしかけたんだろ？　いい加減先生呼ぶぞ……！」

「クク。確かに困ったらセンコーに頼るしかねえよなあ。上等じゃねえか。こっちは被害者なんだ。徹底的にやってやるから安心しろよ。そうだろ石崎《いしざき》」

「うす。俺が被害者っす」

「何が被害者だ。真面目に体育祭をやる気もない連中が……先生呼んでいいんだな？」

的場《まとば》はやむを得ないと判断して清水《しみず》に耳打ちすると、走ってどこかへと向かわせる。程なくして教師を呼びに行った清水が、浮かない表情をして戻って来た。

「どうした。先生は？」

「いやそれが――」

清水が連れて戻ったのは教師ではなく同じクラスの橋本正義《はしもとまさよし》だった。

「血相変えて走ってく清水を見たから話を聞いたんだ。下手に教師を呼べば騒動が大きくなる。白黒付けるとなったら、競技に参加出来なくなる可能性もあるぜ」

「けどな！」

「分かってる。だが騒動を大きくするのが龍園《りゆうえん》の狙いだ。その手に乗るな」

力を抜くように指示し、橋本は清水の肩に手を置いた。

「とりあえず俺が話してみる」

「……分かった。早く頼む」

仕方なく橋本に事態の収束を任せた的場が、少し離れたところで見守る。

「穏便に済ませてやってくれよ龍園」

話を聞きつけた橋本が、騒然とする中落ち着いた足取りで近づいてくる。

「あ？　仕掛けてきたのはおまえらだ。売られた喧嘩《けんか》を買っただけにすぎねえんだよ」

「分かってるさ。けど引いてもらわないと俺たちも困るんだよ。こっちは体育祭の稼ぎ頭《がしら》、主力を抑えられてる。言っちゃ悪いが石崎じゃそれなりの成績しか残せない。だろ？」

誰がどう見ても龍園側がつけた因縁であることは明らか。

その点を橋本が突いて、強く出られないように龍園を押さえつけようとする。

「舐《な》めたこと言ってんじゃねえよ。石崎はこの日のために血の滲《にじ》むような努力を繰り返してきた。おまえの言う稼ぎ頭と対等に戦える可能性を見せるためにな。そうだろ？」

「うす」

日頃から遊びまわっている石崎を何度も見ていた橋本は、呆《あき》れずにはいられない。

「ったく。相変わらずギリギリを攻めるヤツだな」

まともな議論では勝負にならないと分かっていた橋本だが、たまらず頭を掻《か》く。

「けどこれでハッキリしたぜ。この体育祭、本気で俺たちを潰《つぶ》すつもりなんだな。１年の精鋭が気味悪く張り付いてるのもおまえの差し金だろ？」

２年Ａクラスの有能な生徒が出場する競技に合わせ、１年生の身体能力に秀でた生徒が付いて回っていることには、早い段階で気が付いていた。しかし気が付いたところでエントリーを止める術《すべ》はなく、想定を下回る成果しか今のところ出せていない。

「姫さんが当日欠席したせいで、こっちは最下位を避けるのにかなり必死だ。おまえまで敵に回したら勝ち日がなくなる。ここは穏便に痛み分けってことにしようぜ」

「痛み分けだ？」

今まで比較的友好的だった龍園《りゅうえん》の態度が一変し、笑みが消える。

「Aクラスの事情なんざ知らねぇよ。こっちはDクラス。1番下から這《は》い上《あ》がるために全力でやってんだ。それを妨害しておいて簡単に手打ちに出来ると思ったら大間違いだろ」

襲い掛かられそうな気迫に、薄ら笑いを浮かべていた橋本《はしもと》の表情が一瞬凍り付く。

「なら――どうすればいい？　こっちに一方的に謝れとでも？」

「分かってるじゃねえか。別にこっちは金を取ろうってんじゃない。ただ心からの謝罪が欲しいだけだ。そうだよな石崎《いしざき》」

「っす。腕の方の痛みも少し引いてきたんで、自分はそれで十分です」

何より痛いのはこれ以上の時間ロス。特別金銭等を要求されるわけではないことを確認した上で、橋本はその案を呑《の》むことにする。

「ちょっと説得するから時間をくれ」

「急げよ。こっちも次の競技が控えてんだ」

既にいざこざが始まって5分以上が経過している。

今すぐ謝罪して、体育館に駆けこんでギリギリ間に合うかどうか危うい時間だ。

「聞いてたろ。納得してないとは思うが、ここは素直に謝った方がいい」

「ふざけるなよ。おまえが何とかするって言うから黙って聞いてたんだ。なのに一方的に向こうの言いなりで謝罪？　するわけねえだろ」

「なら勝てなくてもいいんだな？　ここで意固地になって張り合って、プライドだけは守れるかも知れない。けどこれで5点10点の差で負けた時、納得できるのか？」

「そ、それは……」

「今大事なのはクラスが勝つことだ。そうだろ？　たまたま犬の糞《ふん》でも踏みつけて嫌な気持ちになった。それだけのことさ」

　一言謝ってしまえば、すぐに競技に向かうことが出来る。そう促す。

「くそ……！　なんで俺が……」

大きく苛立《いらだ》ちを見せた清水《しみず》だったが、その後冷静になり不本意ながらも承諾した。

石崎に謝罪するため前に出る。

「待てよ清水。そっちの的場《まとば》も同罪だぜ。俺がよそ見してたと決めつけてたろ」

「……的場」

「分かったよ……」

仕方なく2人が横並びになり、石崎に僅《わず》かにだが頭を下げる。

「俺たちが悪かった。……これでいいな？」

さっさと下げた頭をあげて立ち去ろうとする2人だったが、石崎がすぐに呼び止める。

「龍園《りゅうえん》さん……俺なんか腑《ふ》に落ちないんすけど、なんなんすかね、これ」

「そりゃ当然だ。下げたくない頭を嫌々ちょっと下げて、腹の中じゃおまえに唾吐きかけてんだ。すっきり謝罪を受けた、って気にはなれねえだろ。誠意が足らねえんだよ」

「正気か龍園。流石《さすが》にこっちもこれ以上は引けねえよ」

的場《まとば》と清水《しみず》を押さえつけた手前、橋本《はしもと》もここが限界だと判断する。

もはや教師の介入以外に方法は無いと判断した橋本は教師のもとへ走った。

そして1分ほどで教師を連れこの場に戻って来る。

「一体どうしたと言うんだ」

「実は――――」

「謝罪を受け入れます」

事情を話そうとした橋本だったが、その寸前石崎《いしざき》がそう宣言した。

「すみません龍園さん。俺なんかのために色々アドバイス頂きましたが、ちょっと肩をぶつけられたくらいで大人げなかったって言うか……だからさっき、この2人が謝ってくれたことでチャラにしてやろうと思うんです。ダメっすか？」

「いいんじゃねえか？　おまえがそれで納得してるってんなら当事者じゃない俺が口を挟むことじゃねえ」

ここで話し合いを終わらせようとする龍園たちに教師が状況の理解を図ろうとする。

背に腹は代えられないと教師を連れてきた橋本も、ついていけず困惑していた。

この状況だけを見た教師が結論を出す。

「おまえたち２人が石崎にぶつかり謝罪した。そしてそれを受け入れた。ということでいいのか？」

「それは！」

問題が解決したかのような流れに清水が声をあげようとするが、橋本が止める。

「どうやらそうみたいです。解決しました」

「それならいい。ともかく体育祭の最中のトラブルは避けるように、いいな」

怒りを爆発させそうな２人を、この場から素早く離すため橋本が手で払う。

「先生が見てるうちにさっさと行け。な？」

何度か振り返りながら石崎と龍園を睨《にら》みつける２人だったが、やがて体育館の方へと人混みに紛《まぎ》れて行った。そして龍園たちもまた、そのタイミングで散る。

橋本の周りに誰もいなくなったところで深く嘆《なげ》く。

「この衆人環視の中でやることかよ、全く……敵に回したくない相手だぜ」

肝を冷やした橋本だったが、そう言いながらも嬉《うれ》しそうに１人笑った。

4

午後3時。残された時間が1時間を切って、いよいよ大詰めになってきた体育祭。

私たちは1位を守り抜いたまま最終局面に入る。2位で詰めてきている2年Dクラスとの点差は僅《わず》かに17点。想像以上の粘りに、見えない龍園《りゅうえん》くんの戦略が動いていると見た方がいい。それでも私たち2年生の中では特にトラブルもなく、同盟としても上手《うま》く機能している。

ただ、もしこの1時間、得点を重ねられなければ逆転の恐れも十分にあるわね……。

体育館の片隅に立ち、私は残る競技、そのルールとスケジュールを見つめていた。

そこへ、苛立《いらだ》ちを隠そうともしない伊吹《いぶき》さんが近づき私に詰め寄ってきた。

「勝負よ勝負！」

「随分おかしなことを言うのね。2勝1敗で私の勝ち、そう結果が出たでしょう？」

「私は参加してない！」

「知らないわよ。あなたが所定の時間に来なかったのがいけないんでしょう？」

「う……！　じ、時間を勘違いしただけだし……」

そう。午後1時20分エントリー受付終了の平均台を使って戦う運命の3戦目。

伊吹さんはエントリーに間に合わず競技に参加出来なかった。

もちろん私に抜かりはなく、1位は逃したものの2位を収め3点を獲得出来た。

「あなたは納得がいっていないでしょうけれど、世間ではそれを不戦敗というのよ」

「1勝1敗！　まだ私との決着はついてない！」

耳元で騒ぎ続ける彼女は、引くつもりがないらしい。

「私が参加した競技は全部で9種目。あと1種目はフリーと言えばフリーだけど……」

「それ、それよ！　何に参加するのか教えなさいよ」

「泣きの勝負をお願いしたいなら、それ相応の態度を見せてもらわないと」

「ぐ……！」

「勝負してもらいたいの？　してもらいたくないの？」

「お、お願い……します……勝負、して……くださ……い……っっ!!」

口から炎を吐き出しそうなほど怒りに震えながらそう頼み込んでくる伊吹さん。

「これで満足!?」

「そうね。少しは気持ちよくなれたわね」

刻一刻と状況は変化し、競技の枠が埋まっている。

当初の予定通りいくのか、それとも更なる高得点を狙うべきなのか。

「さあ、何に参加するのか答えなさいよ」

「ちょっと静かにしてもらえないかしら」

「無理！」

即答して、水平にした手の平の指を繰り返し曲げ挑発行為をしてくる。

相手にしたくないところだけれど、無視していたらもっとうるさくなるだけね。

「予定ではこの後、シャトルランに参加するのを検討していたの」

「シャトルランって、脱落するまで延々と往復するヤツだっけ？」

「そうよ。往復持久走ともいうわね」

「中学の時にやった記憶あるかも。いいじゃん、最終決戦に持ってこいじゃない」

満足げに頷《うなず》いて、エントリーに駆け出そうとする。

「何してんの」

「参加するならどうぞ」

「いや、あんたも参加するんでしょ？　同じグループじゃないと意味ないし」

「検討しているだけよ。まだ確定させたわけじゃない」

「はあ？」

「正直、今私が最後の競技にしたいと思っているのはバレーよ」

「バレー？　バレーって参加人数6人でしょ？　その様子じゃ思い付きみたいだし、今から集めるって無理でしょ」

当日発表された競技の1つで、全学年参加型の男女別競技。有能な6人を必要とする点がネックと判断してウチのクラスでは見送る方針としたけれど、他のクラスも同じことを考えていたのか、現状バレーに参加するチームは思いのほか弱い印象だった。

「エントリー残り時間10分の時点で3チームも空席よ。参加してるチームも、見たところ強敵は少なそうだわ。もし勝てるならシャトルランを捨てるだけの価値がある競技よ。即席で組むしかないチーム競技では、突出した生徒の実力に大きく左右される。あと1人か2人、腕に自信のある生徒が来てくれれば勝算も見えて来るもの」

「ってことは私が必死にお願いしたさっきのはどうなるわけ？」

「残念だけど諦めてもらうことになるわね」

愕然《がくぜん》とした伊吹《いぶき》さん。また怒りだすかと思ったけれど、落胆と諦めへと変わる。

元はと言えば自分が受付時間を勘違いしていたのが原因だものね。

「……あっそ。だったら勝負はここまでか……」

「あなたはバレーに参加しないの？」

「あんたと戦うには５人いる。私が集められるはずもないし。パス」

「友達いないものね」

「そっちだって似たようなもんでしょ」

「少なくとも呼びかければ協力してくれるクラスメイトくらいはいると思うわ」

「どうだか。決着つけたかったけど、また今度に持ち越しておく」

一応記録上は私の勝ちなのだけれど……まぁいいわ。

「シャトルランに参加はしないの？」

「私が興味あるのはあんたとの決着だけ。わざわざ龍園《りゅうえん》に貢献するつもりはない」

「それは好都合ね。あなたに点数を稼がれない分クラスが勝ちに一歩近づくもの」

下手に刺激せずこのまま見送った方が良さそうだわ。

そう思ったけれど、何故《なぜ》か伊吹さんはこの場を離れようとしない。

「まだ何かあるの？」

「バレーの人数が揃《そろ》わなかったら、シャトルランに参加するんじゃないの？」

バレーの締め切り時間は2時20分。シャトルランの締め切りは2時25分。

私があえて口にしなかった部分に伊吹《いぶき》さんが気づいた。

「余計なことを言ったようね。あなたにも回る頭があったなんて」

「うるさい。ってことでもうしばらくあんたに張り付かせてもらうから」

最悪バレーの人数が揃《そろ》わなかったら、伊吹さんとシャトルランで決着の流れ。

まあ、それも悪くないかもしれない。

応援席にいるクラスの女子に目を向けて使える人材を探してみる。けれどそんな都合の良い生徒たちがすぐに見つかるはずもなく、淡々と時間が流れていく。

気が付けば横にいた伊吹さんはその場に座り、あくびをしていた。

さっさと諦めてシャトルランで勝負しなさいよ。そんな目で見返される。

「あっれぇ～？　堀北《ほりきた》先輩に伊吹先輩じゃないですかぁ？　お疲れ様デース」

誘えそうなメンバーを待つ中で、1年生の天沢《あまさわ》さんが声をかけてきた。

その瞬間、座っていた伊吹さんが立ち上がり彼女を睨《にら》み付《つ》ける。

「え、ヤダ。なんか怖い顔してるんですけど……もしかして女の子の日とかだったり？」

からかってくる天沢さん。でも、伊吹さんには半分言葉が届いていないようだった。

「あんたまだ参加出来る枠があるなら勝負してあげようか？」

「そういえば今日は当たらなかったですね。学年が違うと中々勝負する機会ないから仕方ないケド。勝負は止《や》めておいた方がいいんじゃないですか？　負けちゃいますよ？」

「舐《な》めんな。私と当たらなかったことに感謝しな」

「相変わらず強気ですねぇ。ところで、ここでお二人何してるんです？　競技に参加しないなら応援してなきゃ不味《まず》いんじゃないかと」

「あんたもシャトルラン参加して天沢。そしたら勝負できるでしょ」

「あ、先輩たちシャトルラン予定でした？　あたしは――」

「やっと見つけた」

　話をしているところへ、姿を見せたのは櫛田《くしだ》さんだった。私に用があるのかと思ったけれど、櫛田さんはこちらに目も向けず天沢さんを見ていた。

「誰か追いかけてきてるなって思ってたけど、櫛田先輩だったんですね。なんです？　堀北先輩たちと一緒にでいいなら話聞きますけど？」

「堀北――さん？　……いたんだ」

　こちらの存在に気付いていないほど、天沢さんに意識を向けていたようだった。

「あ、ごめんなさい櫛田先輩。仲間が揃ったみたいなんであたしそろそろ行かないと」

　そう言って指さした方角には、同じ一年生の七瀬《ななせ》さんと、見慣れない女子4人がいる。

「バレーに参加するために体育館に来たんで。バレーって初体験なんですよ～」

　どうやら天沢さんはバレーに参加予定らしい。

　やはり手薄な参加チーム状況を見て、1年生も動いてきたということね。

「それじゃあまた。シャトルラン頑張ってくださいね～」

勝手にやってきて、勝手に好き放題話してから天沢《あまさわ》さんはグループと合流を果たす。

「あいつ、バレーだって」

伊吹《いぶき》さんは彼女の背中を睨《にら》み付《つ》けながら言った。

「そのようね」

「だったら私も出る。どうせあんた、メンバー5人なんて集め切れないでしょ」

「え？」

「私も出てやるって言ってんのよ。あんたと組むのは癪《しやく》だけど、あのクソ生意気な1年を負かせるチャンスでしょ」

もし伊吹さんが協力してくれるというなら戦力としては申し分ない。

でも……。

「勝手に決めないで。まだあなたをチームに引き入れるとは言ってないわ」

「はあ？　まだ1人も集まってないってのに？」

「チーム競技は等しく点数が振り分けられる。他クラスの生徒で穴を埋めるより、自クラスで埋めたいと考えるのは当然でしょう？」

折角《せつかく》私が点数を稼いだとしても、伊吹さんは2位のクラス。

つまり点差は全く開かないことになる。

「んなの知らない。私は天沢の悔しがる顔が見れるならそれでいいし」

「ともかく他のメンバー次第ね。ウチのクラスの比率が高いことが絶対条件よ」

「それなら私にも参加させてくれない？」

同じように天沢さんの背中を見ていた櫛田《くしだ》さんが、視線を変えないままそう口にする。

「どういうつもりかしら、櫛田さん。あなたが改心して協力してくれるようになった、とは今のところ思えないのだけれど」

率直に思ったことを口にすると、櫛田さんもそれを否定することはなかった。

ただ、彼女の瞳は私ではなく天沢さんに対して強く向けられていることが気になる。

「1年生の天沢さんに、借りがあるんだよね」

「天沢さんに……？」

「あんたも？」

「理由を話す気は無いけど、その借りを返すために手を貸してあげてもいいよ」

「そういうことなら歓迎よ。クラスメイト、そして戦力としても申し分ないわ」

敵の敵とはよく言ったもの。思わぬ形で味方が転がり込んでくる。

「でも間違いなく強敵になるわよ」

「だろうね」

伊吹さんは早くもウォーミングアップを始めて、気合いを入れていた。

そんな様子を天沢さんは遠目に見ながら、おかしそうに笑った。

天沢さんの凄《すご》さは私と伊吹さんは身をもって体験しているけれど、後の人たちの詳細は不明。ＯＡＡの数値だけを思い起こせば、七瀬《ななせ》さんの身体能力は比較的高かったと記憶しているけれど、後の人たちは印象にない。Aに近い成績の生徒の名前は覚えているはずだから、高く見積もってもB以下であることだけは間違いないけれど……。

それよりも問題なのは、まだ3人足らないこと。

参加条件を満たしてもいないのに対戦相手を分析するのは捕らぬ狸《たぬき》の皮算用だわ。

「残り3人の条件は？　龍園《りゅうえん》くんのクラスからは避けたい、それだけ？」

人選に関して質問してきた櫛田《くしだ》さん。

「そうね。もちろん出来る限りクラスメイトだけで固めたい気持ちはあるわ。けれど試合を優先、かつ戦力の方を優先よ」

「分かった。じゃあちょっと待ってて」

そう言って、櫛田さんは私たちの傍《そば》を離れると歩き出した。

「分かったって、あいつどうするつもり？　そんな簡単に手伝ってくれないでしょ」

不思議そうにする伊吹《いぶき》さんとその姿を追っていると、坂柳《さかやなぎ》さんのクラスに在籍する六角《ろっかく》さんへと声をかけにいった。暫《しばら》く話し込んだ後、続けざま同クラスの福山《ふくやま》さんにも2人で会いに行く。そして最後に体育館で他競技を応援していた生徒のもとへ。

「彼女は確か、一之瀬《いちのせ》さんクラスの姫野《ひめの》さんね」

Aクラスの2人、Cクラスの1人を引き連れ4人で話をすること数十秒。

櫛田さんは3人を連れて私たちのもとに戻ってきた。

「バレーに参加してくれるって。姫野さんバレーは得意じゃないけど、私たち5人でフォローするってことで同意してくれたの。競技は私たちに任せてくれればいいからね」

私に向けることのない、平常時の櫛田さんモードで姫野さんに語りかける。

特にＡクラスの２人が素直に手を貸してくれたことに驚きを隠せない。

「私たちも負けそうで焦ってるし、最悪勝てなくても貢献したって記録は残したいから」

ね、と２人が顔を見合わせて頷《うなず》き合う。

大きく最下位に沈んでいるＡクラスだからこそ、手柄を欲している。

その心理を見抜きつつ、櫛田さんは有能な生徒を瞬時に見抜いていた。

ＯＡＡでの具体的な成績は覚えていなくても、福山さんと六角さんの友人として、彼女たちの身体能力がどれくらいであるかはしっかりと把握しているということ。

「あなたには一生出来ない芸当だわ伊吹さん」

「うるさい。あんただって誰も見つけられなかったくせに」

「まだ声をかけられそうな子は体育館に5、6人いたんだけど……。多分今作れるメンバーだとこの辺がベストなんじゃないかなって」

何にせよ、参加出来るかも危ぶまれていたバレーのメンバーが6人揃《そろ》った。

龍園くんのクラスとの人数差は1人分だけ。けれどこのままシャトルランで競い合って2点3点の差しか生まないよりも、優勝して10点を獲得する方が実入りは圧倒的に大きい。

負けても差が詰まることがないのもこちらにとって有利な点ね。

私と伊吹さんのツートップに、櫛田さん、六角さん、福山さんたちの動ける生徒。

人数合わせの姫野《ひめの》さんで多少マイナスがあるけれど、十分おつりが出る戦力だ。

5

私たちは一回戦を無難に勝ち、天沢《あまさわ》さんチームの観戦をしていた。試合の主導権を握ったのは七瀬《ななせ》さん。攻めも守りも、頭一つ抜けた動きで敵味方を圧倒している。

「七瀬ってのはノーマークだったけど、アイツは思ったより大したことない？」

「確かに警戒していたほど上手《うま》い感じはしないわね。バレー未経験は冗談だとばかり思っていたけれど……」

ワザと手を抜いている可能性もあるけれど、見た限りはそんな雰囲気でもない。攻めも守りも全く動けない生徒に比べればマシだけれど、脅威ではなさそうに見えた。

けれど、試合も中盤を過ぎて状況が少しずつ変わり始める。

どこか拍子抜けしていた伊吹《いぶき》さんの目も、真剣なものに変わり始めた。

僅《わず》か10分に満たない試合時間の中で、目に見えて天沢さんが上達している。

単に身体能力が高いだけでは説明のつかない、圧倒的な適応力、センス。天沢さんがその片鱗《へんりん》を見せ始めたところで、七瀬さんがスパイクを決め試合が終了する。

「私たちと当たるのは次の次。その頃にはもっと上手くなっているかも知れないわね」

「だとしても、たかだか数試合で経験も糞《くそ》もないでしょ。勝てる勝てる」

楽観のしすぎは危険だけれど、実際に七瀬さんの牽引《けんいん》により天沢さんはあまりボールに触れることなく勝利を手にする。

順当に私たちも勝ち上がり、３時40分を回ったところで決勝を迎えた。

体育祭では通常の競技ルールとは異なる点が多々ある。バレーも例外じゃない。サーブにローテーションは存在せず任意の人がサーブを打てることや、10点先制もしくは10分内に得点の多いチームの勝利となること。もし時間切れで同点の場合は、追い付かれた方がサーブ権を持って１点先取の延長戦となるなど。

「あんたの負け面を拝む時が来たってことね」

「バレーの勝ち負けだけで、満足できるんですか？　伊吹センパイ」

「まずはバレーで倒す。そんでもって、喧嘩《けんか》でも勝つ」

「あはははは。そういう考え方嫌いじゃないですよ」

健闘を称《たた》え合うわけでもなく、バチバチと火花を散らしながら試合開始の合図を待つ。

天沢さんの存在は不気味だけれど、何より警戒すべきは七瀬さん。

「前の試合と一緒で、私アタッカーするから。向こうのコートに全部叩《たた》き込《こ》んでやる」

これまでから更に気合いを入れた伊吹さんがそう宣言する。

多少コントロールに難はあるけれど、彼女のスパイクの破壊力は申し分ないため異論はない。決勝戦が始まると、サーブを放った伊吹さんがそのまま１点を先取。

勢いに乗るかと思ったけれど、すぐに七瀬さんのスパイクで１点を取り返された。

接戦に持ち込まれると思ったけれど、やや私たちが有利なまま序盤を終え4対2と少しリードを広げる。見立て通り七瀬《ななせ》さんは私や伊吹《いぶき》さんと互角に渡り合えているけれど、それ以外ではこちらがやや有利なようね。

状況が変わったのは中盤。残り時間が5分を切った頃だった。

3歩助走から、伊吹さんが跳躍しスパイクを放つ。これまで多くの得点を決めてきた一撃を、ネットの向こう側から姿を現した天沢《あまさわ》さんが防ぐ。

いいえ、その勢いをそのままに真下へ叩《たた》き落《お》としてきた。

私たちのコートにボールが叩きつけられ、1年生チームに1得点が与えられる。

「残念でしたね～伊吹先輩。七瀬ちゃん、こういうプレーってなんて言うんだっけ」

「ドシャット、ですかね。私も詳しいわけじゃないですけど」

「だって。先輩の攻撃パターンはもう見切ったんで、ここから先は通じませんよ」

「っの！　次は絶対決めてやる！」

「落ち着いて。たまたま1回止められただけ」

「っさい。次も私にボール回しなさいよ」

そして5対3になったところで、こちらのサーブ。

これで決まってくれれば楽なんだけれど……。

アウトになれば即相手に1点が与えられるルールのため、無茶《むちゃ》なコースは狙えない。

手堅い位置に打てば当然返される。

でも、ここはしっかりと堅守して伊吹さんにボールを回す。

「今度こそ――沈め!!」

リズムを変え2歩の助走から高く舞い上がり、彼女は今日一番のスパイクを繰り出した。

ブロックのために跳んだ1年生２人は触ることも出来ず、ボールがコートの床に一直線で落ちていく。それを防いだのは天沢さん。まるでその地点に来ることが分かっていたかのように綺麗《きれい》なレシーブで勢いを殺しボールが敵陣の空中を舞う。

金色の髪が流れると、高々と飛び上がった七瀬さんがスパイクを放ち、それが姫野《ひめの》さんの方に向かっていく。硬直し動けない姫野さんの前に櫛田《くしだ》さんが強引に入り込みレシーブを狙うも、ボールの勢いをコントロールできない。

ジリジリと追い上げ始めた1年生チームとの勝負は、終盤にきてついに横並びになる。

6対6。残り時間も2分ほどとなり、このままのペースなら時間切れで幕を閉じることも十分にあり得るだろう。

「次も私がやるから！」

2度天沢さんに防がれた伊吹さんは次こそは決めると息巻く。

私もチームメイトにボールを回すように指示を出して、ゲーム再開。

レシーブの応酬になると、ここで初めて天沢さんがスパイクを決める態勢を作る。

「あんたにだけは決めさせるかっての！」

ブロックに飛び上がる伊吹さん。でもその直後天沢さんの背後から七瀬さんが見えた。

「ざぁんねん」

微笑《ほほえ》む天沢《あまさわ》さんはフェイク。最初から七瀬《ななせ》さんがスパイクを打つつもりだったのだ。

不意を突かれた伊吹《いぶき》さんは手を伸ばすも、ボールに触れられない。

鋭角にコート床を狙うボールを――――櫛田《くしだ》さんが滑り込み際どくレシーブを決める。

「伊吹さん！」

全員の意識が伊吹さんへと向けられ、1年生は慌てて守りの態勢に入った。

天沢さんは余裕の表情で伊吹さんからの攻撃を待ち構える。

「っざけ――――!?」

厳しい状況からでも強引にスパイクを打ち込もうと狙うも、コースが見当たらない。

それでも強引に打ち込むのが伊吹さんだけれど、歯を食いしばりトスに切り替えた。

私はその伊吹さんの決意を汲《く》み取《と》り、これまで温存してきた体力を解放する。

天沢さんのブロックを潜《くぐ》り抜《ぬ》け、放ったスパイクは待ち構えていた七瀬さんへと一直線に突き進む。疲れの出ていた七瀬さんは上手《うま》くボールを掬《すく》い上《あ》げられず、コースアウトしてしまう。もし万全の状態だったなら、彼女なら綺麗《きれい》にボレーを決めたかも知れない。

ともかく7対6。残り時間が減っていく中で1点のリードを得た。

泣いても笑ってもあと1分ほどで試合が終了する終盤、こちらのサーブ権。

「んじゃ、そろそろ本気で行きますかぁ」

まるで今までは本気じゃなかったとでも言うのか、天沢さんがそんなことを口にした。

伊吹さんの放ったサーブを七瀬さんが賢明に追い付き防ぐ。

勢いを失ったボールは高々と空中に舞い上がり、私たちは一点にその行方を見つめる。

「狙うは――――！」

放たれたバレーボールは、うねりを上げるように猛烈な速度で私に迫った。

神経を集中させていたにもかかわらず、私は反応が遅れ、手を伸ばそうとした瞬間にはボールとの距離が開いていて届かない。激しくボールが打ち付けられる音が響く。

「アウト！」

不幸中の幸いだったのは、反応が遅れてボールに触れられなかったこと。ボールはコート内を示す白線をボール半個分出ていた。

「りゃ。ごめん七瀬ちゃん外しちゃった。完璧なコントロールは結構難しいね」

「助かった……でも、やっぱり彼女の潜在能力は甘くない……」

天沢さんの持つ底知れない能力とセンスに脱帽しつつも、こちらにとっては九死に一生。

1点差が2点差へと広がった。その直後に1点を返されるも、ここでホイッスルが吹かれ、トスを上げた七瀬さんがハッとした顔をする。こちらへボールを叩《たた》き込《こ》もうとしていた天沢さんが、その手を振り下ろすことなく床に着地する。

「時間切れだって。面白くなってきたところだったんですけどねー」

悔しさなど微塵《みじん》もない、ただバレーで遊んだだけの天沢さんがそう健闘を称《たた》えた。

七瀬さんと軽く話をしてからコートを後にする。

負けたものの、彼女たちもバレーで2位を獲得したため点数を得る。

そして私たちは当然、1位として大きな持ち点を獲得することに成功した。

「なんか納得いかない……勝った気がしないっていうか」

「最後はかなり押されていたもの。時間制じゃなかったらと思うとゾッとするわ」

勝ってスッキリする予定だった私たちは、中途半端なモヤモヤを残したままに。

それでもこの勝ちは大きく、体育祭を締めくくるに相応《ふさわ》しい激戦だった。

気が付けばギャラリーも相当数いて、疎《まば》らながらも拍手が送られてきた。

6

いよいよ大詰めとなった体育祭。体育館はあちこちで団体戦の決勝が始まっていて異様な盛り上がりを見せている。

「もうすぐ試合だね須藤《すどう》くん。準備の方はいい？」

この体育祭、コンビを組んで多くのペア競技に参加していた須藤と小野寺《おのでら》は、10種目目としてテニスの男女混合ダブルスで決勝へと駒を進めていた。

「……ああ」

どこか気の抜けた返事に違和感を覚えつつも、小野寺が続ける。

「それにしても、私たちって凄《すご》く良いコンビだと思わない？　ここまでペアの競技で4戦

4勝。きっとクラスの皆も驚くんじゃないかな」

ここまでの2試合、同学年対決が1試合、3年生が1試合とあったが、須藤小野寺ペアはピンチに陥ることなく勝ち上がり、今団体戦5連勝に王手をかけた。

しかも須藤に至っては個人戦も含め9連勝。10連勝にも手をかけている状態。

一方の小野寺も9戦全て1位とはならないものの、入賞はキープしていた。

小野寺の言葉に相槌《あいづち》を打ちながらも、須藤の視線は別にあった。

「あの1年生が気になる？　ずっと見てるよね」

「え？」

「宝泉《ほうせん》……だっけ？　1年とは思えない大きさだし、凄い雰囲気持ってるよね。でもなんていうか、須藤くんが注目してるのはそれだけじゃない感じ。なんかあった？」

「別になんもねえよ。心配すんな」

目の前で試合をしていた宝泉のペアが圧勝し、決勝の相手が決まる。小野寺と上の空で話しながら宝泉を見つめていたが、小野寺はそんな須藤の横顔を見つめていた。

これまでは何も考えず競技に向き合っていたが、明らかに心が動揺している。

今日だけでなく、この体育祭の準備期間中はほとんど行動を共にしていた。練習の時から昼食の時、朝の通学時間も合わせ様々な打ち合わせと練習を重ねてきた。

だからこそ、須藤の表情の変化を見抜く力も身についていた。

運動神経抜群な彼にも、幾《いく》つかの欠点がある。

大雑把《おおざっぱ》な性格で、すぐ調子に乗る。そしてキレやすい性格。

それは一緒に行動する中で、時々足を引っ張る結果に繋《つな》がっている。

「これより決勝戦を行います。準備してください」

座って身体《からだ》を休めていたところに、スタッフの1人が声をかけてきた。

「んじゃ、さくっと優勝決めて勢いづけようぜ」

平静なフリをして、そう声をかける須藤《すどう》に合わせ小野寺《おのでら》も頭の中を空っぽにする。

宝泉《ほうせん》と何かあるのだとしても、それが面倒なことになりさえしなければいい。

「おっけー」

須藤と、そして自分に言い聞かせるように小野寺がラケットを手に取った。

クラスメイトも続々と体育館に姿を見せ、須藤たちの応援に駆け付け始める。

大人たちも決勝には強い関心があるためか、行く人々が足を止めていく。

「なんか大会みたいな雰囲気だね」

「ああ。心地いい緊張感と高揚感だぜ」

部活の大会を含め、大舞台に強い2人にとって萎縮してしまう心配はない。

しかし……。

「まさかあんたと決勝戦やることになるとは思わなかったぜ。須藤パイセン」

「宝泉ッ」

ネットを挟み宝泉が須藤へと話しかけてきたことで空気が変わる。

「テニスなら俺に勝てると思ってねえだろうな？　ぶっ壊してやるから楽しみにしてな」

試合時間に制限を設けたダブルスが始まる。4ポイント1ゲーム、2ゲーム先取の3ゲームマッチ。サーブ権は1ゲーム交代ではなく点を取られた側に回る短期決戦の特別ルールを採用。またチーム内でのサーブ交代は不要で任意の者が繰り返し行うことも出来る。

試合の立ち上がりは宝泉の猛攻から幕を開けた。巨体の宝泉から繰り出される強烈なサーブに翻弄され簡単にコートへと打ち込まれる。一方須藤のサーブは大きく精彩を欠き、次々返されインに叩《たた》き込《こ》まれると、1分足らずで3（40）対0（ラブ）と追い込まれた。

「うっそ……速すぎ……。経験者なんじゃないの？」

小野寺が慌てるのも無理はなく、宝泉の球は恐怖心を感じるほどの速度でコートに襲い掛かる。

「どうした須藤。そんなんじゃ相手にもならねえな」

「くそが！」

ラケットを握りしめる拳《こぶし》が力強く握られると、振り上げ地面に叩きつけようとする。

「須藤くん、ダメ」

「ッ！」

「そうやってカッカしてるとき、いつも失敗してるって分からない？」

「け、けどよ！」

苛立《いらだ》ちをぶつける対象がなくなり、急激にストレスを抱える須藤。その様子をネットの向こうで見ていた宝泉《ほうせん》が鼻で笑う。

「返せてない私が偉そうなこと言えないけど、前の試合より明らかに動きが悪いよ?」

目の前の宝泉に気を取られるあまり、動きが鈍っていると指摘する。

「今の須藤《すどう》くんにサーブは任せられない」

ボールを手にした小野寺《おのでら》が、須藤に守るよう指示を出してサーブを放つ。

女子、かつテニス未経験とは思えないキレのある球を打ちだすも、宝泉が素早く距離を詰めると、ラケットを手指のように扱い綺麗《きれい》な技術を見せる。

腕を伸ばした須藤だったがラケットのふちにボールを当てるのが精いっぱいで、1年生チームが1点も取らせることなく1ゲーム目を先取する。

「やっぱり大したことねぇな須藤。負け犬がお似合いだぜ」

試合を心から楽しんでいる宝泉と比べ、ペアである女子は、怯《おび》えた表情を隠しきれていない。試合に関してもほぼ全て宝泉1人で対応しており、実質2対1で戦っているようなものだった。

後のない2ゲーム目、宝泉の一方的な猛攻が続くかと思われたが意外な展開を見せる。

宝泉の放つボールにこれまでの勢いはなく、小野寺が適応し前に出て打ち返す。

疲れが見えてきたのか、そう思った矢先。宝泉の腕が大きく振りかぶられた。

繰り出されたスマッシュは、弾丸のように速く強烈。前面を守っていた小野寺を狙うかのように真《ま》っ直《す》ぐに急襲するボール。頰《ほお》をかすめたことで小野寺は苦痛の表情を浮かべた。

驚きと恐怖から、思わずラケットを床に落としてしまう小野寺。

「テメェわざとじゃねえのか！」

「あ？　テニスで相手の身体《からだ》近くを狙うのは当然だろ。下手に遠くに落としゃ打点合わされて返される。そんなことも知らねえのか？　たった１球でごちゃごちゃ言いやがって」

「くそっ！」

宝泉は正当性を堂々と主張する。小野寺は慌ててラケットを拾い上げた。

「心配ないよ。ちょっとかすっただけだし……それに、彼の言うようにテニスは相手の近くを狙って返すものじゃない？」

「それはテニスやってるヤツに言えることだろ。これは体育祭なんだぜ？」

普段テニスをしている人間ならともかく、と須藤が苛立《いらだ》ちと愚痴をこぼす。

再び須藤にサーブが渡るも、１度目はコースアウト。

２度目はセーブしてインを狙ったため、あっさりと宝泉に返される。

勢いはそれほどなく、追い付いた小野寺がラケットで綺麗に打ち返す。２度３度とラリーが続いたところで、小野寺が再び前面に出て打ち返したその時。

距離を詰めてきた宝泉が、腕を振り下ろしボールを弾《はじ》き返《かえ》す。

「きゃっ!?」

直前に恐怖を覚えた剛速球に、小野寺はラケットを振るうことが出来ず硬直。その脇をボールが掠《かす》めていった。食らいつき須藤が相手コートへと打ち返したが、そこから宝泉の執拗《しつよう》なボレーが小野寺《おのでら》の周辺ばかりを狙う。宝泉《ほうせん》は競技で遊んでいるようだ。

そして、須藤《すどう》チーム3（40）ポイント、宝泉チーム2（30）ポイントで迎えたゲーム。

何とかしようと足掻《あが》く小野寺だったが、また自分の顔面付近にボールがきたことに動揺し左足を捻《ひね》ってその場に倒れ込んだ。

「小野寺！」

立てない小野寺をカバーするように須藤が食らいつき宝泉へと返す。

須藤の放ったボールはコートギリギリに落ち、須藤チームが2セット目を取る。

しかしそれで喜ぶはずもなく、須藤はより怒りを爆発させた。

「いい加減にしろよ！　フェアプレーも出来ねえのかよ！」

「何回言わせんだ？　そっちのへたくそな女が悪いんだろうが。くだらねぇ」

「ダメだよ須藤くん。また繰り返してる」

小野寺は立ち上がれず、その場に尻餅をついたまま須藤を宥《なだ》めた。

「んなの分かってっけどよ！　こんなこと許していいのかよ！」

「確かに審判も怪しんでる。けど須藤くんの心証もそれを邪魔してる、分かるでしょ？」

既にテニスでの勝負はついたとばかりに、宝泉は勝つことよりも須藤を苦しめる方向へと方針転換していたのは明らかだった。

小野寺に恐怖心を植え付け、1つのミスで怪我《けが》まで誘発させる狙いであること。

「とにかく冷静になって須藤くん」

痛みに苦しみながらも、小野寺は優しくも力強い言葉で諭す。

頭が熱くなっている須藤はそれでも堪《こら》えきれず宝泉を睨《にら》みつけるが、痛みに眉を顰《ひそ》めた小野寺を見て、優先すべきことを思い出した。

急遽《きゆうきよ》、足首を捻って負傷した小野寺のために手当てが行われる。

「残念だぜ。ゲームを落としちまった。だが、おまえらにとっちゃあと1ゲーム続く。そっちの方が地獄かもなぁ？」

宝泉はあくびをしながら2人を軽く見た後、パートナーの1年生へと声をかける。

「あの野郎……俺たちをギリギリまでいたぶるつもりで、ワザと落としやがったな……」

須藤は小野寺の左足を見ながら、心配そうに声をかける。

「大丈夫か？」

「まあ、なんとか。でも情けないなあ自分が。ボールが怖くて避《よ》けた結果、転んで足をくじいちゃうんだもんね」

自嘲して笑い、テーピングを巻いた足を軽く叩《たた》く。

「無理もねえよ。あいつは死ぬほどムカつくけどよ、運動神経は抜群だ」

余りある優れた肉体で繰り出す高い威力のボレーには、須藤も恐怖を感じていた。テニス経験者、部活生でもない限りすぐに恐怖心は消せない。

「私さ……入学した時から須藤くんのことは結構評価してたんだよね」

「あ？　んだよ、急に。大人しく手当て受けてろよ」

「いいじゃない。怪我《けが》の功名。ちょっとだけ冷静になる時間が貰《もら》えたってことだよ」

「強心臓だな……。つか、昔の俺を評価してくれてたのかよ」

「うん。でも関わりたくない人間ナンバー1でもあったけどね。トゲトゲしかったし」

「う……」

「素行の悪さとか勉強が出来ないところで周囲には叩《たた》かれたけど、部活を頑張ってる人って私応援してるし。須藤《すどう》くんは実力もあって、努力だっていっぱいしてるじゃない？」

「おまえに分かんのかよ」

「分かるよ。私が遅くまで部活して帰る時にね、体育館を通ることがあるんだ。もう誰も残ってないだろうなって思って覗《のぞ》くと、いつも須藤くんは1人で最後まで残って練習を続けてる。きちんと片付けもして、真面目に向き合ってる」

「な、なんだよそんなとこ見てたのかよ。……はじぃな」

「でも――やっぱり今のままじゃ本当の意味で須藤くんは評価されない」

「……あ？」

「私のために怒ってくれた。その事実が嫌なわけじゃないけど、それでもカッとなりすぎる性格なのは変わってない。そのままじゃいつか、これまで以上のトラブルになる」

「……それは……」

「カッとなる癖、いい加減治した方が良いよ」

「わ、分かってるけどよ……」

「スポーツでも、イライラしてると失敗とか多くならない？」

「まあ……そうだな。シュートの成功率とか、極端に落ちるかも……」

「私もそう。イラッとしてるとき、やけくそでタイム伸ばしてやろうって思うんだけど、なんか普段よりも遅くなっちゃったりして、いいことって少ないんだよね」

「小野寺《おのでら》も一緒なのかよ」

「大事な試合に負けた時、どうしようもなく悔しくて悔しくて、ロッカーで着替えることも忘れて暴れてさ……手を怪我しちゃって。もう後が大変だったっけ」

昔の自分を懐かしみ、そして恥じるように舌を少し出してみせる。

「あぁ怒っても良いことなんてなくって、自分に返って来るんだってその時に分かった」

「どうやって怒らないように克服できたんだよ」

「それはね、先輩に魔法を教えてもらったから」

「ま、魔法？」

「うん。須藤くんにも教えてあげる。怒りを抑えられる魔法」

「ど、どうやるんだ？」

「怒りのピークって、実は意外と短くてせいぜい数秒間なんだって。だから怒鳴りたくなったら、心の中で1回叫んで、それから深呼吸して10数えるようにしてる」

「つまり……怒るタイミングを10秒くらい後にする、ってことか？　それだけ？」

「そう。それだけでも変わると思うからさ、試してみるといいよ」

「……なるほど」

半信半疑ながらも、須藤《すどう》は心に刻むように今の話を記憶する。

「私は須藤くんを評価したからこそ組みたいって思った。その期待を裏切らないで」

「小野寺《おのでら》……」

傷の手当てが終わり、小野寺は自分の状態を確かめて立ち上がる。

「大丈夫。泣いても笑ってもこの1ゲームで勝負が決まる。落とせば私たちの負け。だけど取れば私たちの勝ちだよ」

「――ああ」

3ゲーム目が始まる。左足を負傷し動きが鈍くなっている小野寺を執拗《しつよう》に狙い続ける宝泉《ほうせん》。それが行き過ぎてポイントを自ら落としていても、一切やめる動きがない。

3(40)対1(15)でリードする須藤チーム。

落とせば試合が終了する宝泉だったが、またも小野寺へと剛速球を放った。

今度は避《よ》けきれず、右の二の腕へとボールが直撃。その場に痛みで蹲《うずくま》る小野寺。

「こんなもん試合じゃねえ……ざけやがっ――!」

血液が沸騰するような怒りを抱きつつも先程小野寺に教えてもらった魔法の言葉を思い出す。挑発を繰り返す宝泉を睨《にら》みつけながらも、自らの心の中で怒りの声を上げる。

怒るのを10秒。たった10秒だけ堪《こら》える。
1、2、3と数字を数え、深呼吸して感情を落ち着かせる。

8……9……10……。宝泉に向けるはずの罵詈雑言《ばりぞうごん》が、喉の奥へと引っ込んでいく。

もちろん苛立《いらだ》ちが全て消えたわけではないものの、冷静かつ客観的に状況を見ることに成功する。審判たちの怪しむ目。小野寺の視線。勝たなければならない試合。残り時間。

ここでまた宝泉に突っかかれば当然ストップがかかる。

「小野寺、俺の力を信じてくれるか？」

「……もちろん。信じてるから一緒に試合やってるんじゃない」

呼吸を整えた須藤は、ボールを宙に放り投げ今日一番のサーブを決める。後の無い宝泉も食らいつくようにリターンを返すと、そこからは須藤と宝泉のラリーによる一騎打ちが始まった。両者一歩も引かず強烈な一撃を返し続ける戦いに突入するも、粘り負けた宝泉の甘く返したリターンを見逃さなかった須藤が、スマッシュを相手コートに叩《たた》き込《こ》んだ。

「っしゃあああああああああ!!」

ラケットを握りしめたまま、須藤は体育館中に響くほどの雄たけびをあげる。

「やったやった！」

圧倒的優位にいながらも、終盤まで舐《な》めた戦いをしていた宝泉はゲームを落としたことに苛立ち、ラケットをコートに叩きつけ真っ二つにへし折った。

「勝ったぜ小野寺！　おまえのお陰だ！」

須藤は興奮のまま小野寺へと駆け寄り、勢いよく抱きしめ感激を共有する。

「ななな、ななっ!?」

一瞬何が起こったか分からず、パニックになる小野寺《おのでら》。

「ちょ、痛い、痛いよ須藤《すどう》くん！」

太い腕に締め付けられ、苦しそうな声を出したことで須藤も冷静さを取り戻す。

「わ、悪い悪い！」

勝利に加え怒りを抑え込めたことが嬉《うれ》しかったのか、須藤は今日一番の笑みを浮かべた。

「おう。ありがとな小野寺、おまえの力がなかったらこの勝負絶対負けてたぜ」

「全勝おめでとう須藤くん」

「そんなことないよ。むしろ足を引っ張っちゃって……」

「怪我《けが》の功名じゃねえけどさ、傷つけられてキレた時、俺は1回負けたんだと思う。それをおまえが呼び覚ましてくれたんだ」

「そっか。なら私たち……いいパートナー、だったかな」

「おう。すげえやりやすかったし、頼りがいあった。マジで最高だぜ小野寺。あー、どっかで今の活躍を鈴音《すずね》も見てくれてたらいいんだけどな」

来賓《らいひん》も生徒も多くなっていて、すぐに堀北《ほりきた》を見つけることが出来ない。

「鈴音……かぁ」

「あ？　どこ？　どこにいる!?」

「あぁいや～えと、ごめん人違いだった」

「クソ。そうか、もしかしたらグラウンドの方かもな……」

「今度部活の帰りにさ、ご飯食べに行こうよ」

「え？　ああ、別にいいけどよ。それより鈴音《すずね》探すの手伝ってくれよ。どこだ鈴音ッ」

「あははは。絶対ヤダ」

「おい須藤《すどう》。こんなお遊びで勝って調子乗ってんじゃねえぞ？　俺が真面目にやってりゃテメェの負けだったのは分かってんだろうな？」

試合が終わったにもかかわらず、宝泉《ほうせん》は納得のいっていない様相で近づいてきた。

「この後裏で遊んでやるから顔貸せよ」

「ちょっと、あんた──」

絡む宝泉に立ち向かおうとした小野寺《おのでら》を、須藤は静かに制止する。

「コイツとはちょっと前にゴタゴタがあってよ。ま、絡まれるのも仕方ねえんだ」

「で、でも！」

トラブルに巻き込まないよう守ろうとする小野寺の気持ちを察し、須藤が笑う。

それから宝泉へと向き直った。

「悪いけどよ、おまえの挑発に乗ってやる気はねえ」

「ああ？　乗るも乗らねえもねえだろうが。これからテメェは俺のサンドバッグだ」

「だからやらねーって」

そう拒否する須藤に対し、宝泉は肩を押し付けると握り込んだ右腕の拳《こぶし》を腹部に叩《たた》き込《こ》んだ。振りかぶっていない状態での強烈な一撃に、須藤が膝《ひざ》をつく。

「須藤くん！」

しかし、須藤は手で小野寺を制し、ゆっくりと立ち上がる。

教師が駆け寄って来るも、須藤は何もされてませんと答え下がらせた。

「ってぇな。あー……おまえが喧嘩《けんか》強ぇのはもうわかったって。あの時は俺も悪かったから文句は言えねえ。けど、これ以上って言うなら流石《さすが》に先生に入ってもらうぜ」

「情けねぇな、あ？　まだ突っかかってきた前の方がマシだったぜ？」

「かもな。小野寺、行こうぜ」

「う、うん」

「つまんねー野郎だ。２度と俺に絡むんじゃねえぞ」

絡むなという言葉に、むしろ須藤はどこか安心感を覚えていた。

自分から突っかからなければ、これ以上トラブルが広がることはない。

怒りに身を任せないだけで、事態が大きく好転することを知った。

「宝泉には感謝もしないとな。ああやって周囲に殺気振りまいたりしてるところ見てると、俺ってホントダサかったんだなってのを痛感したっつーか。上手《うま》く言えないんだけどよ……おまえに教えてもらった方法を試したとき、ストンと落ちる何かがあったんだ。今まで、俺はなんであんなに怒ってたんだ？　って。憑《つ》き物《もの》が落ちたっつーのかな」

須藤は拾わせてもらった10連勝に感謝しつつ、この体育祭と小野寺にも同じくらいの大きな感謝を抱いた。

○客人

午前11時を回ったところで、閉め切っている窓の外から湧く歓声が微《かす》かに聞こえてくる。

体育祭は随分と盛り上がっているようだな。

全てが順調だったわけじゃないが、それでもクラスは勝つために努力を重ねてきた。

他クラス、他学年と十分に渡り合っていくことが出来る。

そう判断できたからこそ、オレも迷わず体育祭の欠席を選択できた。

そちらの手配は全て済んでいるので、後は坂柳《さかやなぎ》理事長に任せることにしよう。

理事長だからといって必ずしも全幅の信頼を寄せられるわけじゃないが、彼が裏切ることがあればこの学校に残ることは実質不可能なため、割り切りが出来る分楽だ。

あとは体育祭で2年生たちがどんな戦いを繰り広げ、結果を残すのか。

その中でも大きく勝敗を左右する坂柳の参加不参加はどうなっただろうか。

オレは1度玄関を見る。

封じ込めるための戦略は打ったが……だとすれば少しその効果が見えるのが遅い。

色々と気になるところではあるが、体育祭の状況も含め今は待つしかないか。

そろそろ昼の準備でも始めよう。そう思い始めた時、ついに部屋のチャイムが鳴った。

さて、この来客は歓迎すべき存在か否《いな》か。

これぱかりは応対してみないことには分からない。

「こんにちは、綾小路《あやのこうじ》くん」

こちらの警戒を見越しているんだろう、玄関から距離を取ったまま様子を見守っているとそんな声が聞こえてきた。

オレは警戒をやや緩め、玄関の扉に手をかけた。

様々な状況を想定してはみたが、寮に入り込まれた時点でこちらの負けのようなもの。

扉の向こうには私服姿の坂柳しかおらず、微笑《ほほえ》みオレを見上げた。

「もしよろしければ少しお邪魔しても構いませんか？　寮から出ることを禁じられているだけとは言え、体育祭中に男性の部屋を訪ねるのは少々問題ですし」

「中に上がるのは、もっと問題でもあるけどな」

そう言いながらも、オレは坂柳を追い返すことなく迎え入れることにした。

「お邪魔致します」

身体《からだ》の不自由な坂柳は、ゆっくりとした動作で靴を脱ぎ部屋へと上がり込む。

「そういえば坂柳がオレの部屋に来るのは初めてだな」

「普段は訪ねるわけにも参りませんからね。お昼は食べられました？」

「これから準備しようと思っていたところだ」

「そうですか。それは良かったです。これ、お土産です」

そう言い、小さなビニール袋をオレに手渡してきた。

「今朝早くコンビニで買って参りました。新商品らしく、折角《せっかく》なので一緒に食べたいなと思いまして」

上からビニール袋を覗《のぞ》き込《こ》むと、２つの小ぶりなモンブランが入っていた。

モンブランならコーヒーを淹《い》れた方が良さそうだな。

「床に座るよりベッドの方がいいだろ。好きに腰かけてくれ」

「ご配慮ありがとうございます」

坂柳《さかやなぎ》をベッドへと座らせてから、台所に立ち蛇口を捻《ひね》ってポットに水を注ぎ始める。

「急な思い付きで訪ねてきたわけじゃなさそうだな」

何食わぬ顔でそう言ったが、背後の坂柳は可笑《おか》しそうに小さく笑う。

「普段であれば、どなたが寮にいらっしゃるか分かりません。Ａクラスのリーダーである私が綾小路《あやのこうじ》くんの部屋を１人で訪ねるという図式は想定にないでしょう」

誰であったとしても、そんな坂柳を見れば驚くし勘繰る。

だからこそ普段、坂柳が寮で接触してくるようなことはなかった。

今日この瞬間までは。

「本当に悪い人ですね綾小路くん。これは綾小路くんの戦略なんですよね？」

「戦略？　どういう意味だ？」

「フフ、小芝居は不要です。今日私がここに来ることを綾小路くんは確信に近い……いえ訂正しましょう。確信していたのではありませんか？」

坂柳にしてみれば、考えるまでもなく罠《わな》だと見抜いていたようだ。

「今回の体育祭、人数が少ない私たちAクラスはスタートラインが不利です。更に鬼頭《きとう》くんや橋本《はしもと》くんなど期待できる生徒もいますが、アベレージでは堀北《ほりきた》さんのクラスには届かない。それなら勝つために必要なのはどの競技に誰が参加するか、本番の中ライバルの参加を見極め秒単位でスケジュール管理をすることです」

ポットのスイッチを入れると、静かにお湯を沸かし始める。

それから戸棚からコーヒーの粉が入った瓶を取り出し、カップとフィルターを用意する。

「私が参加すれば状況はどう転ぶか分からないですから」

「相変わらず自己評価が高いんだな」

「他クラスが確実にAクラスに勝つためには、私を体育祭に参加させないのが一番」

体育祭は緻密なスケジュールの下に進めることが求められる。坂柳であれば、頭の中で組み立て人員を適切な位置に配置すること、指示することが可能だからな。

それに、他学年の生徒を使った競技参加者の調整などもお手の物だろう。

「昨日の夜、お父様から綾小路くんに欠席をお願いしたと聞かされました。寮に警備の者を配置し来賓《らいひん》としてホワイトルームから送り込まれる人間との接触を防ぐためだと」

「確かにオレは坂柳理事長に頼まれて体育祭の参加を見送ったが、まさかそのことを娘にも教えるとは思わなかった」

「御冗談を。今の話を私に伝えておくように指示したのは綾小路くんなのでしょう？」

こちらの手は当然のように読み切っているか。

いくら実の娘だとしても、公私混同のような真似《まね》を坂柳《さかやなぎ》理事長はしない。

だからオレは、坂柳理事長に自分からとは伝えず実情を教えて欲しいと頼んだ。

身体的都合で体育祭を休む可能性のある坂柳が、万が一オレとホワイトルームのトラブルに巻き込まれるといけないので、予《あらかじ》め事情を説明しておいて欲しい、と。

Aクラスのリーダーとして参加する意思のあった坂柳だが、そのことを理事長が知っているとは思えない。仮に知っていたとしても、体育祭当日に急遽《きゆうきよ》休んでも構わないように伝えておいた方が安全だ。自分の娘ならば首を突っ込んでしまう恐れがあると分かっていただろうからな。

しかしそんな坂柳理事長にも読み切れていない部分がある。

それは坂柳の持つ本能、好奇心は簡単に抑えられるものじゃないということだ。

それに、オレが欠席をするなら、誰にも邪魔されずゆっくり話をする良い機会だと考えても不思議はない。

事実こうして一番危険とされるオレの部屋に何の恐れもなく姿を見せた。

「昼前を選んだのは、オレを不安にさせるためだったのか?」

「ちょっと意地悪をしてみたんです。もしかしたら私が綾小路《あやのこうじ》くんの戦略を無視して体育祭に参加しているのではないかと考えさせたくて」

「そういうことか」

「ちなみに今日は私と綾小路くん以外は全員出席です」

坂柳の持つ情報網で、誰かが各クラスの参加者を確認した上で体育祭前に携帯で詳細を報告しているようだ。その点にも抜かりがないらしい。

「意地悪も少しありましたが、本当はもう少し早くお訪ねするつもりだったんです」

そう話す坂柳。ちょうどポットのお湯が沸き立ちゴポゴポと音を立て始める。

「先程、ロビーにまで降りて外の状況を確認して来たんです」

表向き病欠扱いのオレは部屋の外に出ることは固く禁じられている。

一方、坂柳も寮から出られないわけだが、病欠、という形での欠席ではない。万が一出歩いたことを注意されることはあっても、休んだ理由に反することにはならないからな。

「それで1階の様子はどうだった？」

「警護員と思われる方たちが3名ついていました。この寮だけでなく、学校全体に配置しているようなので特段不自然に映ることもないでしょう」

オレを守る目的を含みつつも、あくまで警護の人間は政府関係者を守るため。

「この体育祭の殊勲賞は龍園《りゅうえん》くんに協力を持ち掛けた堀北《ほりきた》さんでも、それを受け入れた龍園くんでもありません。私を確実な方法で欠席させた綾小路くんの鶴の一声。たったそれだけで勝敗を決めてしまったのですから、流石《さすが》です」

「まだ決着がどうなるかは分からないだろ」

「確かに番狂わせはあるものですが、それはまず望めません。今頃Aクラスは真っ向から戦う堀北《ほりきた》さんクラスと、思いつく限りの手を打つ龍園《りゅうえん》くんのクラスに翻弄されているのではないでしょうか。手足が優秀でも頭が無ければどうにもならない。それが私の築き上げているクラスですからね」

龍園にも似たようなことが言えるが、トップが強すぎる問題点だな。全ての問題をリーダーが解決するというのは、裏を返せばリーダー不在では何も解決できないことでもある。

「まあいいです。今回は１５０ポイントを支払う代わりに綾小路《あやのこうじ》くんとの時間を楽しませていただきますから」

Ａクラスが受ける被害など、まるで気にも留めた様子はない。

「クラスポイントを落とすことに抵抗がないんだな」

「この学校のシステムなど私にとって遊びの延長です。ある程度Ａクラスの地位を保てていれば問題はありませんからね」

折角《せっかく》なのでパックからモンブランを取り出し皿に移し替え、それを２つテーブルに並べる。それからポットからコーヒーの粉を入れたフィルターにお湯を注いだ。

「手慣れてますね」

「大したことじゃない。これくらいは」

「綾小路くんにとってはこういった準備の１つ１つも、新鮮で楽しいものなんですか？」

ホワイトルームで絶対にやらないことだ、ということは坂柳《さかやなぎ》にも分かるのだろう。

「学校でのこと全てがそうだ。ただ普通のことをやりたかっただけだからな」

それにしても、さっき言った坂柳の言葉が気にかかる。

「一応Aクラスを保つ目的意識はあるんだな。坂柳のプライドか？」

テーブルにミルクとシュガースティックを置きつつそのことを聞いてみる。

「最初はAクラスに対するこだわりなどありませんでした。しかし綾小路くんがこの学校にいると知って、目的へと変わったんです。いずれ綾小路くんがクラスを率いてBクラスに上がってきた時、本気で戦えるかも知れないじゃないですか」

分かりやすく言えば玉座にて待つ、ということか。

「1年生の1学期、全てのクラスポイントを吐き出したDクラス。しかし、ある時を境《さかい》にクラスポイントを増やし始め、ついにはBクラスにまで上り詰めた。その理由は、もちろん暗躍する綾小路くんの存在があったから」

まるで自分の自慢話をするかのように饒舌《じょうぜつ》に、嬉《うれ》しそうにそう話す。

テーブルの皿を手に取り、坂柳は自分の膝《ひざ》の上にモンブランを置く。

「一緒に食べましょう綾小路くん」

隣に座るよう促されたので、特に断ることもなくベッドへと腰を下ろした。

すると何を思ったのか、フォークでモンブランを刺しすくい上げるとオレに向かって差し出してきた。

「どうぞ」

「……どうぞ、とは？」

「見て分かりませんか？　食べてください」

「いや、見て分かるが……」

「別に構わないでしょう。今は私と綾小路《あやのこうじ》くんだけで誰にも邪魔はされません」

何か裏があるのかとも思ったが、そういうわけではなさそうだ。

フォークを咥《くわ》えて口に含むと甘い香りが広がった。

意外とモンブランを食べたのは初めてだったりする。

「美味《おい》しいですか？」

正直に言えば、そんなに好きな味ではない。

個人的にはシンプルなショートケーキの方が好感の持てる味をしていると思った。

しかしお土産にケチをつけるような真似《まね》はしたくない。

「ああ」

美味しいとシンプルに伝えると坂柳《さかやなぎ》は軽く微笑《ほほえ》む。

「では私もいただきます」

オレに食べさせたフォークのことなどお構いなしに、自分の分をすくい口へ。

「カフェのモノには敵《かな》いませんがコンビニのスイーツとしては合格ですね」

満足そうに頷《うなず》いて、またオレにフォークを差し出してきた。

2人で1つのケーキを食べていくため、あっさりと1つ目のモンブランを完食する。

「今度は別のケーキを持ってきますね」

「え？」

「綾小路くんのお口にはあまり合わないような反応でしたので」

「……普通に美味しいと返したつもりだったんだがな」

「これでも洞察力は優れていると自負しています。特に綾小路くんのことに関しては」

まさかイマイチに感じていることを見抜かれてしまうとは。

「本気で思考勝負している時には絶対に隙を見せないのに、こういう私生活では意外と隠し切れないんですね」

「やっぱり慣れてないからかも知れないな」

「フフ。そういうところも好感が持てますよ」

本気なのか冗談なのか分からない返しをしてきて、坂柳は続ける。

「今度リベンジさせてください。美味しいケーキを見つけたら持ってきますので」

「こんな風に確実に人目を避けられる時があればいいけどな」

平日休日関係なく、寮から人が出払っている時でもない限りは不可能に近い。

あるいは早朝深夜の線もあるが、流石《さすが》にそれは問題も浮上してくる。

「しかし不思議なのは綾小路くんの心境の変化です。静観していたはずの学校生活で時折手助けをするだけでなく、本格的にAクラスを目指し始めたのはどうしてです？」

「おまえにも分からないことがあるんだな」

「私は神様ではありません。それに綾小路くんの境遇を知るが故に、理解できず思考が迫い付いていない部分があるんです。教えていただけませんか？」

未知の探究心に駆り立てられた天才が、答えを欲している。

坂柳《さかやなぎ》がAクラスやDクラスの階級に興味がないのは、卒業後に恩恵を受けることがないことが最大の理由だろう。この学校の理事長の娘でもあり、自らも勉学の才能に溢《あふ》れている坂柳は、大抵のものは手を伸ばせば届く。

Aクラスの特権を使って何かを為《な》す必要がないから、こだわらない。

それは卒業後ホワイトルームに戻ることが確定しているオレにも言えること。

方向性は違えど、Aクラスの特権が意味を為さないことを良く知っている。

「不思議に見えるかもな」

「高円寺《こうえんじ》くんのように大量のプライベートポイントで豪遊するためでもないですよね？」

「確かにアイツもオレたちと似たような立場だろうからな」

親の権力と自分の才能だけで掴《つか》み取《と》っていくタイプだ。

そんな高円寺が、時折気まぐれでクラスに貢献するのはクラスポイントのため。

「オレがクラスに貢献することを決めた理由を聞く権利くらいは坂柳にもある。見え見えの罠《わな》に乗っかって体育祭での勝ちを半ば捨ててくれたんだからな」

150ポイント失うリスクを背負って、何も得られなかったのでは先がない。しかしここで撒き餌《まえ》を与えておけば、また同じ戦略を使っても乗ってくる確率を残せる。

「問いに答えが返ってくるのであれば、次に同じことがあればまたここに来ます」

「今オレが考えていたことを口にするな」

「フフフ」

「基本的には坂柳、おまえのしようとしていることと同じだ。おまえはオレを倒すことで天才の意味に答えを出そうとしている。オレはオレでホワイトルームの教育はけして完璧なものじゃないことを、オレなりのやり方で証明しようと考えている」

驚き、は坂柳からは感じ取れない。確証はなくともその線を想定していた証拠だ。

綾小路《あやのこうじ》くんは己の手で最強のクラスを作り上げようとしている、ということですか？」

肯定して頷《うなず》くと、坂柳は人差し指の腹を唇に当てる。

「考えなかったわけではありませんが……幾《いく》つか疑問も残りますね」

「だろうな」

「今回の体育祭。事情はあれど綾小路くんが強引に参加することも出来たはずです。直接現場で指示を飛ばす方が勝率をより高く、盤石なものに出来たのでは？　私の参加を恐れたわけではないでしょうし」

「この体育祭、1つのテーマを基《もと》に過ごしていた」

「興味深いお話ですね。どのようなテーマですか？」

「『静観』だ。体育祭に直接介入せず、オレ以外の生徒だけでどれだけ戦えるのかを見極める良い機会だと判断した。おまえが休んだのはその副産物、だな」

「静観したことで私が綾小路くんに会いに来ただけで、体育祭の中身に関して直接何かをしたわけではありませんからね。……なるほど」

話していて、坂柳《さかやなぎ》は一足先に結論へと辿《たど》り着《つ》く。

「つまり———っ」

答えを口にしようとした坂柳を、オレは正面から軽く突き飛ばした。

いや、突き飛ばしたと大げさな表現をするほどのものでもない。軽く両肩を掴《つか》んで後ろに押しただけで、非力な坂柳は堪《こら》えることも出来ず後ろに倒れる。

ぼふっとマットレスからの音と微《かす》かに金属の軋《きし》む音。

天才を自負する坂柳でも、この行動は全く頭の中にもなかっただろう。

オレは理解が追い付く前の坂柳に、覆《おお》い被《かぶ》さるような形で見下ろすことになった。

「あ、あの？」

いつも強気で余裕を持つ坂柳が、この状況の変化についてこれていない。

「オレはオレの計画のもとで学校生活を送っている。おまえが今日ここを訪ねて来ることも、そして計画に興味を示し答えに辿り着く可能性、ルートがあったことも」

男に覆い被さられたことなどないであろう坂柳が、焦りと緊張からか喉を鳴らす。

「今のこの話を他言されれば、計画に支障が出る」

「私が……口外するとでも？」

「その可能性は今のところ0じゃないだろう。バラされたくなければ勝負をしろと脅迫されたなら、こっちとしても受ける以外の選択肢を選べない」

「なるほど、確かに……そうですね。しかし、もしそのような話で勝負を強要する意思があるのなら……ホワイトルームのネタをチラつかせても良いのでは？」

「いや、それは効果がない。そんな施設の存在を周知させたところで他の人間に理解できるものでもない。またオレ個人の負うリスクにもならないからな」

綾小路《あやのこうじ》がホワイトルームの教育機関で育てられた。

そんな話を聞いても大抵の人間は首を傾《かし》げるだけだろう。ネットで調べたところで引っかかることもない。

坂柳《さかやなぎ》の訴えに多少は混乱を生み出すだろうが、こっちは当然何もしない。

「だがオレがやろうとしている計画は、今はまだ周知させる段階にない。それをネタに強請《ゆす》ることは十分に出来るわけだ」

少し坂柳への距離を詰めると、天井の明かりと相まって深い陰が出来る。

「図らずも私は知ってしまったというわけですね。……どうしますか？」

「秘密には秘密。脅しには脅しだ。今、この寮に残っているのはオレとおまえだけ。つまりここで何が起きたとしても誰も助けには来ない。大声で叫んだところで、精々廊下に漏れ聞こえる程度だ」

「まさか犯罪に及んでまで、その計画を守るおつもりですか」

「犯罪？　オレとおまえは合意の下で秘密を共有することになる」

携帯を取り出し、カメラを起動する。

「それを拒否するためには、自力で逃げ出すしかないな」

足が不自由な……いや、仮に両足に問題がなかったとしても坂柳に抜け出す道はない。

この絶望的な状況で、どう答える。

「───私に勝てるとでも？」

「勝てる？」

「この場で綾小路くんの想定通りことが運ばれたとして、本当に優位に立てるのか……ということです」

「悪いが、おまえに勝ち目はない」

「僅《わず》かな経験の差など、学習の仕方1つで追い付き追い抜けます。むしろ勉強方法が悪かったと知ることになるかも知れませんよ？」

窮地に追い込まれた状況でも、可能な限り冷静な思考を坂柳は続ける。

焦りはあるはずだが、それでもここまで抑え込めているのは見事だ。

オレは携帯をベッドの下方へ投げ捨てると、ゆっくりとその手を坂柳へと近づける。

肩を掴《つか》み、首筋の襟元へと持っていく。

それでも坂柳は視線を逸《そ》らす程度だった。

「特別授業を始めようか」

不敵に笑った坂柳は、抵抗することなく静かに目を閉じた。

1

「あなたは本当に意地悪な人ですね」

「そうかもな」

坂柳《さかやなぎ》がオレの部屋に来てから1時間ほどが経過していた。

「これで私と綾小路《あやのこうじ》くんの間には人には言えない秘密が出来てしまったわけです」

「語弊を生みそうな言い方だな」

「最初に語弊を生んだのは他でもない綾小路くんでしょう？」

「確かにな」

「それにしても、男性のベッドの中に入ったのはこれが初めてです」

「10秒で出たんだからノーカウントみたいなものだろう」

「それは女の子の記念を軽く見ていますね」

オレは携帯の画面を坂柳に見せながら、必要なものの選定と処分を行っていく。

その中で前にスライドさせ過ぎたためか、恵《けい》との写真が映し出される。

2人で撮ったケヤキモールでの写真だ。

「軽井沢《かるいざわ》恵さんとのお付き合いは順調なようですね」

「まあ、そうだな」

嬉《うれ》しそうに笑う恵の写真を見ながら、坂柳が続ける。

「彼女の外見、声、性格、いずれかに綾小路くんが心惹《ひ》かれた……と。普通ならそう考えるところでしょうが、少々腑《ふ》に落ちない点もございまして」

その後オレを見上げた坂柳の目は鋭くオレと戦っているときのような表情を見せる。

「彼女のことも調べられる限り調べました。放課後の過ごし方から休日の過ごし方まで。今の綾小路くんは容易に後を付けることも出来る状況ですし」

3年全体が監視をしている以上、いちいち気を配ることはしていない。

坂柳の密偵が紛《まぎ》れていたところで区別することは困難だ。

以前尾行に気付いた橋本《はしもと》、あるいはそれ以外の人間がいたとしても識別は出来ない。

「何故《なぜ》綾小路くんが彼女と付き合うことを選んだのか、その真実までは突き止められませんでしたが見えてきたものもあります。強い信頼と愛情を向けている彼女の行動は、まるで妄信とも言える。この先彼女を利用して何らかの実験でも行うのか、あるいは救済をしようとしているのか。そのようなところだと推理致しました」

こちらから余計な情報を与えた覚えはない。龍園《りゅうえん》ほど恵に関しての情報も持っていないと思われる。その中で、よくここまで真実に近い推測が立てられたものだ。

「私への特別授業もそれに関することなんでしょう？」

「流石《さすが》、という言葉を贈るのもいい加減飽きてくるが、正解だ」

恵とは違ったところで、坂柳とは言葉を交わさずとも意思疎通を図ることが出来る。

ピンポーン。

緊張感のない間抜けなチャイム音が、突然と部屋の中に鳴った。

12時半を回り、生徒たちもそろそろ食事を終えるであろう時間。

誰も残っていないはずの寮で、突如現れた来訪者。

オレと坂柳《さかやなぎ》は互いに目を合わせた後、同時に玄関の扉を見つめる。

ロビーには3名のボディーガードが待機しているはずだが、強行突破してきたのか？

いや、仮に凄腕《すごうで》を使い武力制圧したとしても問題はそれだけに留《とど》まらない。

悠長にチャイムなど鳴らさず踏み込んでくるくらいのことはしてくるはずだ。

もう1度、チャイムが鳴らされる。

部屋で休んでいる前提があるためこれ以上無視するのもおかしな話だ。

可能性は低いが学校の関係者であることも考えられる。

「誰ですか」

オレはベッドの位置から動かず、そう訪ね人に声をかける。

「そのまま動かずに聞け」

玄関から離れたところに座っていることが声で分かったのか、男がそう答えた。

若い声。大人ではなく、同年代。

「聞き覚えのある声だな」

だが、姿形は頭に浮かび上がってこない。学生と思われる声で、見覚えは無いのに声だけはしっかりと聞き覚えがある。もちろん、学校の中で生活していれば不特定多数の声を耳にすることもある。

しかし、オレはすぐにこの声の持ち主に合点が行く。

「1度オレに電話してきたな」

そう聞き返すと、玄関の向こうの人物が少しだけ沈黙を続けた。

「流石《さすが》だな。1度聞いただけの俺の声を覚えているのか」

オレの父親がこの学校を訪ねてきた後だったことも、印象深かった。

「あの時は用件らしい用件を言わなかったな」

「かけたのは良かったが、直後不都合なことが起きた。それ以来連絡は取らなかったが
……気になるだろうが、俺が何者であるかは関係ないことだ。何故《なぜ》なら、おまえにとって敵でも味方でもないからな」

「だったら何をしに来たんだ」

「月城《つきしろ》を排除して、後はホワイトルーム生を排除すれば平穏が戻って来る。そんな勘違いをしているんじゃないかと思って助言に来た」

「フフ。随分と楽しそうなお話ですね。私もお仲間に入れてもらえませんか？」

「坂柳有栖《ありす》、か」

不意の坂柳の応対にも、扉の向こうの男は動じた様子を見せない。

むしろ声を聞いただけで誰であるかを即座に言い当てる。

今日の欠席者を絞り込んできていたのか、面識があり声に覚えがあるのか。

「とにかく、卒業まで学校生活を続けたいのなら警戒しておけ」

「中立にしては肩を持ってくれるんだな」

「おまえの存在が悪影響を及ぼしている。これ以上を防ぎたいだけだ」

声が遠のきながらそう答えた。

どうやら長居するつもりはないらしく、立ち去ったと見ていいだろう。

「あの声……どこかで……」

「声の主に心当たりがあるのか？」

「綾小路《あやのこうじ》くんのように明確にそうだとお答えは出来ません。ただ、どことなく扉越しに伝わって来る気配に覚えがあったような気がするんです」

つまり声で記憶していたオレとはまた違う何かということか。

「ここ最近の物ではありません。5年、10年……とにかく、相応に古い記憶です」

「それが確かだとするなら、ホワイトルーム生の可能性は限りなく低そうだな」

「ええ。もし私が小さい頃に対面したことがあるのならそうなりますね」

坂柳《さかやなぎ》の存在を知った時の反応もどこか頷《うなず》ける。

驚きがなかったことに加え、面識のある相手に対するような反応を見せていた。

しかし、天沢《あまさわ》にしろあの男にしろ、オレにはそれこそ気に留める話じゃない。

今のところオレに実害がない以上どうする気にもなれないからだ。

2

オレが不在だった体育祭はほぼ理想の形で幕を閉じた。

これまでの1年半では考えられないような最終結果に、クラスも湧き上がった。

Aクラスとの差が縮まり、堀北《ほりきた》のクラスが無人島試験、満場一致特別試験、そして体育祭とクラスポイントを増やせたのは紛《まぎ》れもなく大きな財産だ。

それから数日経《た》ち、10月も中盤を過ぎた頃のことだ。

体育祭の順位は、1位堀北クラス、2位龍園《りゅうえん》クラス、3位一之瀬《いちのせ》クラス、4位坂柳クラス。もちろん、その要因となったのは誰か1人ではなく、クラス全体の意思と力によるもの。更に個人戦では須藤《すどう》と小野寺《おのでら》ペアがそれぞれ1位を獲得した。

高円寺《こうえんじ》も10種目全て1位を達成したが、全て個人戦だったため2位に終わる。

本人はそれで十分らしく、問題が起こることもなかった。

そしてクラス移動の権利を与えられた須藤小野寺だが、迷わずプライベートポイントを選んだ。不安定さを見せつつも、しかし確実にAクラスへの階段を上っている。

友人との約束があるらしい恵《けい》が、ケヤキモールに寄って帰ることになったこの日。

1人で帰路につこうとしていると、堀北に声をかけられる。

「少し話がしたいのだけれど、いいかしら」

「帰りながらでも良ければ」

「それで十分よ」

わざわざ帰りのタイミングに声をかけた以上、大勢の耳に入れる話じゃないんだろう。

「私は前回の満場一致特別試験で大きく学んだことがあるの」

「聞かせてもらおうか」

体育祭は終わったが、問題は全て解決しておらず、不安定な状況を残しつつもクラスは前進を始めていて、その中で堀北《ほりきた》は今も悩み、そして学んでいることがあるようだ。

「私は間違っていなかった。櫛田《くしだ》さんを残す選択をした、その決断は正しかったのだと改めて認識することが出来た」

結果を求められる中、体育祭でも櫛田は持ち点を増やし貢献した。

日々の学校生活では改めて真面目な優等生に戻り、ＯＡＡでの社会貢献性こそ10月頭で下げたものの、恐らくここから再び取り戻していくのも時間の問題だ。

容赦ない比較をするのであれば、愛里《あいり》よりも遥《はる》かにクラスメイトとして貢献している。

もちろん、メリットばかりではない。

「分かっているわ。いくつかの不安要素は残している。特に長谷部《はせべ》さんのことは、正直どうしていいかまだ分かっていない。でも、もしもう1度同じような特別試験があったときは、次はもっとうまく立ち回れると思う」

「その根拠は？」

「あの試験で、私は満場一致を得るために不用意な約束をしてしまった。裏切り者を退学にさせると言っておきながら、それを反故《ほご》にした。満場一致にする上では楽なショートカットだったけれど、そのリスクの大きさを理解していなかった。櫛田さんが裏切り者だったことは、私の中ではわかっていたこと。そして、彼女を退学させる踏ん切りもついていない中で、あの判断を下したこと。それがミスだった」

「残す可能性があったのなら、確かに不用意な約束は首を絞めるだけだな」

時間が迫る中での苦肉の策だが、もしあの段階で愛里や、それに近い能力を持たない者の足切りがある可能性を残しつつ満場一致に出来ていれば、今ほど後遺症が残らなかったのも事実だろう。

何を捨てて何を取るのか。

「クラスポイントは得た。でも、失ったものも少なくない。あの特別試験は私に多くのことを教えてくれている。成功と失敗の両面を見せてもらっているわ」

「失敗しないに越したことはないけどな」

目を閉じた堀北は、ふっと息を吐いた後、また目を開く。

「私はまだ高校2年生。子供よ。失敗したっていいじゃない」

「開き直ったな」

「うじうじ悩むのは私らしくない。私は――――私らしくいくわ。他のリーダーのようにうまくは出来ないかもしれない。でも平田《ひらた》くんがいて、軽井沢《かるいざわ》さんがいて、須藤《すどう》くんや小野寺《おのでら》さんがいて、櫛田さんや高円寺《こうえんじ》くんがいる。彼ら彼女らに支えられながら前に進んでいく。その先にAクラスが待っている、そう思うことにした」

「そうか」

「もちろん、あなたもそのうちの1人よ。何を考えているのか分からなくて、非協力的な部分も多いけれど……。クラスにとって、私にとって無くてはならない存在よ」

オレの存在は、自転車でいう補助輪みたいなもの。

最初はなくてはならないものだとしても、外れて、転んで、揺れてを繰り返し、そしてやがて難なく乗りこなすことが出来るようになる。

おまえの漕《こ》ぎだす自転車を、その背中を支えてくれる人間は1人じゃない。

まさにクラスメイトが支えてくれる。

あと少しおまえの成長を見届けた後――

オレは、おまえのクラスを離れる。

今はまだ言葉にしないが、いずれ理由を堀北《ほりきた》も知るはずだ。

そして――

きっと理解する。

絶対に勝てると確信したクラスをもってして、勝てない現実と向き合う時が来る。

オレがそれを教える。

他の誰でもない自分自身のために。

オレは、オレが勝っていればそれでいい。

オレが敵になり堀北を倒すと決めたなら、それは確定事項だ。

だが、倒されたいと願うからこそ離れようとしている。

不確定であってほしいと願う未来がある。

答えは出ているのに、違っていてほしいという矛盾がある。

○秋の訪れ

「お待たせ」

玄関先で待っていた三宅《みやけ》に声をかけた長谷部《はせべ》が、軽く肩を叩《たた》く。

「いや、別に大して待ってない。どうせ退屈だしな」

1週間学校を休んだ長谷部だったが、それからは毎日学校に姿を見せている。

「弓道部、辞めてよかったの？」

「元々惰性で続けてたようなもんだしな」

「私のせいでしょ？」

「そうじゃない。俺が辞めたいと思ったから辞めただけだ。そんなことより良かったよ、おまえが学校に来るようになってさ」

体育祭では最低の5種目にのみ参加。

結果こそ残していないが最低限はクラスに貢献もした。

ただし、三宅以外の人間とは殆《ほとん》ど口を利くことはなく、佐倉《さくら》を退学させることに同意した幸村《ゆきむら》とも少し疎遠になっている。

それも今は仕方がないことだとして、三宅は何も言わず傍《そば》に寄り添い続ける。

「最初は全部壊してやろうと思ってた。きよぽんだけじゃない、愛里《あいり》を見捨てたクラスメイト全員に仕返ししてやればいいって。悪いヤツだよね、私もさ」

「いや……気持ちは分かる」

「あの場面は誰かが退学しなければいけなかった。でも、それは櫛田《くしだ》さんであるべきだった。それが最初の約束だったんだから、それが正しい。そうだよね？」

「……ああ」

「私はきよぽんを許さない。クラスメイトを許さない。でも、いつまでも足を引っ張り続けて、苦しめ続けるのは違うって思った」

全ての思いを、貫き通した無言の答えを三宅に告白する。

「ねえみやっち。私と一緒に――たった1度きりの復讐《ふくしゅう》、手伝ってくれる？」

その目は笑っておらず、本気であることを聞き返す勇気は三宅にはない。

「波瑠加《はるか》……」

「なんて、冗談冗談」

笑って誤魔化《ごまか》し、波瑠加は歩き出す。

「復讐は私1人でやるから」

「俺は――」

差し伸べられ、引っ込められた長谷部《はせべ》の手。
背を向け歩き出す。
迷いを見せながらも、三宅《みやけ》は無言でその背中を追い歩き始めた。

あとがき

お久しぶりです、あるいは初めまして。衣笠彰梧《きぬがさしょうご》です。

今回は真面目なあとがきです。

皆さま既にお気づきになられましたでしょうか。

5年越し『よう実の続編TVアニメ』が制作、放送されることになりました。

文字にしてしまえば呆気《あっけ》ないほど短いのですが、この告知に至るまでには本当に沢山の苦労と、苦悩がありました。

執筆の手が止まりかけたことも1度や2度ではありません。

もうアニメには出来ないかも知れない。そんな不安に駆られたこともあります。

ですが、今日まで刊行ペースをほとんど乱さずに書き続けられたのは、2017年のアニメ放映が終了した後も『多くの読者様に支えて頂けた』からです。

この長く大きな実績がなければ、絶対に再アニメ化は実現しなかったと思います。

作家として、これほど嬉《うれ》しくありがたい続編決定は他にありません。

本当に本当にありがとうございます。

そしてこれだけは力強く言わせてください。

自分は誰よりも、ずっとずっとよう実の続編アニメ化を待ち望んでいました、と。

再びアニメになりそう、アニメが出来るかも?という話が出てきたのが大体2年前。これは!と期待に胸を膨らませたのも束の間、世界的ウイルスの影響で時間がかかってしまうことになってしまいました。

ともあれ、こうして無事告知を迎えられたことを喜びたいと思います。

そして一切気を緩めず、原作は原作でよう実の物語を繋《つな》いでいくよう頑張ります。

まだまだ語りつくせない話もありますが、このあとがきではここまでに。

長い歳月が経《た》ってしまいましたが、綾小路《あやのこうじ》たちの成長がまた見られると思うと今から楽しみです。もういっそ完結までアニメやってくれませんかねえ?　ねえ!　ねえっ!!

まあそれはそれとして……きゃっふううううう!!　やったあああああああああ!!

皆さまどうぞ、今後とも何卒《なにとぞ》よろしくお願いいたします!!!!

MF文庫J

ようこそ実力至上主義の教室へ 2年生編6

2022年 2月25日 初版発行
2024年 8月10日 17版発行

著者 衣笠彰梧

発行者 山下直久

発行 株式会社 KADOKAWA
〒102-8177 東京都千代田区富士見2-13-3
0570-002-301（ナビダイヤル）

印刷 株式会社広済堂ネクスト

製本 株式会社広済堂ネクスト

Printed in Japan ISBN 978-4-04-681185-1 C0193

【 ファンレター、作品のご感想をお待ちしています 】
〒102-0071 東京都千代田区富士見2-13-12
株式会社KADOKAWA MF文庫J編集部気付「衣笠彰梧先生」係 「トモセシュンサク先生」係